大魚讀品
BIG FISH BOOKS

让日常阅读成为砍向我们内心冰封大海的斧头。

遇见动物的时刻

THE ANIMAL DIALOGUES

[美] 克雷格·查尔兹
_著

韩玲
_译

浙江教育出版社·杭州

| 作者的话 |

  本书中所讲述的故事,有些最初出现在我于1997年所写的一本名为《十字路口》(*Crossing Paths*)的书中。其他的则是自那时之后写的。读这些故事不必遵循任何顺序,也不用一口气读完。它们并没有按时间先后排列。实际上,我倒是希望,你——一个读者,偶然遇到了这本书,在一个书桌上发现它,书页正打开到一个关于美洲狮的段落,或者,你翻阅着它,直到被超过十五只"巫师"般渡鸦的凝视所吸引。这便是每个故事发生在我身边的方式:不期而

遇，呼吸骤然停止。如果你是那种坚持要从左读到右的人，我建议你在开始每个新章节前喝口清水。更好的做法是，我建议你在读下一个故事之前，如果方便的话，打开门，到只有小鸟和浣熊的树林中走一走，或是到有蜥蜴和长耳大野兔的沙漠中走一走。捧一抔泥土，在唇间尝尝它的味道。从溪流或是基岩水洞的清澈潭渊中汲一些水喝。回到住处，这本书正在桌子上等着你。拉过一把椅子，看看其他的野生动物会来和你说些什么。

目 录

|序|

■ 大蓝鹭 001

|动物界|

■ 动物 009

|食肉类|

■ 熊 017

■ 郊狼 037

■ 狗 073

■ 美洲狮 050

■ 浣熊 081

■ 猫与鼠 089

■ 美洲豹 099

|鸟类|

▬ 秃鹰 105

▬ 游隼 116

▬ 鹰 120

▬ 斑点林鸮 123

▬ 宽尾煌蜂鸟 136

▬ 渡鸦 138

▬ 大雕鸮 152

▬ 紫绿树燕 161

▬ 飞鸟 164

| 偶蹄类 | ▬ 雪羊 169

▬ 叉角羚 187

▬ 大角羊 207　　　　　　▬ 马鹿 198

▬ 骆驼 221

▬ 骡鹿 238

- 海公鱼 243　**其他**
- 豪猪 252
- 螳螂 260
- 响尾蛇 264
- 海狮 278
- 红斑蟾蜍 287
- 虹鳟鱼 301
- 蚊子 312
- 乌贼 322
- 黄蜂 332
- 大青鲨 335
- 人 348
- 动物 351　**动物界**

序

大蓝鹭

很小的时候的某一天，天还没亮我就已醒来，抓起床边的小背包就向外走。包里装着一个线圈本、一支削好的铅笔、用纸袋包好的早餐，还有一个从旧货商店买的按键超大的录音机。我走出家门，穿过四邻八舍，来到一片满是红翅黑鹂的田野边。在这里，我掏出录音机。鸟儿们殷勤而无序的声音像股票市场上四起的叫嚷。我按下录音键，静静地听着。

随后，我继续走到其他地方，录下其他树上鸟儿的叫声。我慢慢嚼着冷硬的吐司面包，记下时间、地点和鸟的样子。我的字很难看，歪歪扭扭的，是典型的小学生字体。真希望能把字写得像大人的一样。时不时地，我会用铅笔画个圈，让它看上去像连笔。我一条一条做着记录，一行不够的话，便把单词的最后一个或两个字母放到下一行。这是一件很重要的事情，像其他所有事一样重要。而我呢，仿佛也知道自己在做什么，仿佛我很了解鸟类。可实际上我并不了解。我只知道它们会飞，而且飞得很漂亮。我咬着铅笔，若有所思地"嗯"一声，学着我所见过的那些大人的样子。

我带着录音机，在科罗拉多州落基山脉以东的田野中走着。一天中这么早醒来，是很少见的事，感觉像是自己的生日或是重要的节日。在那之前我从来不知道日出这么绚烂，不知道当它照在面庞上的时候，我都能切实触摸到色彩的样子。我幻想着跑到树林里去，变成流浪者，变成隐士，可是很快六十分钟的磁带就录满了。我回到家，再次吃了顿早饭。

后来几十年的时间里，我从未听说过约翰·詹姆斯·奥杜邦[1]、阿尔多·李奥帕德[2]、安·兹温格[3]。在那几十年间，我摸索着走近大地，非常显眼地暴露在灰熊和蜂鸟面前，拂去道路上的尘土，肚子贴地穿过森林去看动物。我的卡车埋在新墨西哥州土路上没过车轴的沙堆里。我成为北美沙漠里的水源向导，带着城市里来的年轻学生到荒野中去，教他们如何通过气味找到郊狼，如何让塔兰托毒蛛爬过自己的手掌。我攀缘于峡谷之间，寻找着所有的恐惧、沉寂和荒野中跃动的绝妙生灵。

现在我经常出去行走。有时候上百千米，一连几周，甚至几个月环绕山脊或顺着峡谷跋涉。更常做的是一个下午走上约 400 米，在树林间穿梭，找个软和的地方坐坐。我总是习惯性地去留意各种形状和

---

1. John James Audubon（1785—1851），美国画家、博物学家，他绘制的鸟类图鉴被称作"美国国宝"。
2. Aldo Leopold（1887—1948），美国生态学家和环境保护主义的先驱。
3. Ann Zwinger（1925—2014），美国自然历史作家，代表作为《奔腾的河流》。

动静，如果能看到任何动物，那全都是不期而遇。不知道老练的追踪者是如何去做的，也许是选择一种动物，然后找到它。我选择了郊狼，找到的却是滂沱大雨的一天。选择了麋鹿，找到的却是鹿鼠。正蹲着察看美洲狮的脚印呢，美洲狮却一下子从我背后跃出。

要看到动物，你首先必须保持绝对静止。你也许要在街道涵洞的黑暗中蜷上三个晚上，才能看到浣熊来了。你也许要在冻原上赤身坐着，然后才能看到灰熊。或者，你只是需要亲自到那里，在高速公路上开着车，突然一队背部通红的火蜥蜴不紧不慢地从路的一端爬到另一端。这个时候你必须离开汽车，在公路上四肢着地地趴着。不过要小心，不要碰到它们，因为指尖的弱酸会"腐蚀"它们的皮肤。你和某种动物不期而遇的刹那也许会像响尾蛇的咝咝声一样让人吃惊。在等待的过程中，也许你都有时间记录下风向的变化和每天光影的移动。

每次我见到动物的时刻，都像是利刃戳进了布料。从这些刺戳的洞中我能够看到第二个世界。那里有关于进化、饥饿和死亡的故事。其中还穿插了物种历史、猎捕者和猎物之间的关系，穿插了如同雪地中的血迹般那样玄妙的生命。我曾与野生动物保护部门了解这方面情况的人交谈，曾在发霉的博物馆地下室里一堆堆头骨和骸骨中翻找，也曾阅读实地生物学家的报告。但是，故事扣人心弦之处仍在户外。

· · ·

我是在亚利桑那州科罗拉多河边的一个向导处看到那只大蓝鹭的。

一场漂流旅行结束之际,我们正在清理行李。周围全是敞开的冷藏箱和疲倦的人。人们抬设备的手都因干燥而皲裂,流出了血。这在这个季节中是常有的事情。身后的一个人叫我向上看,我把脑袋从冷藏箱里伸出来。拂入视线的是上方约6米处的一只大蓝鹭。它的翼幅大得令人恐惧,像个飞翔的恐龙,蛇一样的脖子向前直伸,长长的双腿拖于其后。到达我们头顶正上方的电话线杆后,它的翅膀变了样子。舒展开来的羽翼像是完全鼓起的降落伞。这对半球状的翅膀突然停在空中,占的空间比我们两个人合起来还要大。它花样滑冰一般柔韧而典雅地落到电话线杆顶上。翅膀在外侧略停了一会儿,身体摇摆着找到平衡,然后翅膀收了回去。

"天啊,看看那只鸟。"我身后有人说。是啊,我看着呢。从头到脚,它有将近1.5米高,身体呈现出微妙的铁青色。它环顾了一圈下面的拖车房屋和漂流用具。从我们的角度看去,能完全看到它的身体。它的头部色彩很丰富,有对比度很强的灰色和蓝色,它还有军刀一样黄色的喙。它的头在长长的脖子上保持着平衡,好像完全脱离躯体那样地自由转动。头部的动作本身便是一种"语言",头骨后面的部分同前面很轻的喙保持着平衡。

人们走过来搬运着行李,在我们周围走来走去。我们没有动,两个人安静地看着这只鸟,被它吸引,仿佛它是一个魔术师。每天你都能在河上看到这些蓝鹭从河岸上展翅飞起,在眼花缭乱的白鹭群中偏转方向。你看到它们总是等到最后时刻才飞起、鸣叫,仿佛是在怀疑你竟然这样厚颜无耻,离得这么近。但这幅景象很少见。不是这样径直看到上面，不会直接看到它的眼睛。现在既然大蓝鹭离得这样近，你便想问些问题。但是你不能。你说不出一个字。你只是尽可能长时间地盯着它，因为它随时可能飞走，此后你便要记起自己是谁，生活又将重新开始。我们两个属于一个物种，这个物种以修路、艺术创作以及宣称高于其他物种而闻名。作为理性动物，我们提出很多问题，给出连篇累牍的答案，但是此刻我们却死亡般安静。大蓝鹭"控制"了我们。它是一个昂首阔步者，耐心而安静，在它等待着、注视着浅水中的鱼时，时间都凝滞成了冰。它高踞于电话线杆上，纤细而尖利的脚趾盖住了所有的边沿。它抖了抖羽毛，转头向后用嘴啄了啄，整理好胸部钢丝般的羽毛，那些羽毛尖窸窸窣窣地散开。它的眼睛向下斜视，当食物在脚底下游来游去时，这一适应性的变化便会很有用。

　　你无法看着这只鸟，而后得出谁比谁更高级的结论。渡鸦百科全书般的"词汇"不比红斑蟾蜍以皮肤饮水的能力更让人羡慕。人类破解世界的嗜好不比叉角羚大得出奇的眼睛更显价值。

　　人们继续走来走去。炉子和干燥的纸箱被搬进来搬出去，摆放了一遍又一遍。结扣一个个打起来——双半结、马车夫结、单套结、酒瓶结——以把设备固定在货车上，系牢防水油布和长短不一的绳索。大蓝鹭的脖子略微缩成"S"形，重心向下转移。你会在它们起飞前看到这一动作，而且它们总是略停一下，仿佛要确定一下时机。它翅膀张开，在蓝天的映衬下闪闪发光。拍动一下翅膀，它离开了电话线杆。拍动两下、三下，它开始滑翔起来。空气托起它的身体，它变成一种有固定形状却又难以辨认的泥塑。那只大鸟向我们发出用石磨研磨般的叫声，向西朝着科罗拉多河的方向飞去，回到沙漠和水源中，远离向导处和拖车房屋。这里在世世代代大蓝鹭的记忆中，曾经是沙漠和水源。它早已飞走了。

我身后的那个人只是说着"嗯"。除此之外，还能说什么呢？

即使你无意寻觅，也会看到这些。你走出房屋，即便并不知道动物们在那里，它们仍会发现你。无论你是善于观察、有好奇心，还是没意识到、不情愿、漠不关心，它们都会找到你。它们在你周围活动，留下大小不同、步态各异的印迹，不同数量、不同形状的脚趾印和爪子印，还有身体重量压向地面、注视着你的时候留下的标记。它们的气味有着羊毛的甜味，或是丰饶的泥土所带有的黑蔗糖浆的味道。在这种不起眼但又"昭著"的丰富中，总会有形式和功能上的亮点，而宇宙，不过是一个装着各样巧妙设计的无底摸彩袋。

・・・

这本书是我个人经历的一个结集，记录了我在动物们停留时尽可能长时间注视着它们的时刻。这些经历现在转化成为文字，就像是要用木棍搭起一个天空。动词与名词，并不总能转变成这片天空的天气。在炎热的日子里它们也许不会干燥、裂开。即便是自己的眼睛，也有说谎的时候，看着一只虎鲨，却看不清它的形状和去向，而在一个峡谷中谛听美洲狮的声音时，耳朵也有被误导的时候。

我写这本书，希望能分享自己所见证的诸多微妙，希望能在最原始的背景下培养起读者对动物的熟悉感。有时我显出渎神般的自大，而后从动物那里学会安静。仅在观察短尾鼬留在雪地上的脚印时，我就受到了性格和精确度方面的指导。当然，一次相遇便是一出即时戏剧，但要知道，在这一时刻之外，是漫长而华丽的生存轨迹。

动物的生活在臆想之外，它远远超出了科学论文和营地篝火旁故事的范围。它像呼吸一样真实，像孩子的语言一样意义重大。

_ Ardea herodias _

|动物界|

动 物

动物们在窥视。它们正躲在树林中,有的把头扭到背后看过来,有的从树枝的缝隙间偷偷瞧着。我们在树下前行,靴子把干树枝踩得啪啪直响,将柔软、肥厚的蘑菇踩得瘪了下去。

我的同伴停下了脚步。

"你听到了吗?"

我也停了下来,听着树林中鸟雀的啾啾声。

"什么?"我问。

"有东西走到了那边,"他说,"一种动物。"

我们都竭力向树林深处看去。

我十六岁了,和朋友在怀俄明州西部的山林中迷了路。倒不是完全迷路,只是不清楚所在的确切位置——知道是在提顿山的腹地,但山路全无，头顶上方是稻草人一样的大树。那天早上，我们随便在公路上找了个点，随后便闯进没有任何指示标志的树林深处。我们想看看里面是个什么样子。小包背在肩上，里面装着水和一些食物。我们没有地图，没有指南针，没有哨子、照明弹，也没有帐篷。我们口袋里的刀子，还有身上穿的衣服——所有这些都是平日哪儿也不去时的装备。

我和朋友透过千万片斑驳的树影向树林深处望去，一切都是静止的。树梢忽然弹动了一下，一只棕褐色的小鸟从一棵树轻快地飞到了另一棵树上。一路上我们总能听到动物走动和抓挠的声音，麋鹿踏着重重的蹄音在周围缓慢地走动，松鼠们在头顶上吱吱叫着，指责着我们的入侵。可是我们所能看到的就只有这为数不多的几样动物了，其他的一切都隐没在连成一片的树干后。我眯起眼睛想看得更清楚些。

"那动物有多大？"我问。

"很大，"他说，"我看不到它，但听动静块头很大。"

"我看不到。"

"我也看不到。"

至此我们眼前看不到任何块头很大的东西，于是继续走下去，在树枝下猫着腰，手脚并用，把那大块头抛在脑后——管它是什么呢。这是片野生森林，比我们想象的要深得多。我们东摇西晃，脚踩在井盖般大小枯死的树桩上，胫骨受着折磨。我们的手在前面乱舞，拨开树枝和一缕缕干枯的带状苔藓。蜘蛛网缠在我们的嘴唇上、额头上、胳膊上。我们已经沿着山坡爬了几个小时，走过无数原始的路途，都不知道要怎么返回。

前方，我们发现地上有一大坨动物粪便，于是走过去。汗水顺着眼眉直流，又被我们用手背擦去。这坨粪便看上去像一大罐倒在地上的回锅肉丁，里面全是坚果壳和消化过的黑色肉渣。

"是熊。"朋友说。

"没错，"我同意，"很大的一只。"

"是灰熊，你觉得呢？"

"灰熊的粪便什么样？"

"不知道。"

朋友朝我咧嘴笑了笑。"要真是灰熊怎么办？"他很是兴奋地说。

我们应该很兴奋吗？我想着。但又觉得至少比紧张要强。我不想看到那只熊。只是喜欢直觉中有一只熊在附近的感觉。

"我们继续走吧。"同伴说。

"好。"我赞成。

真是两个傻小子！那就走吧。

我们所要追寻的是动物的踪迹，比如麋鹿、梅花鹿、熊经过时所留下的模糊迹象，甚至还有蹒跚的豪猪留下的低矮空地随时可以利用一下。这些迹象不会存留很久，消失得和出现时一样突然，把我们留在茂密的树林里，只有鸟雀透过绿色的树冠叫喊着，在我们上方发出警告。我趴到一棵倒下的树旁，鼻子蹭到地面。我闻到腐烂的树叶和动物的气息。这是泥土这份不那么好吃的菜品所散发的调料味：骨粉、山猫尿、虫子屎和木腐菌的味道。这是我生活中在那些门窗、墙壁和电影屏幕之外的另一面。这是一片不属于人类的土地。动物们在这里行走，在地面上拉屎，清除掉挡路的树枝，睡觉时把草堆起压在身下。它们交流着，把信息以气味的方式留在树叶和树皮上，对着彼此啸叫，听得到很远的地方发出的声音。

我们继续前行，突然一只鹿蹦跳着跑开，蹄子重重地踏着地面。只有浅黄褐色的耳朵尖在蕨类植物和唐棣丛上方隐约可见。我们试着寻找那只鹿，可它跑得太快，早就消失在了山谷中。随后，一只灰色的松鸦飞过来，落在树枝上，一双柔和而好奇的眼睛紧紧地跟随着我们，打探着我们是谁。我感觉自己像是在荒野中叮叮当当地拉着易拉罐，惊动了栖息在私人花园中的动物们。

稍远一点的地方传来一阵响声，听上去像是驼鹿的身体压垮枯树枝的声音。我和同伴都凝神不动，一边静听一边想着驼鹿的体重会不会和美洲狮一样。我踩上一根腐烂的树桩，还是什么也看不到。

"是什么？"同伴问。

"不知道。一只很大的动物。听上去像驼鹿。"我答着，眼睛始终没有离开树林。

到了这个年纪，我已经习惯在没有大人陪护的情况下外出了。母亲曾试着让我参加少年棒球联合会，还有可笑的地方版本的童子军，但最终她只能将我赶出大门，让我去远足。父亲和母亲自己也远足，在野外他们有各自的兴趣点——在寒冷的亚利桑那州的清晨，父亲点起篝火，母亲则轻盈地行走于科罗拉多州和怀俄明州的山间，在瘦削的山脊丛林线上野餐。有这样的父母，我所学到的不是畏惧野生动物，而是意识到它们的存在。

树林越走越深。我们来到一片参天古木的地带，这里的花旗松和云杉遒劲地向着阳光伸展。没有路了，只有多年来因暴风雨和疾病而倒下的粗壮树木。我们设法穿过粗壮的树干——它们有轿车般大小，距地面四五米高——跟随彼此来到狼藉的猎物场。

我们并不知道，一两米以外，一只大型食肉动物正注视着我们。我们并不知道，我们正无忧无虑地踏入它的领地。我们全然不知，直到它蹿出来。

突然的巨响从我们脚下倒地的树干间爆发出来，血液骤然集中到肌肉。我们插上了翅膀。我们飞起来。一刻也没有低头看，连那动物的颜色也没瞥一眼。它很大，肺活量相当大。我能听到它的爪子磨碎朽木的声音。这只动物在森林中，以我前所未闻的咆哮，声明这里是它的领地。我跑开了。

在意识到危险真正存在以前，在下一秒到来之前，我已经转身跑出了6米远，使出浑身气力争取比同伴跑得更快。那只动物的吼声震荡着背后的空气。我的嘴唇立刻焦灼起来，整个身子因肾上腺素而变得发冷、敏捷。我在枯树间穿行。两只脚几乎没稳固地踏在任何东西上。我发现附近山坡上有一处积雪融化形成的沼泽，还想潜进去以躲避那只野兽，但是所能想象到的只能是双腿陷入池沼，膝盖以上的部分露在外面，一个不为人知的动物在大嚼特嚼着我的躯干。这是一种未被发现的动物，体形巨大，是有爪子的灵长类，吃肉的北美野人。我还不想死。

我们在树枝断裂的刺耳声中各自飞跑，两手掀开挡道的树枝，仿佛是在半空中打偏一支支短剑。沿着陡峭的山坡向下，着地的只有我们的脚尖。我变作了一个杂技演员，手和眼配合得天衣无缝，不需要什么肢体的协调，因为我现在就是一整块肌肉，像闪电一般在树林中下滑。

人们都说，遇到这种情况不要跑。站在原地，或是将身体蜷成球状。保护住自己的头和重要器官。灰熊、美洲狮、狼獾，不管遇到的是什么，不要转身跑开，不要背对它们引致追逐。在这些警告进入大脑之际，我正在全速逃离，希望同伴先落入虎口，能争取到额外的几十秒钟。

森林已到尽头，我们在一片空旷、有日光的草地上停下来，几个小时前我们恰好是从这里出发的。离这里几千米远的地方是条公路，我们的车就停在那里。我们径直原路返回，全速跑下山坡，仿佛知道自己要到哪里去。我们跌跌撞撞地停下来，俯下身，双手按在大腿上，喘着粗气。回过头往后看，没有什么野兽。不管那究竟是什么，它没有追赶我们。观察了一分钟，我仍然心跳不止，不过慢慢放松下来，说："美洲狮。你觉得呢？"

"没错。"朋友大喘着气，"美洲狮。"

"或者是灰熊？"我问。

"灰熊会发出什么声音？"

我向树林眺望，不知道有多少动物会在我们唐突而极端的拜访后安定下来。有多少双眼睛注视过我们，多少个脑袋转而看着我们在树林间踉跄前行？我们打翻了它们的苹果车，践踏了它们的卧室和餐厅，踹开了它们的家门。我们开始大笑,笑我们自己,笑我们运气好——既庆幸遇到那想必是大型食肉动物的野兽,又庆幸它没有追赶我们,把我们吞掉。我们责备着彼此,警惕放松了些。但眼睛始终没有离开那黑色的森林幕墙。那里有一只动物,鼻孔间还留有我们的气味。我意识到它其实并没有要攻击我们,因为抓我们简直易如反掌。相反,它的吼声完全是在声明那是它的领地,要震撼到我们的神经以激起我们逃窜的反应。我们照着做了。我们给了那只动物明确的答案,在这场对话中倾尽所有扮演着自己的角色。

当同伴最后转身走过草地,去往公路时,我仍徘徊不前。我还没准备好重新适应人的角色,没准备好回到汽车和柏油公路所在的世界。我想再多停留一会儿。我向树林中望去,那里每一寸光影都是一张脸,有一双双眼睛在看着我。什么也没出现。我感觉到背后有人拽我,朋友要走远了,我转身赶上他,重新回归人类。

— Animalia —

|食肉类|

熊

一

第一次见到熊时,我十二岁。那只熊有两三岁,从它的寿命来讲,年纪与我相仿。它是一只黑熊,由于刚从冬天步入春天,皮毛呈斑驳的杂色,这儿闻闻,那儿瞧瞧,背上的装束正在蜕变。那是在黄松林里,在生锈的丙烷气罐和晾衣绳旁,离我祖父母在亚利桑那州怀特山的房屋不远。有时我住在这里,渐渐就对这里的森林,以及这些高大绵延、多是松树和熊的群山熟悉起来。

这只熊对我们的相遇显得很惊愕,身体僵直起来。它伸长脖子,鼻孔朝向天空。我转身跑开,回到了屋里,抓起照相机又往外跑。屋里一阵响动，周围的人都问我究竟是否知道自己在做什么。他们的话语像扬起的尘埃一样在我身后散开，我跳下门廊，迅速奔跑起来。

它走进了黄松林深处，离丙烷气罐已有老远。看到我穿过树林向它逼近，它也开始跑起来。后来我才明白不能那样不管不顾地大胆行事。可是，现在，我冲进了熊的领地，并穿行其中。那是什么动物，我是谁，都已不重要。这些我全不介怀。我是石头，是风，是个孩子。当然，我会记得此刻，其他任何事、任何地方都不再重要。只是这里，此刻，此境。

这只熊带我穿过黄松林，越过草地旁长满瘤节的橡树。它带我经过白杨林，里面蜂窝样挤满了谛视的黑眼睛。我发现一个水槽，其间长满了紫色的鸢尾、蕨类植物和高大的野草。相机在我的一只手里，而我的手指就在快门按钮上。只要那只熊一停下我就能端起相机拍照，但是它一直没停。

每隔几分钟它就会回头看，不满地咕噜着，对我的跟随感到恼火。它转而向前，以爆发般的速度跑起来。肋腹上的皮毛像宽松的外套一样滚动。我们潜入白杨林，来到我从未见过的地方。我们穿过带着倒刺的铁丝网，看到上面有块弯折的黄色牌子，带着枪孔，锈迹斑斑的，标志着阿帕奇国家森林公园的界限。一缕黄褐色的绒毛挂在倒刺上——是熊的皮毛。倒下的白杨树呈灰色，像堆凑在一起的棍棒，散乱地一根压着另一根，上面还装饰着野蘑菇。我看看自己的脚，气喘吁吁，尽量不被林中的碎石绊倒。我继续让熊在自己的视野范围内，只注意着前面不远处的情况。

据说加拿大的艾伯塔省有只一岁大的黑熊被一只丛林狼吓跑。两者的体重比大约是70千克对16千克。然而，那只在湖边行走的黑熊一看到丛林狼还是紧张地逃到了林中。丛林狼不过是在嗅一片青草的同时，不断地走着。离丛林狼老远后，黑熊又从林中突然跳出来，边小心翼翼地回头看着，边沿着湖岸继续前行。看到这些的研究者认为，这只熊最近刚从自己的家离开。没有一岁的黑熊害怕丛林狼的历史记录可查，他们只能推测这只熊感受到了"某种暂时的不安全感"。

我在林中猛然停下，几乎撞到了熊的身上。它离我很近，转身面向我。它没有动。它的肺部没有像我的一样快速地起伏。它好奇地凝视着我，抬起鼻子嗅我的气味。相机挂在胳膊上，在我的腰部晃动。

一阵声音从我的嘴里传出。不是语言，只是一种声音。现在我和黑熊在白杨林里，经过了挂着黄色标志的铁丝网，离家中生锈的丙烷气罐有万丈远。我们都是孩子，熊和我，毫无倦意地凝视着彼此。我们的年纪都刚够自己一个人跑远。当然，是不同体型的孩子，而且多年后我才想到，这样体形的黑熊，在被我身材这样小的家伙紧紧地追随了那么久后，可以轻而易举地一掌拍掉我的脑袋。1900年以来，北美地区大约有五十人因受到黑熊的攻击而丧命，他们大多数在偏远地区，在那里熊还不适应和人类相处（灰熊造成致命性攻击的情况正好相反，倾向于发生在人常去的地方）。但这不是我当时所想的。我相信那只熊和我是在通过气味和颜色彼此交换着点点滴滴。我们研究着彼此，分析着彼此的各种特征。我们站在白杨林里，面对面，互相观察着。没有什么能比这更安静了。午后的小憩，无声的落雪，都无法与此时相比。

　　熊扭动了一下，顺带发出一声喘息，它褴褛的外衣随着前爪着地而晃荡起来。它跑进了森林更深处，而我没有动。像这样遇到一只动物，它是如此生动，几乎让你脱离了时空。传统概念里的所有零碎片段随即消散。这次相遇生动得都让我怀疑是否真的发生过。可是我在那里，站在白杨林深处，同从前一样安静。是的，发生过。熊在这里过。

　　熊消失在了视野中，树枝断裂的响声也听不到了，所有的一切陷入了留下的洞中。时间重新开始流淌。时空开始继续。我曾想跟着那只熊，但我已经走得够远了。相机已不再在我的胳膊上摇晃，而是像一个破旧钟表的摆锤悬在空中。

二

　　阿拉斯加一些地方有雷暴雨。它们的形状像拳头，升到大气层中。我们没有合适的地图可以告诉我们除了云团以外还有什么。在急流间一处回缓的地方，我坐在独木舟里，看着积雨云以不同的速度向上升腾，遇到高层冷空气便散成铁砧状。我的双脚蹬着行李，船尾的桨在深黑色的河水中缓慢而吃力地摆动着。我和一个名叫陶德·罗伯森的朋友从四十英里河的源头出发。这里是丹尼森岔口，是四十英里河众多的岔道口之一，这些岔道让四十英里河牢牢包围住了这些不知名的群山。

到达这条河流之前，我们在荒野里已经足足待了二十天。

陶德凭着一张四十英里河手绘地图的复印件探险。他沿着唯一一条蜿蜒泥泞的道路追溯到四十英里河的源头，并且向我保证我们能到那里。我们从伊格尔背着独木舟徒步而行，搭上了一辆野营车，车里满是蚊子，刚锯下的驯鹿茸角包在沤软发臭的天鹅绒里。卡车经过一阵猛烈的颠簸和"U"字形急转弯后突然驶入腹地。一天下来，我们从后面连滚带爬地下了车，呕吐不止。我们把独木舟拖入河中。在推船入水、船桨到位之时，一只驼鹿正在过河。我们和它相视而过，迅速顺水而下。

我们两眼一抹黑地在河上奔流，也听人说起过这里同四十英里河、育空河交汇处的巨大白色水花地带。这是一片疯狂的水域，独木舟被重重的急流冲打着，在岩石间跌跌撞撞，击起的高高的浪头啪地甩在我们脸上。我们侦察到了一些湍流。接下来则可以绘出一条周密的路线，在我们于浪头里受推挤之前，能有一个溜进涡流、舀出船里积水的地方。地图、计划，全都在湍流的碾磨中支离破碎，取而代之的是高声喊叫和奋力划桨，祈祷我们不会消失在哪个水洞里。陶德和我曾一起做过水上教练，一起潜入过科罗拉多的急流，所以至少我们可以在这里密切配合。但还从来没遇到过这样狂野的急流，从来没遇到过这么原始的土地。独木舟斜向水沫里，我在船尾翘起的斜面上可以看到一切，然后我们陷入其中，陶德的胳膊和船桨消失于一片白色之中。整个过程相当累人，一步一步地求生下来，速度仅够将船从漩涡里推出。

在这旷野里最深的漩涡处，河谷由阿拉斯加进入加拿大的育空地区，我们发现了狼和灰熊的脚印，新鲜程度很高，不足一天。我们在岸上躺下休息，思忖着要是我们的独木舟被困或是撞在了岩石上怎么办。一个人无法从这条河谷走出去寻找救援，除非他是个传奇人物。我们无意做什么传奇人物，不管成功与否。我们带了管道胶带以便做些修缮工作，还带了够几星期吃的食物。在急流渐缓为悠长、平静的渊潭后，我们也不再想着小船的修缮了。我们顺流而下，几千米都没有说话。之后，那迅猛的河水在前方铲掘岩石的噪声又一次响起。

几天下来，我们非常疲惫，在一片满是鹅卵石的河岸上各找了一块地方坐下来休息。帐篷在我们中间，而独木舟被拖到岸上的高处，上面有多处新的褶皱和刮痕。这片孤洲像河上的一只平底拖鞋。峡谷的顶尖覆盖着黑云杉。我望着河水，深黑的水流从大块砾石上滚滚而过，闪烁着黑色丝缎般的光泽。在一块岩石上，它破碎成各种白色的形状，像是 M.C. 埃舍尔[1]的素描。我的目光慵懒地在岸边游荡。在水流之上，仿佛埃舍尔的画自然地变作了另一个形象：一只灰熊。

它注视着我，身体整个一侧都对着河水，淡黄色的皮毛只勾勒出呆钝的脸部、结实的头部，和肩胛骨之间圆圆的隆起。灰熊所在的河岸与我所在的孤洲之间相隔约 6 米宽的河水。这段距离无法带来任何宽慰。我曾见过一只熊，在湍急冰冷的水里游了约 1600 米，水流比现在要急得多、冷得多。它向下游走去，时不时地回头盯着我。它走进一簇蓝莓丛中，在那里审视着我们的孤洲。

---

1. M. C. Escher, 1898—1972，荷兰版画家，因其绘画中的数学性而在 20 世纪的画坛独树一帜。

我喊陶德，他从孤洲的另一边走过来。现在是我们三个了：熊、陶德和我。灰熊继续沉重而缓慢地走着。从我们野营的地方向对岸看去，那只灰熊发现了一小片白桦树林，在那里蹲坐了下来，像个胖子坐下来要讲故事。

我们仔细观察着灰熊，没有言语，而那只熊也在窥视，也许是在看我们，也许是在看我们的行李，也许仅仅是在细读着这个世界。我们没有枪。我们故意没有带那种武器，即便有些到过此地的人建议我们带上。我们害怕会朝对方开枪（有几起这样的事件，在灰熊袭击时，有人要射杀灰熊但却杀了他的同伴）。或者我们也许会射到灰熊的脚，而后自己的身体被撕碎，暴露在荒野里。最好不要朝灰熊射击，除非你确定能打死它。它们的脑壳又长又窄，胜过大多数动物，要让子弹命中目标并不是一件容易的事情，况且瞄准时手还会不停地发抖。

几周前我们曾在阿拉斯加一条名叫鲑鱼河的岸边野营，扎营的地点距离下游的海德镇 16 千米。我们在独木舟旁吃饭时，看到一群武装精良的男女从附近的森林中走出。他们一个个灰头土脸，衣衫褴褛，像是一小队士兵在演习。其实他们是生物调查队，在研究小溪中的鱼类。

有个细心的人发现了我们的帐篷，她的肩上背着一支高马力的步枪。"这里到处都是灰熊，"她警告我们说，"要多加注意。"这话真让人难以入睡。

即便如此，我们也没有带枪到四十英里河来。要是看到白桦林里有只灰熊就认为我们需要武器，这也太冒失了。灰熊很少攻击人，真要是发生的话，那也只能对这份嘲讽耸耸肩，将自己抱成一团，祈祷能幸存下来。

我们所在的小岛上没有树，熊万一过河而来我们也无处爬高。虽然爬上树是逃脱灰熊攻击的唯一出路，但它攻击起来，你几乎没有时间去抓上一根树枝。无独有偶，北美有两个人为了逃生爬到树上，掉下来摔死了。这两起事件中，灰熊都只是偷偷闻了闻尸体，而后径直离开了。

我们商量着要离开小岛，快速把装备放入船内，把船推到水里。又觉得这一想法不妥。这里比鲑鱼河有更多灰熊，我们很有可能在下一个地点遇到另一只。我们在一个灰熊众多的地域，最好的办法就是要生存下来，而不是让自己一次又一次地因为恐惧而逃走。

我们的耐心和熊的耐心相比弱了不少，它显然没有要走开的迹象。慢慢地，我们离开水岸走到帐篷处。我们时不时地抬眼看看那只灰熊。它伸出脚挠挠痒痒，转一转前腿，像人或大猩猩的胳膊绕着关节转动那样。Ursus arctos[1]，熊，它们总是以同人类突然直面相对而出名。它更常见的名字——灰熊，同它传奇般的凶猛没有任何联系，而是同它充满光泽、带着杂色的灰色皮毛有关。这种动物的皮毛尖呈金色，在那散着冷光的灰色皮毛下，它看上去像个黑色的鬼魅。

大多数动物都有保留地表现自己。灰熊270到360千克的重量足够让它自命不凡，它没必要躲着藏着的。如果它是人，会在安静的餐馆中大笑，在特殊场合招摇地穿上不搭调的衣服，可能还会打冰球。它也会寻找秘密地点独处，在人们期待着它出现在即将召开的会议时

---

1. 熊的拉丁文学名，美国的灰熊是其亚种。

一连几个星期不见人影。此刻，它胆大而超然，让我们知道自己在被它注视着，却又不靠近我们。时间和耐性起了作用，我们的不适感渐渐消退。我们继续看着，它继续坐着。

我们在小岛的不同区域支起各自的帐篷。灰熊观察到了我们的动作。它看着我们进入帐篷。它听着我们拉上拉锁，钻入自己的睡袋。睡着之前我最后的想法是要保持警觉，不能失去同这个世界的联系，同时准备好在帐篷门口向灰熊问好。

我大约在凌晨三点醒来。这里极靠北，太阳的位置虽然很低了，但仍在空中，跨在群山之间，像是在寻找掉在大地上的东西。黑云杉给山峦披上了一层阴影。我打开帐篷向外望去。水声依旧，砾石在持续的流水中将自己磨圆。我想起了灰熊，有些惊讶于自己竟然把它忘了。我向白桦树丛瞥过去，那是它最后待的地方。没有灰熊了。

我可以安心睡了，即便知道森林里有一只灰熊。我们随时都可能遇上它。当我意识到这只熊以及更多的熊在我周围后，这个世界变得更为复杂了，我在那里坐了一会儿，看着四十英里河周围幽暗的土地。

三

我们徒步而来，行经苔原地带多沼泽的土丘。来自北冰洋的空气极为寒冷，将水汽扑压向山峦的北面。这是乌鸦喜欢的天气。我听到它们飞过时翅膀重重的拍击声,还能听到它们低沉而沙哑的叫声。我们身处北极国家野生动物保护区一个偏远的角落,这里驯鹿的茸角插在地面上,到处都是冻土,大地像满是伤疤的工艺品。我张开鼻孔,吸进些新鲜的空气,鼻腔顿时感觉针扎一般。大块大块的云团黏着泰然自若的群山,像是孩子手指尖上黏着的棉花糖。

秋天终于造访了北极。空气变得不一样了,早上有些刺骨。暴风雨最猛烈的阶段已席卷过昨夜,现在空气闻起来像是一个新的季节。湿润不再微乎其微。云朵覆盖着群山,暴雨中夹杂着雪。阿拉斯加的布鲁克斯山脉的北山坡上,从矮小的苔原植物,到顽强、稀疏的野草,都变成了赭石色和暗红色。

我在睡袋里翻了个身,双脚隔着潮湿的毛袜相互揉搓着。脚在冻土上走得生疼,膝盖在草丛里挤得发胀。我从睡袋口伸出一只手,试探着帐篷里的温度。空气闻上去像有一只湿漉漉的狗在旁边。我头钻出睡袋,看到陶德凌乱的头发露在他的睡袋外面。外面没有雨声。一抹微弱的光线照在尼龙布上,是这阵子以来的第一缕阳光。我手伸到篷顶拉开拉链,弄掉上面的雨水。

我在睡袋里扭动着身体,然后跪起身,站起来,探到帐篷外。我的脚仍然在里面,在睡袋的风帽里。我们的行李在一张防水布下面,而那上面已经积起了一洼洼雨水。苔原上很少有植物超过 8 厘米高,更没有树,所以群山看上去像是在体积和距离上的视错觉。没有什么东西可以作为参照物,而灰色又给物体添加了一个物理学维度,或者说减去了一个维度。山峦可能有几千米高,也可能只与我的鼻子齐平。

我伸伸胳膊，转身看向这个世界。

远处，9米开外，一只灰熊的轮廓立即清晰起来。它是远处唯一一个物体，像个滚动着的大卵石。我们的目光相遇后，它在走向帐篷的途中突然止步。一只爪子悬在半空中，眼睛一动不动。一阵飘忽不定的冷风吹过，在它的毛上吹出一圈圈小涡，也吹动了我的头发。熊的皮毛呈热蜜茶色，像衰败的秋草和傍晚的夕阳。它的皮毛随微风现出旋涡。熊的黑鼻孔大张，硕大的肺部鼓起。我能看到它鼻子的肌理，是那么潮湿而柔软。

也许有人以为我会有渐起的恐惧，然而并没有。根本没时间害怕。没时间思考相信或不相信自己所看到的一切。一只灰熊。这一点我很确信，因为没有旁的什么了，没有砾石，没有树，没有灌木丛，连乌鸦都不见了。我知道自己不应该直视着熊的眼睛，最安全的对话方式是屏气凝神且向一边看。但是它出现得太突然了，是唯一一个眼前能看到的物体，我无法把目光移开。我用脚碰了碰陶德的脑袋，低声叫他的名字。

"怎么了？"

"外面有只灰熊。"我说。

他想了想。"多远？"他问。

"很近。"

陶德不再说什么。帐篷里没有了动静。

大多数食肉动物的眼睛都位于脑袋的前部，可以看到三维画面。野兔或鹿的眼睛在两边，视野范围广，具体细节呈星云般模糊状。像狼、黄鼠狼、人一样，熊的眼睛在前方，能获悉地面的距离，好让它知道你所站的确切位置。你在追逐某样东西的时候会用到这种眼力，这样你就知道什么时候该扑向前去。

我在这只熊旁边是一个弱小的动物。我没有太多的脂肪，也没有能盖过骨头形状的肌肉，更没有能包裹这一切的厚实皮毛。我觉得自己简直就是个用牙签搭的小人。我是那么微小，在等待那只大熊的答案。它审视着我。熊的行为，尤其是灰熊的行为，和人一样复杂。每次我见到灰熊，态度和结果都不一样，没有规律可循。在偏远的育空河那边的村子里，当地居民曾告诉我如何虚张声势地把黑熊唬住以脱险，他的建议和成堆的官方文件如出一辙，说一个被黑熊袭击的人不该躺下或做顺从、防护的姿势，而是应该大喊甚至要扔石头和棍棒。我问他如果对付灰熊呢，他耸耸肩，说没有两次都奏效的。奇怪的是，有研究发现，在受到黑熊、北极熊和灰熊的攻击而受伤的一百一十五名被调查者中，只有两个受害者是当地人。

灰熊两个肩膀之间那块明显的隆肉是一团肌肉，从脊柱松垂下来，延伸到两条有力的前肢。这团肌肉主要用于刨挖。我曾见过一只灰熊不费吹灰之力就在北冰洋的地面挖出松鼠，把冻成方块的污泥抛向空中。它也可以用这样的前肢抓起一只动物，然后把它攥碎。

有时它们也会吞食黑熊。一只二十三岁的雌性黑熊，将近140千克重，曾是塔纳诺河[1]浅滩区阿拉斯加洞穴研究对象中的一部分。10月，

---

1. 发源于美国阿拉斯加州东部，向西流入育空河。

一架跟踪研究的飞机经过，发现一只灰熊在挖那只黑熊的洞穴。研究者们要靠近时，灰熊声嘶力竭地冲着飞机狂吼。那时，黑熊在洞穴里还可以经由无线电颈圈发出信号。研究队到了冬季暂时离开，次年4月乘直升机返回时，他们发现那里只剩下被咬烂的颈圈，一些碎骨头，还有大量黑熊的毛皮。黑熊显然能够防御它洞穴的主要入口，那里还用树根做了加固，但灰熊从其他地方挖了入口。

在帐篷旁，我注视着熊的眼睛，等待着信号。它的鼻孔张开，吸入空气。它凝视着空气，判断着气味。冷风几次从我们之间穿过。我觉察到了一种特别的熟悉感，像是在看着自己的父母，看到了自己的特性，与之有惊人的相似之处。我从未看过毛皮被扒开的熊，听人说毛皮的下面，熊和人一样。我知道有些猎人，庖丁一样的人，在荒野中以游刃有余的刀法给动物开膛。当他们从熊身上扒下皮毛，露出黯淡、微红的肉体时，他们恐惧得哑口无言。千万别宰杀熊了，不管是什么熊。

我曾听到过熊和女人的故事。这是个古老的传奇，流传自西北。我常想象着他们一起在洞穴里，那是一个舒服而温暖的场景。那个女人有了孩子，熊仔，自己也变作了一只熊，因为这是一个简单的演变过程，而且兽性已经在那里了，在她的身体里。我完全相信，如果一个人真的野化了，如果他皮肤上长出厚厚的、柔软的毛发，手指变成弯曲的爪子，如果感官磨炼得可以通过鼻子在空气中辨察一切，那么这个人一定和熊没什么两样。

那个女人分属于两个世界。她人类的兄弟来到洞穴杀死了她身为熊的丈夫。他们跟踪那只熊，用猎犬把他逼上绝路……她已经不见了，那个身为熊妻的女人。她带着自己的熊仔逃进了深山。

我思忖着她的痛苦,她一定很希望人兽的差别能够弥合。我明白,此刻面对着灰熊,为什么会一直想着这个故事。

熊突然后腿立起。恐惧刺戳着我的胃。空气因为这一动作而不再凝滞。而后,它四肢着地,全速跑开,离我而去,仿佛我朝它脑袋上方开了枪。它的皮毛随着快速的跑动而缕缕后扬。它的身体与地形间仿佛没有任何障碍,仿佛没有了诸如摩擦之类的东西。

应该是我的气味。

那只熊跑过苔原,它的移动让这片地域有了远近透视感。群山变得很远,瀑布变得有声势起来,土地变得有地貌变化了。它的侧腹随着奔跑而一起一落。它跑着,直到变得很小,上了最近的山坡。它跑着,直到所有细节都消失,以强烈、不可动摇的力量爬上山腰,丝毫没有因地形而减慢速度。

我所能闻到的只有潮湿的云团和苔原上滑动的流水的味道,不知道是什么震慑住了那只熊。我闻不到人的气味,那种让一只成熟的灰熊像受惊的猫一样跑开的奇怪味道。我往深里吸口气,这时熊已经是千米之外的一个金色光斑了,已不再是赭色,而陶德也走出了帐篷。我尽力去品读吸进的空气。帐篷的尼龙味,帐篷内累得睡到感觉不出寒冷的人所散发的落水狗般潮湿的气味,开阔的天空、抚摸地面的阳光混着水汽的气息。

那只熊定是从风中闻到了什么,也许是有关人的记忆,也许是基因里固有的遗传,也许是空气传去的一种警告,告诉它我是谁。

四

我有腿，我可以走，我背着行李，包括睡觉用的唯一一张床单走进了沙漠。在我的周围，犹他州的夏日烘烤着圣胡安县[1]蜿蜒的峡谷。不间断的阳光几乎要烧穿我的帽檐，烧穿我盐渍斑斑的汗衫，继而烧穿我的皮肤，直到我再也感觉不到什么，只剩下一具"行尸走肉"。双腿支撑着身体，眼睛被光线刺得发痛，但我仍很高兴，令我这种形单影只的人再高兴不过的，便是在荒凉之海上做自己麦哲伦式的漂流。

在这热气盘旋上升的早晨，我低下头，那儿，前方印在红红的沙漠上的，是一串黑熊留下的清晰脚印。我耷拉着脑袋，张开大嘴呼吸着，对这些宽大的脚印感到有些迷惑。五个椭圆形的脚趾印，五个爪子间长长的豁口。一只披着厚重黑色皮毛的动物刚走过这儿。一个来自远方的出人意料的旅行者。

你好，陌生人。我这样想着。天气热得都无法大声说出话来。

作为深山里的黑色王子，黑熊应该属于松树林和住满海狸的水塘。它不是可以生活在满是蜥蜴和枯石的峡谷里的动物。我估计它是从北方60多千米以外的阿巴约山游荡下来的——那里是一片与世隔绝的高山林区，是熊应该生活的地方。

你来这里做什么？我问它。

---

1. 美国犹他州的一个县。县是美国州以下最大的行政区。

也许它只是想下山来看看。毫无疑问，它绝大部分生活都是在白杨和云杉的宝座上度过的，从那里它注视着四周太阳曝晒下惨淡的沙漠。一定是好奇心的驱使，它要下山来看看这片荒凉的土地究竟是什么样子。

察看着它孤独的脚印，我想起小时候的一首歌，说一只熊穿过深山，想知道自己能看到什么。这是你来这里的原因吗？那欢迎来到"地狱"，朋友。随便些，不用拘谨。

我向沙漠深处走去，开始发现那只孤独的熊的脚印到处都有，鼻子曾凑到干涸的峡谷中嗅过，爪子曾翻过龟裂的土块，那里以前有水。它在三四天前来过，与我同一个方向——南方。感觉我们仿佛是在一起旅行，只是相隔几次昼夜的轮换，看着同样的炙烤中的砾石。好像我们彼此认识，两种动物出来长途远足，来看看我们能看到什么。它或许是只公熊，因为雄性黑熊的活动区域比雌性多出百分之二十左右。未成年的公熊尤其喜欢在宽阔、无界限的范围活动，有时一个月能走上几百千米。

最终我明白这只熊要去哪儿了。它顺着峡谷一路走去，最终会到圣胡安河，那是一片温暖的浅流，河水流速快，带着泥土。我想，寻找水源，这就是你来此的原因吧。这是一个干旱的夏季，也许在山上运气不佳，泉水渐渐枯竭，溪水慢慢干涸。这只熊一定是凭着嗅觉下山来，直到最后找到了一条河。三天后我也来到这里，径直走入水中，卸下行李，并把它扔在岸上。我掏空了衣服的口袋，把小刀、笔记本、钢笔，还有望远镜，都扔到干燥的地方，然后潜入水中。我还穿着靴子和衣服。没关系。感觉特别棒，仿佛水温正是适合洗澡的温度。我在河中躺下，浅浅的河床按摩着我的肩胛骨，裹着淤泥的鹅卵石滑溜溜的。就这样在那里躺了几个小时，只有脸露出水面，用帽子遮着。

看着万里无云的蔚蓝晴空，我记起最近在有些地方还看到过其他动物。美洲豹从墨西哥移居到亚利桑那州，并在美国发展起一支健康的种群。狼在没有动物保护主义者或生物学家的保护的前提下，从怀俄明州下行至科罗拉多州，有一只在穿越州界的时候被汽车撞死了。这些日子，大量动物都在迁徙。热带物种和新热带物种——铜尾美洲咬鹃和角咬鹃、野猪、浣熊，还有不计其数的蝴蝶和飞蛾——有记录显示它们已离开南方，到达了美国北部地域。犰狳和负鼠一下子多了起来，到处都是。它们抛弃了长久以来的栖息环境，去寻找新的地方。

我的一个朋友，一个叫沃特·安德森的学者和自然主义者，一直关注着这些迁移现象。最近，他说他在加拿大西北地区发现了旅鸫，在此之前也许那里从未有过。他意识到整个星球的动物都在迁徙。安德森对我说，环境、疾病、经济、政治、种群数量近期对这些动物的迁徙都有影响。很难说哪一个是最主要的动因——如果有主要动因的话。这里面总有各种因素因碰撞、较量，而综合到一起，大量动物便史无前例地在过去几十年里分散到了世界的各个地方。

气候带在全球范围内以每小时几十厘米的速度向北移动，各种动物坚定地追随着，派出先遣部队以寻找后备计划和未来的落脚之地。一场诺亚方舟式的迁移似乎正在进行之中，一个接一个，一对接一对，一群接一群，寻找着新的家园。那些想旅行想得心里直痒的动物，现在终于有了自由，可以满世界跑了。

这只熊是不是迁徙大军中的一分子，很难说。对我来说，这只动物仅仅是一个旅伴，另一个沙漠中的漂泊者。同时，我们都在这场轰轰烈烈的全球迁徙之中，顺应着身体里基因的"抽搐"——它在我们脑袋里反复低语，让我们向前走。我们有腿。那就走吧。

夕阳西下时，白天的热气有所收敛，我从水中起来。跨到岸边，河水顺着衣服淌下来。一个小时后，我连骨头都晾干了，然后继续向南走。不久，第一批夜星出现在了天际，我找到了一个睡觉的地方。在光秃秃的岩石上，铺上床单，我做起巨大的天空下有流水的梦。

日出前的黑暗中，我醒过来，而后继续前行，脑海中没有什么特别的任务，只是要翻过世界的这一页，看看接下来会有什么。我离开河流，走向更远的沙漠。那只熊现在应该在我身后了。它没有理由远离河流廊道，在那里，它可以在杨树林的巨大穹隆下打个盹儿，可以舔食几口河水。不知道这只熊返回山林时其他熊会怎么想。像个讲故事的，它会带着一种新的气味回到家中。其他的熊会惊愕吗？它们会在意自己同类中的一只走进沙漠又回来了吗？

离开河水 16 千米了，我感觉需要一片阴凉，一个可以休息一下的地方。太阳高照着。我开始察看四周的悬崖，发现有一处凹了进去。我朝那里爬去，这样，在灌木丛的庇护下我便可以睡过接下来的一天了。爬到那里时我发现了水源。一股黲黑的泉水从岩壁上渗出来，刚好够喝。我侧身贴近，亲吻着这丝丝泉水，吸走它薄薄的一层水皮。这需要时间，不过我有耐心。现在我没有其他地方可待，很快我的口腔内壁就再次湿润起来了。

我喝了五分钟，而后眼睛巡视周围，凝视着这个浅洞。地面上1米开外有一堆熊的粪便。我离开岩壁，很是惊讶。

你在这儿做什么？你不应该待在这儿。

简直不敢相信，我以为自己是唯一一个以这种方式在这片干旱土地上漫游的人。

你应该待在河边。除非你不是为了水源而来，你其实只是在旅行。

我爬过去看了看那堆粪便。里面有很多甲虫壳和蚂蚁，都被熊的臼齿磨碎，还有飞虫、蚂蚱和蝉的翅膀。其间夹杂的砖红色野生浆果，大多都是籽，很少有果肉，对于将近100千克的动物来说并非理想的食物。我捡起树枝，将它插进粪便，戳开包在外面的干壳。里面的粪便像山核桃派那样柔软。它仍先于我三天，仍在走动。

我跨出凹壁，来到赤裸裸的阳光下，爬上悬崖的顶端，在那里我可以俯瞰四周。南边是砂岩构成的重重围墙，还有橙黄色的盆地。没有水源，没有树荫，只有沙漠。

我不再往远处走了。给养已消耗殆尽。但是那只熊已经继续前进了。我凝视这片荒凉的广袤之地时，心想这不只是一只寻找水源的熊，也不是从阿巴约山下来度假的熊。这只熊决不会再返回。这让我着迷，又让我嫉妒，想象着这个黑色王子在向前漫步，出现在熊不可能出现的地方：一个流浪汉现迹于纪念碑谷[1]的大红柱子间，穿过石化林的

---

1. 位于美国犹他州、亚利桑那州的边界上，在美国最大的印第安人保留区纳瓦霍保护区内。

荒原和大风不断的多色沙漠。它如果向左走，会到达墨西哥与美国边界处的鲁卡楚开山。也有可能转而向右，爬上纳瓦霍保护区内的黑台地森林。或者它会径直南下，到达莫戈隆边缘地带的森林，离马德雷山脉[1]还很远，也许会渴望到达南美洲，最后它可以在那里停下，面向南极洲凝视着广阔的棕色海域。

我眺望着远方，心里说，祝你好运，旅行者。希望你的腿能在路上一直支撑着你。

我回到凹壁里的阴凉处，睡在那只熊曾经睡过的地方。太阳下山时我再次起身。我吻了吻潮湿的岩壁，继而转向北方，往回走去。

_ Ursus americanus _

_ Ursus arctos _

---

1. 墨西哥的主要山脉，泛指从东、西、南三面环绕墨西哥高原的三条山脉的总称。

郊 狼

一

衣衫褴褛,疲惫不堪。我们花了两个星期穿过索诺兰沙漠[1]后来到一架美国艾尔莫特风车旁。这里,水流从沙漠中汩汩流出,仿佛是冰块出现在了太阳的中心。风车处是我们的第一个食物储藏所。它隐藏在蓝花假紫荆树下,位于水井东南方向几百米处。发现另外一个食物储藏所是一星期以后的事了。我们将背包从身上抖落,就像蛇蜕皮

---

1. 北美洲的一个沙漠,位于美国和墨西哥交界,包括美国亚利桑那州、加利福尼亚州和墨西哥索诺兰州大片地区。

一样，然后坐下来等待傍晚的到来，时而走动一下准备食物。

在我们后方，一只郊狼叫了好几次。它用叫声在这一地区搜寻着，但没有找到其他同类。我们抬起头来看看，又继续干活儿。狼的叫声再次响起，更近了。当它第三次叫时，我和同伴都站起来巡视绿珊瑚树和石炭酸灌木交错的阴影。我的旅伴埃尔文·弗南兹抓起望远镜大步向一个方向走去，弓身与灌木的高度齐平。我看到有东西在动，郊狼的一部分身体闪过附近的洼地。埃尔文从另一个有利地势朝它架起望远镜，示意我他可以看到。

郊狼遵循着内在的某种天性，独处的时候会长嗥。正是嗥叫将它们聚集到一起。这样某个区域内各郊狼的详细位置便十分清楚了。大约有三分之一的郊狼会群聚，另外三分之一成对出没，剩下的三分之一独行。

那只郊狼又叫了起来，竟然没有回应，这让我很惊讶。我从行李中抽出笛子（长长的，木质的，产自日本）吹起来，想看看会发生什么。埃尔文半蹲着，一直举着望远镜看。我无法看到那只郊狼。觉得它差不多已经离开了，我便停了下来。埃尔文一直观察着郊狼，他用手示意我吹下去。于是我继续吹，同时他仍在做着手势，一只手在空中不停地打转，意思是，再吹，大声些。我吹得节奏更激烈、调子更高了。我的脑子迫切需要氧气，嘴角的肌肉变得生疼。埃尔文爬上风车塔架，与西方褪色的天幕融为一体。傍晚宁静的空气让草叶也倦怠起来。我朝埃尔文走去，用笛声盖住脚步声。视线变得越来越模糊，笛子也没了曲调。最后我停下来深深地大口喘着气，大脑缺氧，眼冒金星。

"它坐下了，"埃尔文小声对我说，"就那么坐着，听着笛声。"

我慢慢地爬上塔架，移到埃尔文身边，转身举起自己的望远镜。那只郊狼坐在空地上。一片开阔的空地。离它最近的植物是一株盛放的红色的蜂鸟花，距离约6米。也许它已经习惯了风车周围异常的动静，所以没有注意我们。它耳朵竖起来，脑袋向四周转了一圈后，鼻子低下去触到自己的尾巴，闭上了眼睛。这样一来，它便成了一堆石头。即使我被它绊倒，也不会发现什么。多毛的尾巴构成一块石头，紧靠在一只后腿上，而后腿又是一块石头，身体部分则是第三块，也是最大的一块。这样一个姿势让它蜷作一团，能够保持温度，营造出一个暂时的家园。

郊狼是杂食动物。西瓜、甲虫、鹿、更格卢鼠、花草，全在它的菜单上。要想在这个星球长时间生存下来，变成极为成功的物种，最好的办法就是食物不要专一化。像鲨鱼和蟑螂，它们都优雅地旋转于一种又一种灭绝的物种间，郊狼和它们一样，食物种类很广泛。食物专一者，只吃一种猎物，或依靠某种特殊的工具求生，那样的动物通常都只是昙花一现。虽然让人印象深刻，但普遍短命。大多数杂食动物会创造出各种战术来获取食物。一种独特的开放式的智慧在郊狼体内应运而生，它们形成了独有的社会秩序，睿智的神情出现在它们的眼中。

有政府机构曾夸下海口，要对狼和灰熊进行区域性灭绝，这一机构在19世纪初被称为"生物调查局"，还炫以"大捕特捕，方式不计"的标语。后来又演变出来一系列令人咋舌的名字，从"动物危害防控中心"到现在的"野生动物服务处"。这个机构企图消灭任何"动物国会"以及分属的"游说者",从狐狸到乌鸦,再到长耳大野兔。有一种动物着实令其恼火,是那种从你的田里偷了瓜又朝你猛扔瓜皮的骗子,说的就是郊狼。他们发现,越是捕杀郊狼,要对付的数量就越多。这无异于直接朝他们脸上吐痰。之所以会这样,是因为郊狼是一种勤奋无双的杂食动物。

每年,西部各个州都会扔几十万美元到郊狼捕杀地。在典型的年份里,在美国奉联邦政府之命而杀死的郊狼多达 98000 只。随之而来的结果是,郊狼的数量飞速上升且破了纪录。从母郊狼的生物学特征来看,整个郊狼群的数量注定会回升。郊狼是占据废墟的第一个物种,就像月见草能在沙化的道路上生长一样。母郊狼在经历的捕杀较少的情况下,一年内子宫隆起三到四次,每次带来三到四只幼仔。当捕杀变得频繁后,母郊狼每年便会有九次子宫隆起。人只要开始射杀郊狼,它们便开始下更多的狼崽。

郊狼对食肉动物防控行动的反应不仅表现在仔畜的数量上,还表现在下崽母郊狼的数量上。种群数量稳定时,一个地区的母狼有一半会排卵。当种群数量被大规模削减时,所有的母郊狼都会排卵,包括刚满一岁的,这些小郊狼通常条件下都要再过一年才会排卵。在一个密切关联的郊狼群中,一般领头的母郊狼是唯一一只产仔的,第二只和第三只会交配并挖洞。野地生物学家估计,如果世界上四分之三的郊狼被一次性消灭,那么不出一两年它们的数量便会回到正常水平。

它们像水,像黑暗,填充每个角落。有一次,我带学生到科罗拉多下游,黎明时检查他们安静的圆顶帐篷,发现地上有郊狼在夜里留下的纵横字谜一样的脚印。还有一天，我从自己的睡袋中醒来，瞥见约1.5米外一只郊狼的黑影映衬在星空下，它正停在一群睡在地上的向导中间。两百年前它们只居住在美国西南部的大盆地上，现在它们跨越了北美的绝大多数地区，从哥斯达黎加到阿拉斯加，从西海岸到东海岸。1938年，密西西比的一个陷阱捕到了第一只郊狼，标志着这种动物的东扩。现在它们已经是那片土地的本土居民了，基因也随新的居住环境发生了变化，东部郊狼的体重超出其西部同系15千克。有时郊狼还会出现在曼哈顿中央公园。它们继续迁移，现在已经过约160千米的无冰水路到了加拿大纽芬兰岛。有人认为它们是搭着东北海岸的浮冰去的，我的想象则是，通过那些错过陆地的浮冰，郊狼们出海后就再也没了音信。

它们甚至超越了地理性的扩张，转而做起基因的开拓者。DNA分析证明，来自美国明尼苏达州北部、加拿大安大略省南部和魁北克地区的50%的灰狼取样携带郊狼的DNA。这些地区的灰狼曾经与郊狼杂交。郊狼中还未发现灰狼的基因。郊狼是强悍的动物，粗暴而机智，什么都难不倒它们。

它们自工业革命以来的扩张甚至比人类的扩张还要成功。我们建立起文明，它们则利用这一文明，比我们做得还要好。自然主义者劳伦·艾斯利[1]曾评论道，"人类最伟大的创造……其实并不真正属于人"，他所谈及的是纽约成为鸽子飞行通道的现象，我谈的则是北美大陆的

---

1. Loren Eiseley, 1907—1977, 美国人类学家、教育家、哲学家、自然科学作家。

郊狼。它们已居住到了城市，同洛杉矶的主要街道甚是相宜。即便如此，对于杂食动物，仍要多说几句。

那就是，幼稚的不是动物，而是我们人类。我们天真地相信，这个世界由语言和数字构成。郊狼没有高级的语音系统，却专注于生存、生育和生命。没有哪种天真的动物如此精于生存之道。郊狼行动起来总是很专注。我曾在石炭酸灌木丛和牧豆树丛中看到过它们的眼睛，它们一直注视着我。很多次我总是看不到那注视的目光，一直往前走，全然不知周围有郊狼。当我看到它们快步跑开，或者当我从卡车上下来，背靠在车门上，像它们扭头注视我一样注视着它们时，才意识到还有更多只。意识到我所看到的只是那宽广而丰富的生命所呈现的一瞬。

风车旁，那只郊狼在地上半个小时都没有动。它看上去还是一点也不像郊狼。如果我朝一边看，再回过头来，一定很难再发现它。它属于一个大狼群，我常常能在两山之间的这条沙漠带上听到它们的叫声。它又是孤独的，静静地睡着，也许并不是我的笛声促使它停下，也许只是因为休息的时间到了，像世间万物，到什么时间就会发生什么事儿。

它时不时地抬起头瞥一眼，或是因为风向的偏转，或是因为一群鹌鹑的声音。我的手抓着风车的铁杆，已经开始感到酸痛。石头又变回了郊狼。它站起来，面朝西方，而后嗥叫起来。声调表明它在通过嗥叫确定地形。郊狼会让每一次长嗥有充分的时间延展开去，然后再发出下一声。每叫一声，它的尾巴都会像受到拖拽一样伸向腹部。郊狼的尾巴尖呈黑色，听说这是因为正是郊狼将火种带到人间，它把自己的尾巴插到火堆里，而后偷出火星，这样自己的尾巴尖就变黑了。正是郊狼将火的光明和温暖带给了我们，带来了文明的开端。而后由我们制造出了汽车、曲别针、百货公司、双肩背包，以及构成我们生活的一切。郊狼，这个阴谋家。你给了我们促进文明产生的材料，现在看看我们，悬在风车上，而你却仍然可以鼻子蹭着尾巴，立即隐蔽起来。

它的叫声仍在这个世界里回荡，但没有任何回应。它面朝西方，期待着其他郊狼的回答，不甘于以沉寂告终。嗥叫仿佛前戏，柔化了那孤独的呼唤所卷绕起的空气，郊狼抬起头，朝上空长嚎，尾巴则用力向下伸展。

叫声回荡着。郊狼一直在等待。没有狼群回应的郊狼是孤独的。缺少了群居动物的社会性乐趣，时空也变得更空阔。换作其他时候，应该是一起吃野兔或老鼠，大家白天趴在温暖的岩石上，其中几只睡眼惺忪。一个狼群应该是这样的。

现在我们都远离种群，孑然一身。现在，土地如此广袤，尽可以让郊狼的叫声无限延伸，没有任何东西阻碍声音的传播。它唯一的居所便是那条毛茸茸的尾巴，如果我有，也会蜷在尾巴下，石头一样一动不动。

那只郊狼并没有焦躁。它没有抓挠地面发泄失望的情绪，而是再次长嚎起来。西方有了回应，距离非常远，仿佛掠过我左耳的一根发丝。郊狼的耳朵接收到声音后顿时竖起来，这证明我听到的叫声是真实的。两次嗥叫，然后是长嚎。远方的长嚎引发了西边更远的一群狼嚎。整个沙漠，短短几秒钟内，涌出了一片你叫我喊的杂音。沙漠立刻变了，由众多的石头变成了郊狼。呜咽声起，叫喊从四面八方飞至。它们无处不在,虽然我在风车上完全看不到。

那只郊狼迫不及待地循着声音向西方跑去。它一离开小河,我们便看不到了。埃尔文和我爬下风车,默默地走回帐篷,又开始干起杂活儿。不久我们便吃上了玉米肉粒炖汤和米饭。分散的狼群在夜空下放歌长嚎。它们狂热的叫声越过沙漠,比孤独所弥散的区域还要大,一串串声音将遥远的各点彼此连接。我们两个端着热饭的,不过是吊在这张大网上见证狼群生活的活物。

二

我从狼嚎声中醒来。屋顶上的积雪有1.5米厚,我盖着厚厚的毯子,睁开了眼睛,谛听外面空旷的冰天雪地中那粗暴的吵闹。我仔细听着,想分辨出它们的位置,想象着它们在1600米以外的树林边上,在寒风凛冽的空地上嚎叫。太阳应该要出来了。

天仍然黑着,郊狼的叫声渐渐消退后,我躺在床上没有动,听着那时的女朋友在我身边的呼吸。我们的阁楼顶着天花板,小屋长和宽都只有3米,从科罗拉多圣胡安山犁过的路面滑雪过来要两个小时。我们是孤独的,但对于郊狼和其他为数不多的动物来说,我们也是寒冬腊月里仍然醒着的生物。我积聚起所有的意志力,从几层毯子里爬出来,爬下木梯子,身体唰地闪入刺骨的空气中。我抓起架子上的衣服,一层一层地穿上,先是羊毛袜子和长内裤,而后是长裤、纽扣衬衫、毛衣、厚大衣。每一层都凉得扎人,过了好一会儿才感觉自己的体温慢慢循环起来。等待的空当,我从火柴盒里取出一根火柴,擦燃,小屋里便亮起了硫的光芒。我将火柴靠近一盏油灯的灯芯,然后在那微弱的火焰上罩上玻璃罩,灯火轻柔地照亮我所在的房间,这个做饭、读书、聊天,以及在冬的腹体中等待的地方。一罐罐食物端坐在架子上。书一本压着一本。卷了边的《时尚》杂志摊在外面,我和女友都会在漫长的冬夜里翻看一下,提醒自己,人类的文明,包括那些苗条的女人和冷峻的年轻男人,依旧还在,不过是在很远的地方罢了。

清晨离不开火。我首先在丙烷气炉上烧一锅水,炉子的一圈蓝色火苗鬼魅般妖娆。然后我又蹲下,打开壁炉上的小黑门,拿一根棍棒戳了戳里面的炭底。余火苏醒过来,睁开明亮的眼睛看着我。引火柴和攒成团的报纸勾起了火焰,我用力朝火苗吹气,嘴唇、鼻子、脸颊都暖和了过来。我往里填入结实的木柴,那是我和女友去年夏天用双人锯砍伐的,每一块都很珍贵。我关上壁炉门,里面发出噼噼啪啪的断裂声,青烟顺着漆黑的烟道缓缓上升。

我把脚插进一双旧索雷尔长靴,再在下面绑上一套带蹼的雪鞋。这是出去的唯一办法。每个早晨都是一系列活动串起的裤文,有时感觉仿佛是郊狼和我在建构一天,让太阳东升西落,让冬季不会永久地停留。没有我们,人们便不知道发生了什么,不明白为什么地球突然间就到了末日。我打开小屋唯一的门——前门,走入黎明微薄而冰冷的光线中。天空很干净。外面的温度计显示气温是零下28摄氏度。这对我来说没多大意义，上面的数字可以继续探底，我已经无法感知比这更冷的温度了。我嘎吱嘎吱地踩着小道上的积雪。一切在雪的覆盖下是那样平缓而温和，只有小屋周围白杨树的苍白树干瘦骨嶙峋的，还有南边屹立的高达 4000 米的群山细长细长的。

一弯新月挂在东方，那是我的时钟，一个缓慢运转的齿轮。透过光秃秃宛如鹿角般的白杨树枝，我一边看着新月，一边小便，下面划出一个冒着热气的弧线。

喝过热茶，吃过早饭，我和女友便各奔东西了。女友向东滑雪而去，沐浴在小屋周围穿过白杨林的第一缕阳光中。我踏上滑雪板一路向西。我们并没有刻意要寻找什么。像被派到天边的骑士，只是睁大眼睛接收着冬季发出的任何馈赠。

每到一处都会留下自己滑过的痕迹，体力深深透入优雅的雪层，滑雪板埋进压出的浅沟，滑雪杆在身体两侧插地。雪不会说谎，没有翅膀和爪子打在雪地上的印迹，小鸟就无法着地。所有的生物都会留下痕迹，于是我便成了一个追踪者，出来收集痕迹，就像早上打开报纸，看看今天世界上发生了什么。我在伐木的凹槽处停下来。驼鹿曾经来过这里，雪的深度已经没过它的四肢。这里还有过一场小规模的战斗，一只白鼬吃掉了一只飞得过近的扑动鸳作为早餐。

清晨的巡游中，我进进出出一片又一片草地，而后停下来。这里一只郊狼曾蜷成一团，在云杉林边上睡过大约半个小时。地面上因为它的体温结成了一层薄冰。我查看过它的床铺，看到它沿着树林边而行的足迹，看来是醒来后忙自己的事去了。会是什么事呢？我想着。

我跟随着这只郊狼的脚印，它曾沿着树林和草地做C字形的疾跑。这里它曾挖过啮齿类动物的洞，但徒劳无获。这里它曾走过一片白色的不毛之地。这里它曾在荒地中央停下，站了几分钟，朝北方凝视过。我在荒地上猛然停住，把滑雪杆夹在胳膊下，弯下腰来。我褪下一只手套，将手指放入其中一个脚印里，想着那只郊狼为什么要在这里停下。感觉脚印中凸起的部分已结成硬壳。在我之前不到两小时，它在这里停留了很长一段时间，以至于积雪有点陷了下去。为什么要停下呢？我看着它曾经凝视的方向，看着一样的地平线，阳光照耀着一片毫无特点的白雪。也许它听到或看到了远处的动物。一阵不经意的冷风嗖地蹿过我的脊背，扬起点点冰屑。我用围巾盖住自己的嘴，将冻红的手塞入手套，而后继续向前走。滑雪板在荒地上留下两行轨迹，滑雪杆在身体两侧扫过，带我继续向前滑过这一天。

这只独自行走的郊狼一步步向我展示它在忙的事情，带着我在山间走了不下16千米，又是转圈，又是走回头路，又是在空地上径直快跑。当然，还有其他痕迹，是别的动物的。换作其他时候，我也许会由此及彼，由松鼠找到鹿，由鹿找到乌鸦，由乌鸦找到野兔。但是今天我只对这只郊狼感兴趣，每走一两千米，对它的熟悉便多一分。我看到它特别喜欢向右偏，这表明它有点瘸。在它从雪地的一个窗口——雪层下露出的一条呢喃小溪里喝足了水之后，我能感觉出它的饱足。我离它越来越近了，接近它新留下的脚印，它从倒下的树干下弯腰而过，拨开满是雪粉的低矮树丛。这里郊狼曾像海豚一样纵身跃出雪层。它在猎捕睡在雪层下接近地面的蓝松鸡。据郊狼欢蹦乱跳的痕迹，很难判断它是否猎到了肉，如果蓝松鸡从它们的小雪洞里一个接一个地跳出来，像烟花弹一样从郊狼周围直冲上空，那就很难说了。我能想象出郊狼注视着蓝松鸡冲上天空时迷惘的模样，可能它还觉得有点意思呢。

又走过了几千米，我在午后的长光里，离郊狼只有半个小时的距离了。我尚未看到它，不知道它看没看到我。我在它的足迹中寻找类似这样的迹象：一个暂停、一次加快步速后的回头。不过它并不知道我在这里，这让我觉得有点尴尬，像个偷窥者。郊狼的行动如此光明磊落，如此不受干扰，我想也许自己不该跟得这么近。可我已走了那么长的路。哪怕只有那么一秒，能看到它起身，又离去，我都会觉得那是一个犒赏，丝毫没意识到我已经连着几个小时都在破读它的生活。我跟着它的脚印爬上山坡，这里被风吹得既平又滑。光线在变暗，天完全黑下来以后，我有可能找不到回去的路。我带了盏头灯，折回白天的路并不难，不过回去太晚会让女友怀疑我究竟怎么了。我加快了速度，要尽快赶上那只郊狼。

还有十五分钟就能赶上郊狼的时候，我来到一处由山坡洼陷形成的盆地，这里夏天冰雪融化后会形成黄玉般的湖泊。更多只郊狼的脚印出现了。又有五只，八只，十二只。同灰狼相比，郊狼狼群组织松散得多。它们在一起更像是朋友、邻居或亲戚，而不是由男性统治的官僚组织。我喜欢郊狼的这一点，那是一种很随意的主权形式。滑到这群郊狼的足迹中，我发现已很难辨认自己寻找的那只，在那里，它曾在狼群中蹦跳撒欢、嗅着，应是看到郊狼同伴后非常兴奋。我眯起眼睛，想要破解这重重足印的意义，同时用手套背面擦去已上冻的鼻涕。

距离赶上郊狼还有五分钟时,我在空气中查找它的气味,整个狼群的味道,但是风一直在刮,鼻毛冻得直挺挺的。我拉起围巾,盖住鼻子和嘴,所闻到的只有自己湿润而温暖的气息。

面前的雪地上有一滴血。我停下来凝视着它,仿佛那是嵌在冰里的一颗红宝石。这滴血滴在郊狼脚印之间。我想也许是受伤所致,爪子上有伤口,但这并未影响郊狼的脚步。就只有这一滴血。我意识到,这是只母郊狼。它正处于发情期。前方还有一滴血,再往前又是一滴。血滴随着它跟着家人和同伴小跑而落在它的脚印之间,也许在狼群中它会受到刺激,透露出自我的信息,告诉同伴它准备好了,它身体中冬季的时钟正朝着春天嘀嗒走去。

我在这殷红的血滴前单膝着地,它是那么新鲜,刚渗进白雪中,从鲜红变为了粉红。它和其他郊狼刚起身,就在我前方,不到一分钟的路程。我想摘下手套捡起那滴血,让它在手指间滚动,但我不敢。这是过于隐私的东西,不是留给我的信息。

我走得够远了,我想。如果我滑雪上前,出现在狼群中,它们会四散而逃,它们的毛皮会在风中飘动。它们相信这里只有它们。整个世界是它们的。这么想是对的。我起身往回走,永远看不到我跟踪的那只郊狼了。我向着小屋和溢满火光的玻璃窗起程,开始了漫长的路途,把身后的世界留给郊狼。它们正一起翻山越岭,长嚎着,吠叫着,呼唤着冰冻寒夜的到来。

_ Canis latrans _

美 洲 狮

一

　　我站在亚利桑那州的地标黑台地上，周围是锯齿状参差不齐的火山群。萨瓜罗仙人掌同乔拉仙人掌发光的白刺混在一起。在这里，这样一圈群山中，我度过了很长一段时光。

　　从黑台地下山的路并不那么明显和简单。我的一边是玄武岩巨石，另一边是由一些狭长陡峭的沟壑形成的陡崖。我拄着由萨瓜罗仙人掌做的拐棍沿着峡谷徒步而下，黑乎乎的手柄在手里已经被磨得露出了木料。我把拐棍下探到沟壑中的第一块凸岩上。干涸的水道在台地上冲出凹槽，而后慢慢变窄，最后消失在台地之中。先是周围的峡谷看不到了，随后群山也看不到了，最后能看到的只剩头顶上的一片天空。

刺槐从狭缝里生长出来。它们也被称作"猫爪树"，出了名地让人厌恶与害怕。遒劲的主枝上伸出无数个"爪子"，弯曲成倒刺，一碰到便会被刺出一道血口，而不仅仅是扎在皮肤上。一路上，耳边是粉笔刮擦黑板一般的声音，"猫爪"喳喳划破我的衣服，然后划开我的皮肤钩进肉里。每次经过时我都没有好好注意，最后只能小心翼翼地将刺钩一个一个从身上取出。

枯死的野草缠绕在"猫爪"枝和仙人掌之间。越往峡谷深处走，植被就越多。河道在经过密实的岩石后很快变窄。这里已经没有空隙让人绕开植物了。蓝花假紫荆树举着尖尖的绿色"大钉子"，连高到脖颈的荷荷巴丛也很锋利。长满倒钩的乔拉仙人掌球散布在植被中。我的前臂上满是点点凝结的血痕。

岩壁上有探出的巨石，我双手扳着这些巨石，身体吊在空中，找不到足够大的岩缝插脚。本以为可以踩入一个极小的缝隙，于是松了手，却一下子跌到了下面一层凸岩上，摔了个四脚朝天。今晚身上很多地方一定会肿得像烂苹果。

我站起来，摇摇头，然后支起拐棍，让它辅助自己向下走。植被封锁了峡谷。我走到一个小瀑布旁边，刚要跨过去，就感觉下面有巨大的东西腾跃而起。每种可能性都在敲击着我的神经。大角羊，野猪，还是熊？

美洲狮。

前方约 1.5 米。我还没来得及向任何方向扭身，那只狮子已经在空中了。1/4秒的时间里,能看到它全部的颜色和体形,它移动得相当快。我的血都凝滞在了器官里,像被冻住了一样。无法分辨它朝哪个方向移动。1/3秒的时间里,它展身在我面前。那时,我才确定这是一只狮子。我注意看它的尾巴,粗得像条丛林蛇,尾巴尖是黑色的。这样我便知道,这只狮子是头向前跃过我而去的。

随后是后爪,脚趾因用力跃起而分开。在棕色毛皮和磨损的黑爪垫之间,我想我看到了尖爪,猫科动物的爪子。一阵风向我袭来,弄乱了我的刘海。有股浓烈的气味,像千百万个单词同时涌出。

那只美洲狮和下方的植被相撞。一阵猛烈的摇摆后,那只动物被淹没在树丛中,最后消失的是它的尾巴。声音又持续了几秒钟,干枯的野草和饥渴的灌木丛像揉成一团的报纸。随后声音停止了。在沙漠植丛里,那只美洲狮静止不动了。我听着。没有动静。

我的手紧抓着拐棍。我的右脚停在岩石和沙子上面,那里刚被美洲狮的体温温暖过。在那里我站了许久。嘴很干,峡谷只有约1.5米宽,和拐棍横过来的长度差不多。我注意听着那只动物的呼吸。它还在植丛里。我暂时转过身,向岩壁上方看看,想着爬上去,又想着可能会掉下来。我回转身朝下方看。"我要下去了。"我喊道,然后等待着回应。我的声音在空中飘荡着,那只狮子一定从某个低处盯着我。"你听到了吗?"我又喊道。

也许刚才我把它逼到了峡谷中一个干涸的瀑布处。我看不到那么远,不好说。我举起拐棍,这样至少狮子和我之间隔着点什么东西。我把下巴压低到胸膛,遮盖起喉咙部分裸露的皮肉。这样做有什么好处,我不知道。我心里祈祷着那只美洲狮可以如玩魔术般溜上天空，这是我能想到的唯一可以瞬间离开峡谷的办法。

我在刺槐中艰难行进，刚才美洲狮就是从这里消失的。我的眼睛不停地巡视，想要找到另一双眼睛。这种动物的拉丁文学名是 Puma concolor，意思是"单色的猫科动物"。是落叶的那种浅黄、干枯的色彩。Puma 是 20 世纪 90 年代更换的一个生物学属名。在此之前是 Felis，如今 Felis 是家猫和其他小型猫科动物的属名。现在我浑身上下都有"猫爪"。在我经过时，触碰到的每样东西都窸窸窣窣地响。我想找到一处动物可以不带响声走动的地方，可以钻入的地方。但是没有。

这一带美洲狮的体重可达 40 千克左右。那条非同一般的长尾巴有时占整个身体重量的 40%，这就是尾巴会给我留下那么深印象的原因。它们后腿跃起后，可以跳五六米高。我目测了一下自己同周围所有盲区之间的距离。

猫科动物大都带有欺骗性，有时候看起来是要转向另一方，可是它们却突然腾跃起来。它们发现你时不希望自己身边有同伴。大多数猫科动物的一生都是完全孤独的。它们常伺机从猎物的背后悄无声息地进行袭击。蹲着的人、个子矮小的人，或是向另一个方向跑的人，它们都袭击过。即便是在动物园，它们有时候也会在孩子走近时从笼子里攻击。做父母的常常被告知，要在经过笼子时看紧孩子，以防小孩子做出随意举动。有些研究者相信，突然的举动会招引猫科动物的攻击。它们可以连续数千米跟踪人。曾经，有一名女性在路上逃过一劫，但那只狮子却抄近路在随后的几千米处从背后扑杀了她。

我挺起胸，耸起肩膀，眼睛张得老大，很多眼白都露出来了。拐棍架在我前面，心里一直在挣扎。美洲狮不会在这种地方搏斗。太危险了。我对它来说很陌生，我的反抗给它带来的伤害也会影响到它在沙漠里存活的能力。同时，也只有美洲狮最有可能在北美地区把人当成美食。

我十指触地，即便这样也有声音。"没有动物能够悄无声息地穿过这里。"我大声对自己说。它能听到我的话。前方一步的距离。

从这里走过，我在传递着自己向峡谷下方走的信息。那只美洲狮现在对我已经一清二楚了。巴里·洛佩兹[1]曾经写道，食肉动物会同它们的猎物交谈。这一对话决定了猎食的结果，无论猎物是否做好了死亡的准备。洛佩兹认为，猎食不仅仅是利弊的权衡，更是一种和牙齿、消化道一同进化而来的对话。动物们通过注视、身体活动、气味和步态同彼此对话，这样猎食者和猎物便构成了一个群体。现在，作为这个群体的一部分，我担心自己是在用嘴巴对话，发出了不想让对方知道的信息。

下方可以攀爬。我看了看岩壁，垂直陡峭。开始向下爬的时候，我喘气的声音很大，夹杂着"怦怦"的猛烈心跳声。汗水湿透了全身。由于忙着朝身后看，踩到了松动的岩石，一下子跌进了刺槐树丛。满身都是刺，我的身体带着"嘎嘎"的摩擦声下滑。"猫爪"食人鱼一般地攻击。手里的拐棍也丢了。

---

1. Barry Lopez, 1945-2020，美国作家。作品以其人道主义及对环境的关怀而著称。代表作有《北极梦想》《漂流记》等。

"见鬼！"我嘟囔着，随手握住旁边的植物。我尽快认清环境，寻找那只动物。上面，下面，两边。我眯起眼睛朝林下灌木交错的阴影看去，寻找那"单色的猫科动物"。拐棍卡住了，我把它拽下来，重新挡在面前。现在的我很紧张，感觉美洲狮正在附近等待着我。我的呼吸时快时慢。我静候着。没有动静。我不能动弹，不能发出声音，连着眼球的肌肉紧绷着。

我曾同一个伯利兹[1]的老人聊过。那时我们刚从舞会上离开，他对我说不该参加用美洲狮皮做鼓的舞会。"总会打起来，"他说，"气氛总是激烈而愤怒。"

我还曾与一个动物学家交谈过，他告诉我说成年美洲狮有时一周要吃掉一只鹿。那可是不少肉呢，我想。它们随时都会猎食，夜晚捕猎的能力同白天一样好。在土路上开车，前车灯下能看到美洲狮发出绿光的眼睛。它们的眼球中有一层反光的薄膜，可以将任何反射、散射或漫射的光线吸收并再次在视网膜上反射。所以狮子的优势便是可以借着星光或是在阴暗的谷底捕猎。

我总是想着自己已从美洲狮的身旁经过，然后猛地回头往后看。但是这里根本没有穿行的空隙。恐惧和冷汗一起从后背滚下来。在恐惧成形之前，在它长出粗壮的四肢和犬类白钢一样坚硬而锋利的牙齿之前，人类有多少恐惧可以释放到这个世界？我尽量让自己同恐惧分离，喋喋不休地对自己说了一大串诸如美洲狮应该早已离去的话，但是后

---

1. 中美洲唯一以英语为官方语言的国家。

背已经被恐惧浸透。

　　我用拐棍拨开树枝，在向前踏步前先检查一番。灌木间有一抹微弱的光线。那是峡谷中的一块空地。我一跃而过，离开了黑台地。没有美洲狮了，不可能有。我带着恐惧转身而视。没有美洲狮。我向上看看凸岩，然后又一次转身，看着空地。

　　它在前方90多米外注视着我，似乎一直在等待我找到出口。它开始慢慢走开，即便隔这么远也能看到它的爪子很大，像厚袜子一样。它走动时不像鹿那样急扭或直挺，而是像一块持续运动的肌肉，整个身体一起动，缓慢而有条不紊。在一片坡地的顶端，它停下来回过头。

　　美洲狮是颇具心理学色彩的动物，以猫科动物神秘的眼睛在意念中捕猎。它们知道自己仍占统治地位，知道自己不会被逼上绝境。它们知道自己仍是凶猛的代名词。我们人类作为群居动物，同狼或郊狼这样的群居动物倒有很多相似之处。当我看到一只自由的狼，我会感觉我们几乎可以坐下来交谈，只要细节都提前弄清楚。与猫科动物就无法这样。猫科动物使用符号交谈。

　　我向后望了一眼峡谷，灌木丛中有个洞。在我经过之前，那里没有洞。我感觉自己仿佛在那里刚刚摔了一跤，又跌跌撞撞地爬了起来。我想到美洲狮的脚，那四只曾在我眼前张开的脚。近40千克的身体曾从那里悄悄走过，声响比我十指触地还要轻。

　　一种认同在我和美洲狮之间传递。它带给我猫科动物特有的一种注视，冷淡而真实。随后它转身走开，仿佛是沙子做的，又消融在了沙漠中。

二

亚利桑那州的沙漠上有一片地域，那里峡谷交错，瀑布从苔藓和蕨类植物掩映的崖壁洞口流出。森林给大地铺满梧桐和枫树的落叶。崖壁陡峭，而且整整一天都笼罩在暴风雨中，这场雨就像是蹲在峡谷上空的一堆破布。我们三个人双臂伸开，穿过瀑布，以防跌落到300米下的岩石和迷雾中。

我们离开营地，到峡谷进行日常的探险，但是我们今天走出太远了。现在装备少之又少，我们意识到，要是继续走下去，天黑前便回不了营地了。我们在寻找萨拉多[1]人悬在峭壁上的住处。它建在高高的峡谷岩壁上，已经被废弃了大约700年。我曾经在一次峡谷长途跋涉中与之不期而遇，它藏在瀑布和峭壁中，令人非常惊讶。它在时光的进程中依然保存完好，所在位置只有少数人知道，里面有很多破碎的陶器和磨玉米用的巨石。我们喘了口气，抹掉身上的泥，决定继续朝遗址走。我们已经走得太远，回不去了，于是选择在没有适当装备的情况下探索严寒、饥饿和长夜。现在是1月，峡谷中光线很暗。

背包里已经没有食物了，于是我们吃了些野菜。我们沿着瀑布冲出的狭窄岩缝向上，在一丛丛覆盆子和粗壮、蔓绕的葡萄藤里摸爬滚打。沙漠里类似的地方并不多，峡谷两岸拔地而起的山遮住了阳光，泉水

---

1. 北美印第安人的一个部落。

养育着古老的落叶乔木和茂盛的草本植物。在一棵粗壮而弯曲的橡树下的隐秘处有一具尸骨。我顺着潮湿的树叶滑过去，满是泥浆的双手扎进潮湿发臭的皮毛里，它看上去像是美洲狮的猎物。这种地方绝好，很隐蔽。谁到森林里都不得不扭头环视，担心树林中会有其他眼睛。狮子会将自己的猎物拉到偏僻的地方，然后独自吞下。有时它们会把吃不完的猎物埋在落叶底下，稍后再继续享用。

其他人从厚厚的落叶中走过来。"是鹿吗？"有人问。

"有点像。"我说。我找到了头盖骨，准备把它从落叶中挖出。它摸上去很宽，鹿或大角羊的头盖骨没有这么宽。我把头盖骨举到面前。上面的犬牙像格斗中象牙做的刀尖。这是一只美洲狮的头骨。一只雌性美洲狮的头骨，比雄性的略小些。

一段时间里周围很安静。而后有人说出了它的名字，美洲狮。对我们来说，这样原生态的东西根本不可能找到。

头骨很原始，是随着我们这个时代里一切过于凶猛的生物一起灭绝的动物所具有的头骨。四颗犬牙很大、很长，似乎专门设计成了具有过度杀伤力的样子。近年曾有个四十岁的女人受到狮子的攻击而丧命。她的身体被狮子吃了一部分，剩下的沾满了碎土屑。尸检后发现，最后的致命一击在于头骨被刺穿3毫米。女人的头骨随后转给了法医牙科组。经测量表明，狮子的牙齿异常锋利——撕咬的幅度不大，是一只年轻的雌性狮子。据此，加州渔猎局派遣猎手，要在这一地区射杀一只年轻的雌性美洲狮。他们猎到的狮子，爪子中间夹的肉同那个女人的DNA吻合。人们把这叫"公平正义"，说狮子噬咬的印迹暴露了自己。

要在头盖骨上开一个3毫米的洞，犬牙必须相当坚实。我们所找到的头骨下颌犬齿埋在较深的地方，牙齿的3/4连着骨骼，所以无法单独拔出。牙尖是平的，说明这只母狮子死的时候已经很老了。它专门选了这个地方。

它尖利的爪子弯曲着，同小块的趾骨连成一线，趾骨仍在原地，那是它伏卧着看峡谷最后一眼的地方。它的骨骼从肉体中暴露出来差不多要一年的时间，以稳定的速度腐烂。气味很冲，肩胛骨和脊柱之间长满了湿漉漉的蘑菇。

下颌紧紧地嵌在头骨里，这样可以增加咬合的杠杆力。颧弓是头骨中最宽大的部分，其异常宽大的张开空间容纳了多条肌肉，连接起头盖骨和下颌。具有瞬时咬合力的动物——叩头龟、鳄鱼、美洲狮——都有宽大的颧弓以形成强烈的碾碎力。骨骼上有深深的凹面，以固定头骨中的肌肉。目的在于：背后突袭，夹住猎物头骨下面，咬断脊柱。最上面的一段椎骨是攻击的目标，这里的索状组织一断，呼吸和运动功能便立即停止。

对于像美洲狮这种单独作战的动物来说，猎物停止挣扎越快，猎食者受伤的概率就越小。因此它们的头骨是拳头形状，口鼻不再突出，从而使攻击更精准。牙齿数量减少后，咬合速度加快并且不断移动，可以定位猎物的脊柱，并找到切入点。骨头很少会损坏。相反，猎食者的牙齿会在猎物椎骨间滑动，以外科手术般的精确程度把脊柱打开。猫科动物的牙齿连满了神经，可以感觉到猎物的脊柱。每一种猫科动物的牙齿都有精确的宽度和位置，这种构造便于它们切入猎物的椎骨，无论是山猫抓野兔，还是美洲狮猎鹿或麋鹿。犬齿后面有一个空隙，这样牙齿便都可以陷到牙床里。

它的锁骨埋在一堆皮毛中，呈细小的长条状，便于应对物体产生的冲撞力。美洲狮的身体结构适宜进行近距离水平攻击。它可以在几秒钟内超过鹿的奔跑速度，其生理机能可以将所有能量集中到一次猛扑动作上。这种猎杀方式造就了一种行动诡秘至极的动物。

在最后一个冰期，美洲狮在众多可怕的动物中只是一种小型食肉动物。那些动物现在早已灭绝——剑齿虎、巨型短面熊、惧狼、似剑齿虎、史前美洲狮。虽然那时美洲狮也可以像现在这样快速捕杀，但一万两千年前它更容易被其他大型动物捕杀。由此它调适出一套谜一样的生存手段，像今天的亚洲豹一样，生活在阴暗处，不沿道路或河床行走，避免被大型食肉动物发现。这样它迅速而有效地繁衍起来，悄无声息却又机警敏锐。史前的技能深深地烙在它的基因中，直到现在，美洲狮仍然保持着在大型笨重迟缓的食肉动物世界所形成的诡秘特征。最终与小部分狼、熊一起占据了历史舞台，成为史前时期最后一种大型食肉动物。所以，现在最大、最凶猛的动物也是最安静、最难以见到的动物。

我们小心翼翼地用熊草系紧头骨，这样下颌就不会掉下来了。我把它拿在手里，暂时扰乱这具浇铸在死亡中的尸骨，要带到一个更好的时间和地点，以在日志里记录下这些颧弓和犬齿。我带着它沿着模糊的动物足迹离开，或许这些脚印正是它留下的。攀岩的时候我把它放到头顶上方的树根上，爬上去后捡起它，放到更高的地方，再爬再捡起。落日仍在山谷的边缘隐现，而这里的天已经黑下来几个小时了。随着我们的呼吸，冰冷的水汽薄雾一样笼罩在我们面前。我爬着，把头骨一次次地放到高处。每次抬头看，想要抓住可以攀缘的东西，头骨的形状便会直击我内心深处的恐惧。我抓住一块岩石，跻身而上，正和狮子的头骨打了个照面。

我又砍了些熊草把下颌系紧。它一直想从头骨上掉下去，回到那片尸骨中，仿佛仍有推动力。大多数猫科动物的嘴巴张开呈70度角，虽然幅度已很大，但同已经灭绝的剑齿虎的90度角相比，仍是较小的。

猫科动物出现在恐龙时代的末纪，比剑齿虎要早很多。哺乳类动物快速的新陈代谢所需求的食物量是同体积爬行类动物的十倍，所以新生的动物要么吃大量的植物，要么吃大量的同类。典型的嗜血动物——恐龙，比起嗜血的哺乳动物来黯然失色。哺乳动物由食虫动物进化而来，所以食肉的行为很快便发生了。

有了充足的肉源，按说应该有无数草食动物进化为食肉动物。然而，食肉动物以无可比拟的速度迅速进化。新生食肉动物严谨的身体构造剔除掉之前的食肉动物尝过的所有东西。这一过程是一种平等的交换。食肉动物完善了自己的攻击技能，而猎物发展出集群、保护色、更快的速度以及回避反应。高级的肌肉系统改变了食肉动物的头骨结构，行动迟缓的食草动物变成敏捷机警的有蹄类动物。食肉动物及其猎物在进化过程中相互增进，在追逐中改进着彼此，将彼此简化至特定的外形和行为举止。

猫科动物从这里脱颖而出，也许应该是从这种共生中进化出的最佳食肉动物。它是卓越的典范，在五千万年前，渐新世[1]的早期，这种鬼祟的动物改变了猎捕方式。以偷窃的方式捕猎，它们开始了专事于谋杀和食肉的生活，常常拿下比自己体形还要大的动物。脖子变得短而有力，以缓冲头部和牙齿的猛烈动作。

由于捕猎技术不同，与其他所有食肉动物分开后，猫科动物演化出了彻底的决裂。这种决裂始于齿系。那些向着狼、浣熊、棕熊和獾进化的动物具有用以磨碎食物的牙齿。这些牙齿是全功能的杂食性牙齿，用来咀嚼肉类、昆虫和植物。它们保留了从食草动物那里继承下来的臼齿，平展的牙面便于研磨，灰熊便是这样，它的食物中90%都是植物。而猫科动物却长出了高度发达的颊牙（下颌磨牙），又称食肉齿，用来切割肉类。它们的嘴只有两个目的：咬住和撕扯。

在狗类和熊类一遍又一遍地改变着自己身体和头骨，分化成丰饶的物种时，猫科动物却一直保持着自己最初的形式，其中一个标志便是，猫科动物的身体从最初开始几乎就没什么变化。像今天的猫科动物，它们的消化系统只能接受肉类。从它们身上可以得出的结论是，如果你想变成彻底的食肉动物，就必须让自己身体所有的部分都朝那个方向发展。被喂食蔬菜的家猫会变蔫死掉。猫科动物的消化系统很短，能够分解肉类的能量，却无法分解草、树叶或树根的粗蛋白。变短的

---

[1]. 地质时代中古近纪的最后一个主要分期，大约开始于三千四百万年前，终于两千三百万年前，介于始新世与新近纪的中新世之间。

小肠适于快速而没有负担的移动，而过多的内脏在身体中则像是一卷多余的绳子。猫科动物的肠道系统缩短到只有身体长度的四倍，而其他食肉动物则仍保持在身体长度的十倍。这样猫科动物便可以让自己的身体更紧凑、更利于进攻。

经过六千五百万年的雕琢与重新定义，食肉动物的骨骼与器官被雕刻成了完美的形式。它们伏击的技术和猎捕时冷峻的表情被装进了那神秘的天性中，缔造出一派专门适于杀戮的动物。结果便是我手中这个藏在藤蔓中的美洲狮头骨。它也许是老了，杀不动猎物了。于是爬到树丛里，在柔软的树叶中蜷起身子，死去。我抱紧它的头骨，在自己的胳膊下，颌骨卡住我的肋部。

我们是在纵深的峡谷岩壁下找到萨拉多人遗址的。他们的住处位于一块凸岩下，是一个圆形塔，旁边有个方形建筑，碎石遍及从前其他洞室所伫立的地方。这是一个古老的地点，像是神话中旅程尽头的什么东西。

我们从瀑布下穿过，进入洞室中。它有三层楼高，有用石头垒砌的门窗，还有结实的重木料。墙上的砂浆暴露出古人的手纹指印。惊讶之情溢于言表，不过只有呼吸，没有言语。我把美洲狮的头骨连同熊草结一起放在门口，然后弓着背走进去。冰冷的空气从糊过砂浆的敞口穿进来。我穿着一件薄外套，里面还有两层汗衫。我收紧胳膊，打着冷战。

我们走入黑暗中，从一个洞室走到另一个洞室，峡谷中只听到水声和小心翼翼的脚步声。最后一点昏暗的光线从敞口处洒落下来，垂落在平顶梁网格结构下面静止的空气中。开始有关于严肃和尊重的讨论。需要有过夜的地方，需要分开睡。那个女人脸上带着泥，以极低的声音说着应该在这里有什么样的行为举止。那个告诉我们哪些植物可以吃的男人说我们必须小心，不要碰到墙面或不结实的门道。我们达成了一致，随后便没有了言语声。我们各自选择了洞室，蜷身睡下。

奇怪的梦出现在意识的末梢。寒冷在各个洞室蔓延开。呼出的气体变成了水雾，每个人都蜷缩起胳膊和腿脚以保存身体的热量。我抓起地面上的尘土，仿佛它可以像拥有魔法一样带来温暖。我缩成球状，透过下一个平面的横梁，看向外面，那个泼着星星和黑墨的天空。贴着皮肤的衣服十分冰冷，靴子坚硬的皮革下，脚已经冻麻了。

夜里太冷无法再保持不动。我们找到彼此，在各个门之间走动，小声叫着彼此的名字。我们蜷缩在一起，都打着冷战，仿佛是要甩掉外层的皮肤和肌肉，只留下不怕冷的骨头。离清晨还早着呢，星群从天窗间慢慢移动。我们爬到一个角落睡下，彼此挤在一起，像是冬季洞穴里的一群小美洲狮。

黑暗中，同行的男人梦到有只美洲狮在洞室间游走。梦中什么都看不到，只有星光映衬出的美洲狮游走于废墟时的轮廓。做梦的人待着没动，他知道任何动作都会引起狮子的注意。他听到了狮子的呼吸声，感觉到它在洞室里。而且这是真实的，当这一切发生时他并没有睡着。他睁着眼睛，竭力想在黑暗中看清。

破晓时清冷的蓝光下，尘土中没有脚印证明美洲狮来过这里。我的确感到可疑。

三

一只美洲狮在水洞旁。那天,我正徒步从新墨西哥州的边界进入亚利桑那州偏僻的蓝山做另外一次旅行。这是一只雄狮,体重超过45千克,在水洞边舔着水。它不知道我在这里。我从它身后走上前去,看着它的长尾巴平落在地上的直线。清早的微风从我的方向吹过,带去了我的气味。我几乎要把一块肌肉掰作两块用,才能将30千克重的行李卸落在地,且不发出一点声音。我在行李旁一动不动,调着望远镜的焦距,以便看得更仔细些。

这只美洲狮最近战斗过。一条长长的旧伤疤划过它的右腹,身体的其他地方还有几处伤疤。雄美洲狮是自己领土的捍卫者。比起母狮来,它们争夺领地时速战速决,最后总会落得耳朵撕裂、毛皮划破。不过,这只美洲狮看上去很健康。它的体形强壮,行动灵活,毫无瑕疵。它在水边拱起身子,肩胛骨在它的背上形成盾状。它站起来,仔细地环顾了一圈。我同周围背景混在一起,它的视线扫过我,却完全没有停在我身上。它主要靠动作和气味来辨别,而此刻一无所获。我像块石头,像个树桩,同所处环境没什么区别。即便是这样,一股冷战仍从脊梁蹿下。狮子走开了,走进一片杜松树林中,那里周围是黄松森林和沙漠高地。

风向变化了几次,将我的气味传播开。我等了几分钟,然后走到水边,细细辨认新鲜的美洲狮脚印,量好尺寸,将其记录下来。我边走边踢着石子，一直在发出噪声。我知道美洲狮现在离我已经有800米远了，完全离开了我的视野。哪里也看不到它。

水边的泥地上有很多脚印，像是重叠的句子，所有的词语都混淆起来。我跪下来，贴近去看。趴下之前，我迅速地扫了一圈周围，像是一只警惕性很高的鹿喝水前的样子。起初我什么也没看到。

然而，它在那里，在我身后。它转到了我身后。眼睛在几棵低矮的杜松树的影子里，约9米远。从那两只眼睛，我可以看出一只美洲狮静止的身体蜷在一棵杜松底下。

我慢慢地、谨慎地移开。那只狮子或许是被我吓到了。它也许是在躲避，像一只差点被踩着的兔子要马上蹦跳着离开一样。但是，它的眼睛并不像躲避的兔子那样呆板，身体也没有隆起，不准备向相反的方向径直奔去。我处于它的观察之下。

在郊区和国家公园，狮子的领域日渐缩小后，美洲狮对人便会产生攻击性，攻击事件不断增多。这些攻击大多发生在城市无计划扩张地区的边缘，以及人们常去的露营地和小路周围，尤其是在加利福尼亚，在那里我们迫使自己向更多的土地挺进。

美洲狮并没有学会像灰狼一样从那些土地上逃离，它们也没有学会像郊狼一样捕食卷毛狗，从城市的街沟汲水。它们有一种古怪而强有力的尊严，并不明白人类无休止的捕杀和设障。它们仍在城市边沿，仍在斗争。在荒芜的旷野近距离遇到一只又是另一种情况。这里是它们的领地，像城市限制区里迷惑的美洲狮那种奇怪的行为在这里则不多。在这水洞边，我感到比较安全。至少现在面对的行为规律，我想我是看得懂的。

当然，美洲狮素以捕获是自己身体六七倍，甚至八倍大的猎物而闻名。据记载，一只中等大小的母狮曾猎杀掉一只成年雄性马鹿。对于人类，狮子总是急切而巧妙地避开。在这块沙漠高地上，美洲狮不必面对城市和公园方面的任何压力。这里不是加利福尼亚的蒙特克莱尔，不会有警察和野生动物官员围住一只躲在超市停车场的汽车下面不知所措的美洲狮，认定它危险，然后开枪射杀它。这里也不是梦得昔诺小镇，不会有四个野餐者与一只发起攻击的年轻美洲狮格斗，他们用30厘米长的锯齿状厨刀杀死了狮子，其中一人失去了拇指，还有一人被刺伤，伤口有10厘米长。这里的土地遵循着风的定律，还有水源存在与消失的规则，是这只美洲狮能够理解的土地。

我注视着那只狮子，就近观察它的特征。我期望它随时跳起，潜入树丛中，而后消失。记住这一幕，我想着。你再也不会靠这么近了。

它没有跑，而是站了起来。它没有丝毫犹豫，从树影下走出，于是我们站在了同一片阳光下。我们用清晰、坚毅的目光互相看了看。它开始径直朝我走来。

我的心提到了嗓子眼，肾上腺素奔涌起来——所有的肾上腺素。它眼中没有进退两难的神情，它直视着我，仿佛我是一只被逼到了水洞边的猎物。虽然步态缓慢而清晰，它还是很快地进入了我的世界。它自眉宇间向上看我，头放低，眼睛遮在树荫里。那是伏击的眼神，我们之间的距离几秒钟内将会变成零。

这只猫科动物马上要对我发起袭击了。我从右大腿旁抽出一把刀，刀刃有12厘米长。一只"爪子"对抗八只尖爪，跨踱对抗天性。优势不在我这边。

它继续向前走，眼睛直盯着我，在所走的路线上既不偏左，也不偏右。它的步伐顺畅而精确，丝毫没有在我前面停住的意思。一直以来我认为在人类面前，动物总会逃跑。这是一种迅速而明确的天性，每当我出现时，它们总会这么做，比如花栗鼠、熊、猫、蚱蜢、小美洲夜鹰、树蛙、螃蟹、渡鸦。我是个人，天啊。而那只美洲狮不断缩短着我们之间的距离。它的面部毫无表情，尾巴抽动着，像是个测谎仪。

内心中一个强有力的声音说，快跑，趁它还没有走得更近！找到能躲避的地方，找到安全的地方，躲起来！那个声音想让面前的狮子奇迹般地消失，那个声音想让我逃到我的行李处，紧缩成一个球。这只狮子按动着我的开关，搅扰着我内在的本能。我从未面对过这样的或战或逃的局面。我唯一的选择便是跑，这个信息传到了大腿肌肉最厚实的部位。尽量在自己与危险之间拉开距离。这只动物太大、太野蛮了。我必须趁着还有机会赶紧离开这里。

然而，我所做的是保持不动。我的眼睛锁定在美洲狮身上。我坚定立场，连后退的暗示都没有。如果我跑开，那便确定无疑，我身后会有一只美洲狮紧紧跟随。如果我开始背对着它，那很快便能感觉到它把我压到地面的重量。那些犬牙会撕开我的颈椎而不扯断一块骨头，就像是捻开一沓白纸。

有些体形更大的动物会把脸朝向发起攻击的狮子。狮子从脸部什么也得不到，它必须从猎物身后或旁侧往脖子上攻击。它试图通过某种手段恐吓住猎物，按下恐慌的按钮，这样猎物便会转身。当猎物跑起来时，猎杀也就基本没什么问题了。

美洲狮开始向我的左边移动，我转向左边，脸对着它，刀握在右侧。它踱到我的右边，想转到我另一边，到我的身后。我转向右边，眼睛盯着它。

如果再早一点，我会举起双臂，向它吼叫，但是它来得太快了。现在任何举动都会完全葬送我们之间的距离。我的注视恐怕是现在唯一的戍卫方式。在印度恒河口的红树丛林中独自工作的人们有时会在脑勺上戴个面具。约翰·塞登斯蒂克研究了美洲狮的社会组织形式，他认为人类开始直立行走是为了更生动地面向攻击性猫科动物，与四肢着地的猎物区分开。

我停了下来，几乎全身一动不动，只剩眼睛、持刀的右手能够活动，同时还有转身的能力。狮子又向左走来。我旋转时，它停下了脚步。它让我在 3 米之外陷入了凝滞而绷紧的注视中。它的鼻子湿润而苍白，干净的短毛在棕色、褐色和白色间微妙地渐变。猫科动物的造型千篇一律。我可以看到它脸部骨骼和肌肉的此起彼伏，长长的铁丝般的胡子在鼻子两侧展开，略微向下弯曲。它的脸在口鼻处很瘦长，到了颚肌处，脸颊则宽了很多。眼睛由灰色和绿色组成，从那里我可以看到它体内所有的能量，攒在一起，准备奔涌至全身做迅速的一跃。

距离太近，我无法照宣传册和野外旅游指南上说的那样做，也无法遵行那些曾被狮子追踪的人所讲述的聪明办法。对抗美洲狮的金科玉律全部无法记起。它的尾巴像家猫扑向院子中的知更鸟之前那样轻快地摇动。尾巴摇得更快了,这暴露出了它的意图。

如果它跳过来,刀子会插入它的肋骨架。我会用所有的力量捅上去,它也许会因此而重新考虑一下。可是,在它整个身体所发出的致命一击之后,我会是什么形状?五千万年的进化造就了一只一扑能置人于死地的动物。也许我能漂亮地把刀捅过去,可是它的上下颌又会在我的脸上和脖子上做什么?它的爪子又会如何插入我的肚子和脊背?我曾经有只家猫,一只两千克重的猫,它确实撕扯过我的胳膊。而美洲狮常常会再次出现,它们的确会偷偷跟踪猎物。当它再次找到我时,我是否在用手和大手帕捂住自己的皮肤?如果我从这里爬出去,它会再次出现在我面前,在我到达新墨西哥州之前找到我。

它寻找着切入点。它看向我一侧50厘米左右处,接着又看了看另一边。我不会给它可乘之机,转着头让它的眼睛对着我的眼睛。有些事件中,在目光接触中断时,狮子一秒钟内就蹿了约6米。

它走向我的右边,我让自己与它同步。它的注意力并没有落在我的刀上、身体上抑或是眼睛上。它刻意朝着我的某个点走来,身体之内的一个点,也许那正是生命本身之所在。常常,美洲狮会径直朝人发起进攻。有带着手枪的野地生物学家瞄准它的头部,美洲狮没有停下,继而被近距离平射而死。为什么会这样呢?郊狼或熊都能看到人有枪,并且之后常会有不同的行为。但是美洲狮这种生物天性非凡得看不到枪支和利刃。它的注意力高度集中,世界剩下的部分全都沉寂下去。当一只狮子被杀时,那是一种奇怪的死亡,像是从一种刀枪不入的动物身上偷走了什么东西,像是那些相信子弹找不到他们的鬼魂舞者[1]死去的样子。

我们之间的距离稍有增加。狮子向水洞走去。直到现在我都没有足够的空间做出恰当同时又不引来袭击的姿势。在稍远些的地方遇到攻击性动物时，通常可以抬起两只胳膊，发出噪声，或者双手插进口袋把外套撑起来，让自己看上去比实际重50千克。这是一种古老的唬人把戏，通常会奏效。现在它与我有四五米的距离。我把手举到空中，这样我的刀便升到头上一臂之遥，看上去那么奇怪和陌生，美洲狮不可能理会。

果然并不奏效。美洲狮转回来又径直向我走来。我的胳膊落下了。快速落下，直接到体侧。脊背上结了冰。狮子停在了那里，距离再次拉近。我从未被这样注视过。

它开始了漫长而曲折的路线，仍然想从我身后扑过来。它控制着很大一块空间，过来又过去。周围的世界绵延不绝地连续穿过狮子的眼睛，穿入它的心脏，而后回到世界中。我在其中的某个地方，坚定地像块石头一样立在水洞旁。它密切注视着我，而后离开了。它走进森林，看不到了。

我又站了几分钟，眼睛盯着森林。没有想法可以从这里归结，没有其他地方可去。我已经触及过那坚硬而真实的生命之籽。美洲狮的形象现在永久地储存在了我的记忆中。我能够看到，当它突然出现在我周围任何地方时，会如何摆出姿势，它的尾巴会编成复杂的样式，

---

1. 鬼魂舞，19世纪北美印第安人跳的一种舞蹈。

在空气中拼出秘密的单词。我已经看到它如何走动，如何转身，如何凝视。我已经看过它成行的肌肉。现在只剩下森林。我松弛下来，垂下目光，眼神中的无畏消失了，恐惧流向脚底的大地，握着刀把的手松软下来。

我有可能是挫败了它的攻击方式。一切都不利于我。我没有跑。我不像骡鹿或马鹿那样有水平的脊椎。我是一种未知的动物。如果我晚几分钟来到这里，没有看到那只狮子，便会走到水洞边趴在地上看起所有的脚印。当我看到新鲜的美洲狮脚印时，会在它于半空中扑向我的脊背时转身向后看吗？它是否在树荫里等待着什么行动迟缓的可以吃的动物来这里喝水？我密切地注视着，但是森林中没有猫科动物的影子。

我再没有看到过那只狮子，虽然在接下来的一个星期，独自徒步旅行中满眼全是它。睡觉时半醒着，汲水时赶紧灌满，迅速离开。我让自己的眼睛习惯于阴影，在任何看过去的地方都等着美洲狮的出现。它的影子会出现在阳光下的树木和石头间。当我看到它并没有真的在那里时，便会略微点点头，稍稍放松下来。接着一种奇怪的失落感便会油然而生，因为在我们对峙的过程中，我的问题全部消失了。在水洞边，在亚利桑那州的蓝山，我绝对曾站在它面前。

_ Puma concolor _

狗

他像砾石中的幻影一样出现在我们营地的上方，就那样突然站在了那里，手里握着步枪，髋上别着手枪。他戴着皮质的手套，穿着皮质的护腿套裤，靴子跟旁甚至还有马刺。两只狗在他身边，一只断掉尾巴的澳洲野狗，一只长疥癣的卷毛呈稻草色的杂种狗。我们四个人停下清早各自手中的活计，抬头看着那个人和他的狗。很多天以来，我们一直在墨西哥北部马德雷山脉深处，浑身都臭了，脸上满是汗水和灰尘。

这个牛仔，一个中年的骑手，看了我们这边好一会儿，像是遇到了山顶洞人的营地。在高耸的山川间的无名峡谷底部，对他来说，那是原始而丑陋的一幕。他用西班牙语冲下喊，想知道我们在这儿做什么。

实际上，他很清楚我们在做什么。几天前，我们曾在他位于奇瓦瓦[1]西部松林间的小牧场歇脚，在那里与他一起度过了一个晚上，当时我们向他解释，说我们要徒步到峡谷深处寻找荒野。他态度礼貌，觉得我们不过是到处游走的傻子。现在他看到我们真的在这儿了，对我们是傻子这一点也坚信不疑了。我们的营地设在砾石聚起的乱巢之中，这里的一片峡谷折叠成一排紧致的悬崖。我们向上面微笑着挥着手回应他，但他没有笑。他抛下步枪，开始费力地向下爬。我们则向上接应他。

他并不高兴在这里看到我们。他用快速的、带着乡下口音的西班牙语和我们说话。他说他花了好几天才追上我们。为了找到我们跑这么远，他连驴子都抛弃了。为什么要找我们，他并没有说。也许是他觉得无聊，或者是他确实担心我们的安危。他无法理解我们在想什么，竟会到这么偏僻且常有野兽出没的深山里来。我们一直朝他微笑着，向他解释这正是我们所要寻找的，一个更属于动物而非人类的地方。

那只平头的澳洲野狗几乎不看我们，仿佛我们是蠢笨的母牛，是不值得费脑筋的牲畜。而那只杂种狗则过来舔着我们的手，蹭着我们的膝盖。骑手拍了一下他的杂种狗，迫使它畏缩起来，偷偷地退到后面。骑手蹲坐到他的靴子跟上，手按着步枪的枪托。他不喜欢荒野。我们自从见到他，就知道这一点。做骑手是职业，不是他的选择，他对风、对岩石，抑或是孤独，都不感兴趣。他把自己武装起来对抗着荒野。他问我们的枪在哪儿，我们对他说没有枪，他怀疑地闭上眼睛，恼怒

---

1. 墨西哥北部边境州，西部为西马德雷山脉。北邻美国。

地用手抹了把脸。没枪？比他想象的还要糟。

他向我们解释着马德雷山脉无数的危险：美洲豹、美洲狮、响尾蛇。我注意到他的杂种狗在用湿润而满含哀求的眼睛看着我。那只澳洲野狗看上去像只优良的墨西哥牧羊犬，自信、能干，而杂种狗看上去则像只软心肠的看家狗，有一天迷了路，而后发现自己在这里，身处"地狱"中。它的眼睛像是在说：求求你帮帮我。带我回家吧。我被一个疯子困住了。

我想象着，对于一只狗来说，生活在这样荒僻的野外，在这样乖戾的骑手身边工作，甚至知道大型野生动物就在森林中潜伏，这种日子并不好过。我转头向一边看去，去听骑士非要对我们讲的东西，可是那只杂种狗一直在盯着我，执意让我帮它，甚至还用爪子在泥土里抓挠出来一个秘密的SOS。我们，一群面带微笑的陌生人，是它的一线希望，但是我什么也做不了。我把头转向另一边。

这又是什么？骑士查问道，他指的是我们前面横着的一块又窄又高的岩石凸壁上凌乱的睡袋。谁睡那儿？我妻子说她睡那儿，于是骑士向我投来质疑的目光。你妻子？你竟然让你妻子睡那儿？我告诉他说，对于我妻子，睡哪儿我基本上无权控制。而且，我们发现峡谷地面上全是蝎子。我妻子比大家聪明点，把她的营地建高了些。蝎子，骑士说，这还是最不用担心的。随后，很戏剧性地，他摘下一只皮手套扔向树丛。啊呀！他大叫一声。这就是我们第二天早上所仅能找到的她的痕迹了。一只掉在树丛里的手。

我们都看着树丛里的那只手套，上面套手指的部分弯曲着。骑士告诉我们，附近有大型猫科动物，它们会吃掉我们。也才几天前，他就丢了一头母牛，动物的内脏都被掏了出来，肠子拖得老长。它们根本不吃肉，他说，纯粹是为了杀着玩儿。他一遍又一遍地说着：树丛，树丛，树丛。

那只手套就那样疲沓地挂在了树上。

我转过头看看杂种狗，它的眼睛在说，看到没？

骑士觉得要对我们负责，仿佛我们仍是他的客人，虽然距我们在他家停留已经好几天了。他解释说，往回走几千米，有一个母牛饲养场，那是森林中的一片空地，附近有储水箱。我们在那儿应该是安全的。我们对他说会考虑去那儿。说得足够多以后，他走了。他的两只狗跟在后面，其中那只杂种狗回过头来凄凉地看着我们。几分钟后它跑了回来，像是从赛狗的起跑门里冲出来的，舌头像风筝一样在外面打着战，眼睛因为喜悦显得特别明亮。它潜逃了出来。这是一次逃跑的机会，它抓住了。

...

狗属于我们了，但我们不能养着它。我们要赶很长的路，还要在荒野里待几个星期。但是我们当中有人偷偷喂它奶酪。从那以后，我们就再也甩不掉它了。每当我们收起帐篷，把所有东西打包到背包里，开始向更深处出发时，那只杂种狗便跟着。但是路途对它来说太艰难了，水泥车大小的巨石一个挨着一个。它一点也不善于攀爬。于是便开始嚎叫着要我们回去，那可怜的声音在峡谷中回荡着。我们几个你看看我，我看看你，让彼此确信这样最好。很快它就会搞清楚现实状况，回家了。

然而，那只杂种狗没有回家。它一直努力要跟上我们，但一直跟不上。我们在峡谷崖壁间向上爬，把包裹从一块凸岩递到更高一块凸岩，每一步都要掂掂重量，举步维艰，最后在一块较宽的凸岩上为过夜而安营扎寨。我们取出加热器，烧上水，开始准备晚饭。远处杂种狗的哀嚎像警笛一样。夜晚降临了，它仍没有停下。这里是美洲豹和美洲狮出没的地方。我们见到了刚被猎杀不久、血淋淋的鹿的尸体。显然，它们菜单上的下一味便是杂种狗，它的叫声像是在对每个人倾诉：我害怕极了，我很孤单！

我们吃下晚饭，用勺子刮掉锅里的残渣，任何言谈都会被杂种狗凄凉的夜曲打断。我们都等待着那恐怖的声音，惨叫声和血肉撕扯声，然后是寂静。

妻子在昏暗中看着我。"该有个人下去。"她说。

下去做什么？我想。下去把那只狗带上来，我猜。

"我一会儿就回来，"我说，"去把那只狗带回来。"

我带上一盏散发出微弱的红色光的小灯——这是身边唯一的照明工具。我更喜欢在野外依靠自己夜晚的视力，不过靠自己的视力和微弱的红光我几乎什么也看不到。下去的路并不容易。我在凸岩和砾石上摇摇欲坠，一路上听着杂种狗的呜咽和嚎叫。

到达峡谷底部以后，它莫名其妙地没声了。这里一点声音也没有。我咽了口唾沫。刚才并未听到惨叫，也没有攻击的迹象，不过也许是因为过于突然以至于连声音都没有。红光把一切物体都照得像野鬼,树枝和砾石彼此盘结着。我在黑暗的穹隆里穿行,慢慢地转头查看身后。

"小狗?"我小声叫着。

没有动静。我谨慎地向前跨过落叶,摇动着手里的光线,寻找着小狗狰狞的尸体,还带着体温的骨头。我睁大眼睛用力看,不情愿地让呼吸声加大。我用空出的手从腰带上掏出一把刀。展开12厘米长的刀身,将其握在身边,刀尖朝下,紧紧握住刀柄,准备随时迎接扫掠和猛扑。

"来,小狗……来,小狗。"

我的声音听起来很害怕,很孤单。

"你在哪儿,小狗?"我吆喝着,"出来啊,你在哪儿?"

兴奋的声音突然从上面的悬崖和岩架上传来。有人喊我的名字,仿佛是来自上苍的呼喊。

"它找到来营地的路了!"我的妻子大喊着,"它在这儿!它爬上来了!"

我呆呆地站着,感到血液一阵沸腾。我掉进了一个陷阱,诱导我的是一只楚楚可怜的杂种狗,现在它安全了,正朝我的同伴们摇着尾巴。

"你在那儿吗?"妻子喊着,"喂!"

"在,"我回应着,"我仍在这儿!"

"你听到了吗?狗在这儿!"

"听到了!"我喊着,带着怨气,紧张地往回走,把脚步尽量放轻,心里的恐惧像龟裂的蛋壳。我爬出了峡谷谷底,手持着刀。攀上砾石和凸岩,直到最后到达营地,迎接我的是那只笑眯眯的笨狗……

・・・

我们必须要甩掉那只狗。毕竟我们是在野外,我们不想让这样的束缚架在自己的脖子上。早上,我和另外一个人开始了艰苦跋涉,准备返回骑士住处。我们为了哄它,边兴奋击掌,边吹着口哨。杂种狗跟着我们蹦蹦跳跳,冲着天空高兴地叫着,像是在满是蝴蝶的田野上撒欢。

然而,很快,它就明白我们在做什么了。随后,杂种狗便一动不动了。我用胳膊夹住它的肚子,把这个笨重的家伙抱了一段路,而后经过一片砾石地时,我把它递到同伴手中。我们每一步都极不方便,那只狗软绵绵的,很无助。我们用伞绳做了个"皮带",在接下来的几千米一直拖拽着它,其间我一直很恨自己。

最后我们到达了孤寂的农场,然而骑士并不在家。无论是人还是狗,我们都很沮丧,很疲惫。我们把杂种狗像一袋谷物一样放在门前,解开伞绳。杂种狗两只前爪儿交错在一起,低下头,仿佛感到一切都完了,似被判了死刑。它钻入自己的不幸中,在我们回营地时没有跟从。

甩掉杂种狗让我轻松了很多,但同时又有一种不可原谅的背叛感。我常常觉得家养的狗可怜。它们是"混血",一半是野性,一半是驯服。我们把它们养得俯首帖耳,养出了奇怪的癖性。拉布拉多犬对抛出的木棍或球痴迷，这似乎很普遍。神经受损的小猎犬和神经过敏、眼珠外凸的吉娃娃有时看上去很可怕，像神经错乱的试验品。我们到底做了什么？哪种生物看到皮带应该表现得那么兴奋？最初人与狗走到一起是有原因的，是一种互相保护的古老的伙伴关系，是一种惯例，是两个物种间共生的舞蹈。当我离开农场时，我想至少应该有温和、包容的主人来照顾狗这类生物。它们应该待在自己可以带着尊严去保卫的房屋和庭院里。那条拴在杂种狗脖子上、一路拖拽它的绳索应该被烧成灰烬。

可是，我在愚弄谁呢？我的等级并不比狗高。我也一度不开化。我的族群曾爬到树上睡觉，扔石头砸上面的果子。现在我们是几乎无毛的猴子，穿上了裤子和衬衫，我们的双脚在皮鞋里不停地出汗。我发现自己和家养的狗没有太多区别，一半心甘情愿向文明鞠躬，另一半想回归自然，填满自己感官的"水脉"。

我们逃跑一样离开时，周围的树林变得深邃起来。我们动作迅速，轻巧地低头绕过树枝，飞一样掠过巨石和露出地面的树根，把杂种狗远远地抛在身后。我不再去想它情绪低落的样子。我们的眼神变得锐利，肌肉像有鞭子抽打一样麻利。我们的头发竖了起来，手掌起了老茧。我们大步迈开，咆哮着回到黑暗的墨西哥森林。

_ Canis familiaris _

浣 熊

7月。高速公路的双向车道环拥着犹他州沉积而成的地表。罗恩崖群，布克崖群，塞戈峡谷，沙漠的制高点。天空那样湛蓝与酷热，揉面一样抚弄着下面的土地。河水在河底的卵石间弯弯曲曲地流淌着，格林河上面的桥几乎已经没用了。

我开车时经过一块牌子，上面写着"前方170千米内无服务"。空气从打开的车窗穿过，全是鼓风炉的废气，吹直了我的头发，把发梢吹裂。州际公路爬升到圣拉斐尔山地脚下。约400米长的砂岩板彼此搭出角度，像是倒塌的剑龙骨架。陡峭的峡谷簇拥其间。我以每小时近130千米的速度，演绎着自己在州际公路上常有的思绪。我想赶紧把这条路走完。我的目光扫过圣拉斐尔山地的炎热石头，投射到峡谷中的阴影里。透过风挡玻璃，我想象着在那明晃晃的羊肠小道上徒步旅行的路线。从这里出差去旧金山,将是一段漫长的车程。我从下一个出口拐了出去。

休息站。

停车的决定很突然,方向盘急拉,我几乎把车横到了公路隔离带上。柏油停车区的尽头有一个厕所,墙体已经被太阳晒得发白了。我停下车,穿上登山靴,将两升水往肩上一搭,越过带着倒刺的铁丝栅栏,向东北方向走去。

圣拉斐尔山地倾斜的砂岩上满是狭缝谷,在地球折断了自己的脊梁的地方紧张地支撑着。我选择了一个狭缝谷,登上它那陡峭的斜坡。水,我默念道,要找到水。我只在这里待一两个小时,可是在沙漠中找水是一个挥之不去的想法。现在正是夏天最热的时候,砾石和峭壁在夜晚存积着热量。每年不足100毫米的雨量,像是褪色的记忆,在升腾的热浪中扭曲变形,仿佛从来没有降过雨。岩石上面呈现着赭石色和米黄色。那些深深的圆形壶穴被洪水钻出,冲刷干净,打磨得像捣蒜的石臼。上面都蒙着一层沙,有的表面盖着脱过水的水藻拼出的织锦。这里已经四个月不见水了。这些壶穴早已停止了祈雨,自行死去。

一只红宝石色的蜻蜓,在峡谷上空噗噗地飞着,它盘踞在一个空壶穴上方,仿佛是在翻阅着混合的记忆,查看着所有的老地方——它出生的地方,那些插着枯萎的香蒲的干洞。蜻蜓,唯一一种白天在外面活动的生物,它的存在令人大感惊讶。有蜻蜓便意味着有水源。我能够听到它的哼鸣在逐渐消退。随后我发现了一样东西:水藻的气味,生命深度腐烂的味道。水源。更多的蜻蜓出现在了峡谷上空,于是我跟着它们，来到一个内嵌的洞穴边缘。

边缘下面是水。凹陷的孔洞贮藏了足够多的暴洪，一直维持到了夏天。这一汪水呈现出浓稠的墨绿色。随着水蒸气不知不觉地上升，生命的颜色拥挤在缩小、再缩小的空间。不只水，还有更多生命。洞壁近乎垂直，很光滑，有大概3米深。

洞的后部，上方洞檐的阴影里，有一块泥土露了出来。上面蜷成一团静静地看着我的，是一只困在里面的浣熊。它目不转睛地看着我在洞口边走来走去。它来汲水的时候掉了进来，现在出不去了。也许是一天晚上，受到水源凉爽的淡绿色味道的吸引，它尽可能爬得足够近；也许是因为它在这干旱的年份里产生了精神狂乱，无情的万有引力迫使它身子伸得太远，跌到了洞里。现在它保存着能量，一动不动，忍受着拖沓冗长、痛苦不堪的死亡过程。

我环顾了一下峡谷，还有另外两个洞。其中一个洞里漂浮着一只地松鼠和一只红石燕的尸体，那只燕子的翅膀像溺水的天使的翅膀一般张开。对一个可以飞翔的动物来说，这是一个离奇而悲剧性的结局。我蹲坐下来，看着那只浣熊。水位线下降的地方像浴缸的边沿，那里满是清晰的爪印。没有逃生的路。我想象着它会如何死去，一个月后那里会是一堆骨头，蚂蚁和黄蜂早就把它刮干净了。

我考虑了一下地形，利用一两个小裂缝下到洞中。水到了我的腰际，水黾都滑到了一边。它们无法离得很远。浣熊就在对面约3米远的地方，背靠着墙，低声叫着。我慢慢地蹚水过去。

"嘿，小东西。"我微笑着说，仿佛在对着一个毛绒玩具讲话，脑袋里想着救出浣熊以及和它一起走出岩洞的逻辑顺序。

它只是盯着我看。

我个子更高,更壮实,最近吃得也更多了,而且,至少我知道如何让它活着出去。而浣熊体积更小,速度更快,且没什么可损失的。它畏缩着,对着我叫起来。我脱下了衬衣。现在它有了两个目标。我把衬衣一下子罩在浣熊身上。

刹那间,就像上了弹簧的灵量[1]突然爆发一样,浣熊咆哮着,咬着衬衣,而我则竭力盖住它的头,从两个角度将它包裹起来。我一只手摁住它的头盖骨,另一只手抓住它的颈背皮,像抓猫一样希望它不乱动。直到那时我才意识到,自己抓着的是一个五六千克重的食肉动物。它们抓猫、兔子、鸟、小狗吃。它们在力量、灵活性和凶猛性上毫不逊色。面临威胁时,它们是无人能比的决斗者。它的头狡猾地钻出了我的手掌,我迅速向后退去。它的牙齿穿透衬衣的布料,欻的一下扯开。它把那无生命的物体甩进泥里,仿佛是在向我展示我"同胞"那破烂不堪的尸体。

我退到水黾的营队里,它们汇集于自己同类的尸体上。我嘟囔着,悄悄伸手过去,把衬衣拿了回来。我又试了一次,这次浣熊更加恼怒了。又试过两次后,我退回墙边。情况并不像我想的那么简单。

一只黄黑线条分明的泥蜂飞进了洞中,绕来绕去落在了水边的泥土上。它并没有注意到旁边注意力全在我身上的浣熊,轻快地掠过水边。

---

1. Kundalini,瑜伽用词,表示生命力。

它挖出一块泥土,用前肢攒成球。我都能听到它挖更多层泥土时的刮擦声,看着它带着一个泥球飞出了岩洞。对于这里的对峙状态,它一无所知。

浣熊对我绷着脸,我在水潭的另一边严肃地思考着。我不该来这里管闲事,这完全不关我的事——而现在我的手指都差点被咬掉了。我可以用甜美、轻柔的话对付它,但是那毫无意义。我认识一个可以对着响尾蛇说话让它驯服的人,那人随后可以徒手将蛇捡起,小心地不去挤到它柔软的骨骼。不知道那人用了什么样的语言,或是怎么发声的。如果这样有帮助,我也可以对着这只浣熊吟诗,就当作对它的低语。

两脚插在湿透的靴子里,我爬了出来,走回卡车。让那东西去死好了。我从车门绕到后挡板,泥浆和水从靴子里溢了出来。有生必有死,这再简单不过了。可我已经在那个洞穴做过一些尝试了。我出现在那里并非不自然的一幕,也不是管闲事。实际上,这和沙漠里任何其他事物一样——蜻蜓、暴洪,或是只有热风没有雨的一季。再一细想,便翻找自己的东西,拿出一盒吃剩的比萨,还有一张用来盖卡车长条座椅的黄褐色布单。我取出一块比萨放到布单里,然后拿起一副皮手套。带着这一系列物资,我回到了沙漠中。来到洞穴后,浣熊和我警惕地探察着彼此。它低下头,把头埋在两只前爪间,仿佛是在祈祷我快走。

武装上一副皮手套、一件衬衣和一张布单,并把比萨留在岸边后,我下水蹚了过去。洞穴的底部是一池柔软稠密的淤泥,几个地方有大块的石头挡在其中。我在空中抖动衬衣,浣熊便咆哮了起来。随后我把衬衣抛到它的头上,像被弹弓射出一样迅速向前扑去,在它突然无法看到东西的一刹那,我快速盖上了布单。浣熊隔着衬衣向我猛戳。它撕开布单,揉作一团。我一激动,放弃了,趔趄着退到后面。

我们彼此对视着。它仍俯身在布单下,把布单抓得湿漉漉、泥乎乎的。每次我一靠近,它便朝我嚎叫。它那扯拽布单的爪子是分开的,像人的手指一样。我曾经见过有浣熊就这样用爪子在我的卡车后面摆弄没上闩的挂锁,把两把锁都弄开,打开车舱,爬了进去。1747年,第一只由美洲带到欧洲作研究之用的浣熊用爪子打开了笼子。它从博物学家卡尔·冯·林奈[1]在瑞典的研究室逃了出来,被邻居家的狗咬死了。十年后,林奈在《自然系统》中将这种动物命名为 Ursus lotor。Ursus 的意思是"熊",lotor 的意思是"洗刷者",因为浣熊习惯于把东西——尤其是食物——浸到水里,然后抚弄着让其打转。

继浣熊大胆的"瑞典逃离"二十五年后,一个叫戈特里布·康拉德·克里斯蒂安·斯道尔的德国动物学家将属类的名字 Ursus 去掉,确立起现在的名字 Procyon lotor。Procyon 是小犬星座中的双星,可以粗略地译作"在小犬之前"。虽然换了名字,但正像林奈所观察到的,浣熊仍然和熊有着更近的渊源,并非同斯道尔认为的狗更近。这就是我所要抓住的东西,一只"小熊"。它健壮、坚决,却即将因为饥饿和无家可归而死去。我爬出洞来,折断杜松的两根枯枝,又爬进去,用它们当火钳,把布单夹了回来。

浣熊咆哮起来。我又向前扑了几次,它发着呲呲的声音,猛力扑

---

1. Carolus Linnaeu, 1707—1778, 瑞典博物学家。《自然系统》是其代表作。

腾，我们两个一起搅荡着水波。我浑身都是污黑发臭的有机泥，哆嗦着，异常紧张。浣熊浑身都是水，皮毛粘在一起，显得更小、更枯槁不堪。我们都心神不宁，让彼此疲惫不堪，它已经无法再往后面墙边退了。虽然死亡像恐惧的气息一样充斥在洞穴里，某种基因的内在要求，一种莫名的、未驯化的动力，仍驱使浣熊保持着姿态。不惜任何代价的生命。

我专注地看着它的眼睛，四周的白毛让眼睛显得更大。我鼓起劲儿向浣熊冲去，使出浑身的力量扑到它身上。手掌裹住它的脑袋，将它摁住。我能够感觉到它的头盖骨，它眼睛的轮廓。布单被撕破了，浣熊的四肢透过破开的口子捅了出来。我裹住这恼羞成怒的一团，掖在胳膊下，踉踉跄跄地蹚过水池。它的爪子不停地挥舞，撕碎了布单。它咆哮着，扭动着。我踩着脚下的石头滑倒了，脸贴到了岩石的墙壁上。我挣扎着想要找到一个可以扶住的地方，将浣熊举在空中。

没有什么东西可以抓扶。岩壁呈曲线状，而且很光滑。我高举着浣熊，伸出的那只胳膊如同自由女神像高举的手臂。离洞口还有半米远。无论如何不能松开。一只五六千克重的食肉动物发起怒来，首先会拿门牙往我头皮上撞。我咬紧牙关，将湿透的靴子蹬向对面的岩壁。没有牵引力。

我继续攀爬，没有方向，浑身都是汗，牙缝里对着浣熊挤出些模糊的话。在性交、暴力和铤而走险方面，我们人类同浣熊最像，极像动物。我的生命常常在故事和目的中度过，而当下则只能紧咬着牙关、脸贴着岩石，和另一种动物陷在水洞里。我把胳膊放了下来，然后用力甩出去。浣熊和湿漉漉的布单在空中打着转。它们滑行片刻，浮在空中。我等待着那一堆泥、浣熊还有布单擦过岩壁撞在我的脑袋上。然而，它们啪的一声撞在了砂岩上——像浸满水的毛巾拍击出的声音——而后停在了那里。浣熊一动不动了。

我爬出来，把布单掀开，露出满脸诧异的浣熊。我把那块比萨扔到它脚下。它注视了我一会儿。这动物的聪明是出了名的，我禁不住想知道它在想什么。

比萨，它在想比萨，食物的味道。用爪子一番灵活的摆弄，它抓着那块比萨送到了嘴里，小心翼翼地嚼着。它断然的眼神，专注的凝视，都不带一丝伪装，表现得那样纯粹。我大喘着气，情感像药物一样穿行于血脉。浣熊吃起比萨来，仍将我完全置于它的视野范围内。人和浣熊，两种不同的动物在彼此面前弓身坐着。

浣熊爬起来，偷偷溜上一块岩石。它跨过石背，消失在另一边的峡谷中。我想不通，在这片满是裸露的石地上，浣熊会消失到哪里去。绵延几千米都一览无余。当我再向峡谷看去，它已经不见了。我回到厕所旁，卡车孤零零地停在那里。满身臭烘烘的泥浆，湿漉漉的毛发以及恐惧让我感觉身子很沉。把后挡板打开后，我坐下来，脱掉湿透的靴子。靴子啪地打在柏油路上，我蹬上了干燥的鞋子。

_ Procyon lotor _

猫 与 鼠

  3月,在圣胡安山布满坚冰与淤泥的季节到来之前,我走进位于马蝇峰和达拉斯溪之间的一片草地,拖着十九根刨过的黑松,每根近8米长。一次拖两根。我拖过草地的还有一堆将近50千克重的船帆布,每隔两三米就要扔在地上,趴在上面歇口气,爬起来,再拖两三米。在一个特别选定的地方,我立起支撑柱,将它们彼此扣紧,而后架起一个圆锥形帐篷。周围的草地是一片跨在黄松林之间的开阔草坡。草地边上,驼鹿和梅花鹿聚集在一起,谨慎地在生态过渡带的树荫下散步,听着我劳动时发出的气喘吁吁的声音。

  草地向东南延展至一堵堵年轻而富于煽动性的青山,山峰逐渐化作像蜡烛一样的激进的险峰。风吹过草地,扫过群山,像是耸耸肩评论着。野草弯腰无语。待到黄松枝上压满了白雪,寒风便选出一些树枝甩到地面，让树根在上冻的土壤中啪地折断，像是裂开的新鲜胡萝卜。冬天，雪堆在草地上任意蔓延，制造出缓和的波浪，像沙丘一样反复无常。在科罗拉多的这个地方，3月是雪崩的季节。一天，在下一场暴风雪来临之前，我将帆布裹在了支撑柱的骨架上，把它拉紧，在门上方用树枝把布边固定好。

我是从30多千米外的乌雷搬过来的。在那里，太阳只有在午饭前才能照到我的窗户，下午早早地隐入近4000米高的群山之中。过去我一直住在主大街一座房子冰冷的顶层，是从市法官那里租的房间。当时我为当地报纸撰稿并负责发行，顶层公寓是我能租得起的最好房间了。如同房东所提醒的那样，公寓的护壁板电加热器整个冬天都严重失修。后来有人告诉我，这个城市的每一个初来乍到者都会对这样的顶层公寓不知所措。在这样的公寓挨过冬天，预示着悲惨的开端，所以从前的房客在3月或4月到来之前都陆续逃离了出去，仿佛我们是当地一个龌龊恶作剧的笑柄。

因此我来到城外，建造起一个帐篷。因为公寓太冷了。因为我的卡车总是被埋在扫雪车堆起的雪堆里。因为我在横平竖直的四面墙壁内过得太久了。我把木柴炉拖进了帐篷，在下一场雪来临之前将所有的家什扔到里面。一个星期后，我来到五金店，要买一个烟囱罩（在帐篷屋门上方的帆布上开一个洞而后延伸出去），我浑身都是煤烟味儿，一晚上没睡好，晕晕乎乎的。

杰克·斯高根斯站在柜台里边，用鼻子深吸了口气，然后用缓慢而粗哑的嗓音说："你一直在炉子的下风口里吹？"我咕哝了一声，朝他塞了一团钞票。

渐渐地，生活中的方方面面都像样起来。我在门口铺上了青苔石，在铺着胶合板的地面上放了一张结实的地毯。从最近的路边搬来些古董家具，摆放在炉子周围，再加上一床超大的羽绒被，那是我在乌雷时做的。被褥是家的准确描述，很久以后，当我连续多年外出游历时，就把这床被子放在箱子里封好，这样老鼠便无法钻进去了。上面的图案仿佛有筑巢本能一般，会落入我的梦境，成为梦的背景。

我带来一块太阳能板，将其靠在帐篷的南面，用来给电脑、只能收两个台的收音机和手持式食物处理机供电。夏天，我可以用户外的太阳能淋浴，再在太阳下晾干。冬天我便用陶瓷水罐加水盆，里面放上热水和毛巾。我在外面洗头的时候，头发几秒钟之内就上冻了。能晒爆皮的大晴天在极大的暴风雪之后到来，几个小时之内就可以晒化 1 米多厚的雪，随后草地上便汪洋一片。我曾坐在床上，脚穿着灌溉用的橡胶靴，晃荡着腿，看着 10 多厘米深的水稳稳地漫过地面。（到了第二年夏天，我便把帐篷搬到了地势更高的地方，远离洪泛区，住进了森林中。）暴风雪把帐篷的白帆布抽打得簌簌作响，这种优雅的声音像一张保护我的毯子，将我封在温暖的炉子旁，并在我睡去时掩埋了屋门。

冬季，有几个月我一直试图让水保持不结冰的状态。最终得出结论，在 10 月到次年 4 月，要让水呈液态是不可能的，连城里退休的淘金工人也对我说，要让水呈液态必须搂着它睡觉。夜晚屋内的气温降到零下 32 摄氏度，我把装水的瓶子踢出被子，任它们自己照顾自己去吧。

平顶山上的世界很诡秘。它总是试图以狡诈的方式对待我，向我扔来不可思议的各种东西,如冰冻金枪鱼罐头、在我床上筑巢的大黄蜂,以及在我迫切需要睡眠的夜晚将帆布吹得猎猎作响的暴风。当然,这些问题我都解决了。我没吃那金枪鱼。我几次三番地被有史以来最为恐怖的昆虫蜇到。

但是,有一样东西我无法搞定。我做了能做的一切,但仍然没有解决这个问题。老鼠、鹿鼠,那蠕动的小鼻子和模糊的胡须,那夜晚的乱窜和对锡箔纸团狂热的迷恋,让我整晚都无法入睡。这些该死的东西。我对老鼠,如睡鼠、教堂里的老鼠,总是持有一种羡慕的眼光。它们的世界在不为人知的壁橱通道里,是一个在收音机背后,有着舒适的羊毛线摇篮和逃生通道的世界。到了夜晚,整个教堂,整个房屋,都只属于它们。小时候,我常常渴望自己是一只老鼠。我要有一张房屋构造图,让每一个笨拙地穿过门厅的人,每一个藏生日礼物的人,每一个翻箱倒柜找鞋的人都难为情。

现在,它们像地下黑手党。它们挑战我的一举一动。它们的粪便像是五彩纸屑。它们把我最好的衣服咬出了洞。

"留着你杀死的那些,"有人告诉我,"把它们的血绕着帐篷洒一圈。等完全腐烂后,就不会再有什么东西靠近你那地方了。"

非常感谢。

另一个人建议我弄支手枪。"干什么用?"我问。他只是咧嘴笑。

我确实有一把大得可笑的危地马拉砍刀。在慵懒的早晨,我憔悴地躺在床上,一有老鼠快速从地面跑过,我便向它们砍去。砍刀是身边离得最近的武器,我将其放在床边也就是这样一个目的。我从来没砍到过老鼠,不过地面倒是坑坑洼洼起来。

在潮湿得非同寻常的一季过后,这些啮齿类动物的数量在西南部猛增起来。问题是,今年老鼠玩出了新花样,它们开始杀人。在我的南北方向,人们因为一种奇怪的病毒而死,这种病毒源自老鼠的粪便。他们说有些像流感的症状。莫名其妙地发高烧,身体失控,一阵一阵,夜晚极为痛苦,然后便是死亡,没有让其停止的办法。在犹他州,一个二十六岁的女人清扫完被带有病毒的老鼠感染过的车库后,六天内便死了。汉坦病毒,这是它的名字。这种神秘、致命的东西由我们小巧、疾跑的同居者传播。邻居们都不敢清理他们的捕鼠夹,怕和那些带有病毒的老鼠有接触。我对自己说,如果我睡觉、吃饭、扫地都是在一个满是老鼠粪便的世界里,那无疑我会是第一个丧命的人。

所以我养了只猫。它跑到屋外,让所有的生物都怕它三分,包括老鼠、地松鼠、花栗鼠、鸟雀、兔子、田鼠、旅鼠、鼩鼱。有一圈让我称为"死亡地带"的周界,由这只非本地的肉食动物开辟出来,甚至连郊狼也不像从前靠得那样近了。老鼠在帐篷内,在太岁的眼皮底下找到了避难所。有可以躲藏的地方,可以用我的毛袜造窝的地方,我确信它们和猫之间达成了某种默契。那只猫曾伏击和它一般大小的野兔,并且把野兔藏在我的床底下。这只大胆的小畜生。到了早上,听到脑袋下面残忍的撕咬声、骨头的碎裂声,我紧贴着枕头,咬牙切齿。

我知道它是什么时候把野兔弄进来的,野兔被开膛后会有一种异常恶心的气味。实际上,这是我所闻过的最糟糕的东西。在我拉起床铺收拾那些尸体零碎时,不得不把脸裹在短袜和大手帕里,几乎都无法呼吸。我大叫的声音被压抑了。那只猫因为我没有充分重视它的猎物而有些沮丧,一般它都会在我睡觉时袭击我。

我把猫带到这里,是因为从设计上来说,帐篷无法将老鼠挡在门外。我坐在桌前写东西,老鼠们则列队于架子上,或是在摇椅的扶手上,用它们那小眼睛邪恶地盯着我。它们时不时地换换地方,找个更佳的位置,或是抓抓耳朵后面。我一起身,它们便像爆米花一样一个接一个地蹿下来,帐篷中每个暗角随即充满了老鼠跑动的声音。它们不冬眠,相反,它们把食物集中到舒服、秘密的藏匿点,整个冬天就倚仗那儿了。那些食物及其热量本来是属于我的。

最初我拒绝使用捕鼠夹,若是外出多天,回来看到床上有新生的小老鼠,便把它们移到屋外。我努力将这种行为视作帐篷生活怪异的一个方面。我总是怀着这样的想法:是我侵入了它们的领地。这种软心肠的宽容心态最终被我丢弃了。我曾经用手抓到过一只,把它扔进一个小纸袋。我把纸袋拿到屋外使劲摇,里面的老鼠像喷漆罐里的钢珠一样撞来撞去。

"我想让你离开,"我凑近纸袋小声说,"明白吗?离开,然后告诉你所有的朋友,我想让你们全都消失。"我又用力摇响了纸袋,然后把它倒了出来。那只老鼠一落地便飞快地跑开,钻进了帐篷。既然它们会致人死亡,在晚上噪声不断,而且它们的数量又达到了历史新高,我的态度也就不同了。我看着自己的猫,指着老鼠,大喊道:"我要让它们都死光,一个都不留!"

第一个到此的猫科动物是一只野生的谷仓猫。有个在附近农场工作的女人发现了一窝小猫,我从中挑了一只。那只小猫从没有被人摸过。女人用食物引它过来,在它走得足够近后,便一把攥在了手里。小猫顿时疯了一样,尖叫着,挣扎出了血。那女人抓着猫的一只腿,凭它在空中狂怒地摆来摆去。我们两个人合力才将它塞到一个纸盒里。它的兄弟姐妹们恐惧地看着这一切,向后退到了树荫里。我开车沿"之"字形公路上山,路面像搓衣板一样高低不平,纸盒里发狂的吼叫声让人感到不安。

我徒步回到帐篷,把纸盒放到床上,把准备好的新宠物碗和一些宠物玩具全都摆在被子上。我把整个地方都打扫过一遍,至少看起来像个温馨的家。小猫慢慢地探出头。它从盒子里把这个地方巡视了一圈,然后像黄鼠狼一样嗖地跑掉,直冲到屋外。我再没有见到过它。

第二只猫,也就是留下来的这只,来自收容所。它一路待在车的仪表板上,跟我回来,在把它领进帐篷后,它以一种精神涣散的方式注视着我,似乎表明它的领地已经建立了起来。它在帐篷里很自在,我非常仔细地向它解释,它的职责是杀死并吃掉老鼠。

由于老鼠数量过多,猫很快就厌倦了。它任凭老鼠们自由游荡,自己则到外面狩猎,而不是在屋里。它喜欢开阔的场地,喜欢打野味所带来的挑战,喜欢微风吹拂它骄傲的稀疏毛发。到了冬天,它会在晚上狩猎。如果猎物追丢了,它便会耳朵后贴,带着敌意靠近我,不看我的眼睛。在一场典型的事故中,它小心地挪到我的脚踝处,然后从后面扑了上来。我又踢又跳。它发出咝咝声,把我抓出了血迹。正当我竭力要把它从我身上扯下时,它自己啪地松开了。随后它立即回到了正常生活状态中，嗅着一碗晒干的猫粮，而我则在床上大喘着粗气，大喊着："坏猫！死猫！烂猫！"

18世纪中期，诗人克里斯多夫·斯马特[1]在疗养院满怀奇怪的爱意为他的猫杰弗瑞写下了一首诗。那首七十四行诗最后几句是这样写的：

  它各样的动作都受着上帝的恩宠
  虽不会飞，却是个出色的爬树者
  它在大地表面的举动胜过其他任何四足动物
  它可以跟着音乐踏出所有的节拍
  它可以不停地游泳
  它可以匍匐前行

我明白斯马特先生的意思，我把自己的猫看得太紧了，让自己和一只早晚会吃掉我的动物黏在一起。冬天，它常常在炉火熄灭不久后回来，钻进我的被窝中，浑身结满了雪霜，包着冰层的爪子踩过我的胸膛，让我立即僵直起来。到了早上，我会平静地轻声说："傻子，生上火。那边有火柴，有树枝。去吧，试着做做。"但是"傻子"整个早上都会待在被子下面，直到天气暖和才出来。它希望被宠着，懒洋洋地躺在被褥上，半闭着眼睛，心满意足的样子看上去很猥琐。

与此同时，那些啮齿类动物学会了对付拉锁、保鲜盒、悬挂起来

---

1. Christopher Smart，1722—1771，英国诗人。

的食物、纸板箱、带盖子的炒锅。这只猫时不时吃上几只，或许是为了证明什么。尽管如此，老鼠们的日子过得仍很滋润。很快它们就能够对我放在屋外弹药箱里的干制意大利面发起有效攻击了。一场战争即将开始。

猫出去夜袭了，而最丰沃的狩猎地乃是屋内。有一次，它从屋外狩猎中逃回来，失掉了大半条尾巴，其中的故事也只有它可以讲明白。帐篷内，我听到老鼠在袋子里发出的熟悉的抓挠声，因此我拽过那东西把它放在猫旁边，袋口朝着它可怕的爪子和牙齿。老鼠露出了头，它们彼此碰了个正着。老鼠向另外一个方向跑起来，被我挡回到猫身边，而那只猫正要准备睡一觉。它有意无意地扑了一下。老鼠逃开了，猫则蜷起了身体。

当然，我爱我的猫。我可以对它施予许多无条件的爱，抚弄它，给它挠痒痒，怀着我能聚集起的所有爱意揉着它那毫无价值的皮毛。随后我便厌烦了它，在它"喵喵"的叫喊中，停止了对它的爱抚。它似乎并不在乎，或是睡觉，或是看着我，或是到外面猎杀。晚上它会等我回来。我回来得晚了，会看到它的脑袋从它在门口雪堆中挖出的洞里面探出来。我们从某种程度上说是伙伴。在夏天我们一起悄悄靠近梅花鹿。我肚子贴地，向前爬行，它则跟着我，在我后面以免惊吓到鹿群。

但是老鼠……傻子。吃老鼠啊。

我在杂货店购物时，顺便买了个新捕鼠夹。我捕到的第一只鼠被夹成了大小相等的两半，面目全非。在一个满是星光的夜晚，我把那东西拿到屋外，提着它的尾巴，将它扔了。听到老鼠接近某些区域时，我便满怀恐惧地等待着，因为我知道等待它们的是什么。我小声对它们说要当心，还是回家吧。但是，像我的猫一样，它们听不懂。有时，夜晚的噼啪声把我从梦中惊起。那残暴的声音过后，便是细小的腿脚全力挣扎的声音，然后便是沉寂。毯子下面，我把自己埋得更深了。

啪！呼啦。呼啦。沉寂。

整夜如此。

我和猫就要吃什么和不吃什么曾有过多次无果的讨论。它不管我。猫和老鼠勾结在一起，策划着我的死亡。老鼠想自由统治帐篷，猫想让整个森林都属于它。老鼠厌倦了捕鼠夹，猫厌倦了我以晦涩的语言对它训话。最后，我们都知道牺牲者是谁了。

_ Felis catus _

_ Peromyscus maniculatus _

美 洲 豹

在罩着树荫的矮树丛中,我听到有动物笨重地穿过晃动的树枝。我停下来,向前方窥探,心里想着,是熊。不。应该是人。其他动物不会以这样毫无顾忌的步态在野外行走,任干枯的树枝在脚下断裂开。

这里是墨西哥北部的一个山坡,上面长满了松树。我之前一直和一个同伴一起行走。今天早上我们在矮树丛中分开,本以为要到晚上回营地后才能再见到彼此。

在杂乱的植被间,我刚好能辨出同伴的背包和磨得发亮的帽檐正没入小路。那条小路仅够西貒或是长鼻浣熊通过,对人来说太窄了。他并不知道我在这里。我想象着他正在思考的问题。此刻他感到孤单,漫步于这片凌乱而私密的荒野,只有自己的每一声脚步和面前乱糟糟的树枝回应着他。

确定是同伴而不是熊后，我笑了。我放慢脚步，研究着他走路的样子，心想如果我足够隐秘，便可以悄悄走到他身边，吓他个屁滚尿流。我会从树荫里朝他背后猛扑过去。这是我和他旅行的方式，测试彼此，寻找路径，对最微小的翅膀拍动或鼻孔喷气的声音保持警觉。如果他这么疏忽大意，这便是对他的一种惩罚，一个恶作剧，一个恐怖的快乐时刻。

我潜伏到一边，用脚下的靴子感测着陡坡的坡度。我把手掌扶在大腿上，在树丛中穿行。我的思绪完全沉浸于集中注意力这样一件缓慢而持久的任务上，虽看不见他了，但仍在他附近，听着前方缭绕的声音，他坚硬的靴子跟一步接一步地落在地面上。地形让跟踪变得困难起来。小溪谷彼此交错，在水边我必须要走得更慢，以防他听到身后蹚水的声音。我双手和膝盖着地，在树枝下弯腰，这里曾经有一只狼狗般大小的东西爬过。那只动物甚至还留下了一些脚印。虽然不过是脚蹭过地面的痕迹，但我能看出这是新近留下的。我的注意力不在动物身上，而在同伴身上，他行走的声音一直在我耳边，仿佛是从一个遥远的房间传来的。

我跟着他穿过松林，那些裹着棕色树皮的巨柱已生长了多年，几乎没有空隙可以通过。我跟着他走出树林，来到一片很陡的斜坡，这里长满了橡树，还有树根缠结在一起的熊果树。我几乎要像蛇一样行走，以保持安静，肩膀来回摆着，绕开细枝和弯曲的粗枝，一只手撑着地面，另一只手拨开挡道的树枝。有一段时间里，我跟丢了，但很快又跟上了他。他走路的方式变了。现在他的脚步更轻了。也许他发现了一只动物,一只白尾巴的骡鹿,甚至也许是只棕熊,他在悄悄地接近那只动物,想看得更仔细些。我不得不走得更轻,用脚的外侧着地,像踩着小球一般,半是停步,半是前行。

高高的野草和阿巴伽羽灌木模糊了我的视线,不过我离他越来越近了,现在能听到他的每一个脚步声。我几乎能够看到他,凭着听觉构想出他前进的样子。我要克制住嬉笑。感觉自己像个跟踪大师,一个专业的追踪者,马上要发出致命的一击,以令人眩晕的速度冲刺,猛扑到同伴背上。他的尖叫将是很好的报偿。

虽然我看不到他,但我知道他在我前方大约5米远的地方。我计算着自己可以在三秒内扑到他身上,这点时间几乎不够他转头以及大脑的反应。我的肌肉绷紧又放松,再绷紧再放松,等待着猛冲的最佳时机。

接着我听到他的声音,他正隔着很远的距离向我喊。我僵住了,前方那个走动的声音也停了下来。我站直身子,头几乎没有伸出树丛,我看到同伴在山坡上,离我大约120米。他大喊着说自己发现了一条巨大的、发怒的响尾蛇。他想让我上去看,因为那是他遇见过的最大的一条。

然而,我没有动,一个问题凝固在我脑子里。

如果不是同伴,那我跟踪的是什么?

我回顾了一遍一直跟着的声音,很快便有了答案。我跟丢了同伴,现在在一只动物身后,它的脚步轻柔而均匀,四条腿,而不是两条。重量和一个成人差不多,但不是人类。我怎么能忽视了那些线索,那些静止和移动的状态？我跟踪的是一只美洲豹。

同伴应该看到我有些时候了，他看着我费力地钻过灌木丛。我向上朝他喊："你能看一眼我周围吗？能看到其他什么东西吗？有动物吗？"

他沉默了一段时间。"看不到，只有你。等等，你前方有个什么东西。"

我的眼神足以让树丛窒息。前面什么也没有。一撮绒毛的闪动也看不到，什么声音也听不到。

"多远？"我急切地喊着，"离我多远？"

"我面前有一条巨大的响尾蛇吐着芯子呢。你真应该看一看。"

"多远？"我以命令的口气问他，尽量让自己的声音保持镇静。

"我看不到它。"

"你看到它的时候，它在哪儿？"

"又看到了。有个巨大的东西在树丛里跑动。"他的声音听上去很惊愕，完全把响尾蛇忘在了一边。

"它在哪儿？"我喊着，"向我跑过来了吗？"

"跑到你侧面了。"

我的躯干弯成曲柄状，向两边看去，仿佛能看到100只美洲豹，却又什么都看不到。

"哪边？"

"下坡的那边。不，等一下。现在我看不到了。它……它又不见了。"

我等待着同伴下面的话，全神贯注地观察着周围的空间，整个身体像触电一样，变成了一个只有感知能力的器官。美洲豹同美洲狮不同，它们身体更重,更具侵略性。它们从前面而不是后面攻击,用牙齿撕开你的喉咙。

"我看不到它。"同伴又喊了起来。

时间已经不复存在,我警觉起来,紧绷着神经,大脑一片空白。我似乎是在透过皮肤呼吸着,双手伸出,在身体周围摆动着,手指伸直,至于要做些什么,我也不知道。我通过空气感知着那只豹子的身体,猜想它的后腿聚拢于地面,准备腾跃。我那样用力地看着树丛,头脑中已没有美洲豹的形象。我看到的只有色彩、光线和形状。仿佛蒙眼布已经揭开,我又突然看到了世界本来的样子。

"我看到它了,"同伴大喊着,"它在你前方有一段距离了。正飞奔下坡呢。你没事儿了。"

树影像血脉一样布满我的双手和靴子。我感到脸颊发烫。我没有动,我知道,如果动的话,我得嘲笑起自己了:真是个专业跟踪者。我会走回营地,点起火堆,讲个故事。但这些都还未发生。我甚至还没开始抬起手,将恐惧从额头抹去。我一动不动地站在那里,又在对美洲豹的敬重中多停留了一会儿,即使它早已经离去了。

_ Panthera onca _

|鸟类|

秃 鹰

一

在距地面900米的高度,我们正从一个伐木场返回,那是一天中的第三站。我们最后的着陆点是一个弯道,右浮筒必须要首先接触海面,这样我们才可以掉转到小海湾而不碰到礁石。在不列颠哥伦比亚省[1]海岸的着陆,有一半都是这样半起飞状地沿着弯路飞行。在飞行的过程中,每一片湍流都像冰雹一样击打着飞机。这架水上飞机差不多是

---

1. 加拿大最西部的省份,也是北美洲山地最多的地区之一。该省与阿尔伯达省、育空地区和包括阿拉斯加在内的美国几个州接壤。

一种会飞的拖拉机，是1947年造的哈维兰德"海狸"，当时加拿大一共制造了1692架。没有其他国家想造这种玩意儿。单一引擎，由普惠公司设计生产，450马力，适用于载重很沉的飞行，比此后建造的任何飞机都要好（从某种角度上说），都要慢。引擎的四周装着几个星形汽缸，构造像个纸风车一样。怪物一样的整流罩吞下了整个飞机的前部，螺旋桨的桨叶聚在一个平滑的圆形轮毂上。这是飞机上装设的噪声最大的引擎之一，如果你和飞行员说话，那不一会儿嗓子肯定就哑了。

一天，我开着卡车进入贝拉库拉[1]，到码头与一些渔民聊天。在那之后，每天我都会走着去飞行员那里，口袋里带着日记本，给坐在驳船上的他们照相。他们很喜欢这些相片。他们请我喝啤酒，继而开始讲故事。过一会儿后，他们便请我坐飞机。我的工作变成了卸载仪器装备，修理齿轮，把热沥青浇到水陆两用飞机的跑道裂缝中。这对于乘着交通工具到天涯海角的人来说，很划算了，所以我一有机会便搭乘飞机，作为做那些工作的交换。从温哥华一路北上，我一直是这么做的，结识飞行员，与他们一起飞行，用一架老式宾得拍照。我与他们同行，这其中有男有女，从十八岁到七十三岁不等。我们把物资运到人烟稀少的偏远地区，送到岛屿和内陆航道尽头的村庄。

一个来自宁波湖[2]的飞行员驾着一架红色"海狸"做着桶滚特技带我从特威兹穆尔省级公园的航仓瀑布上飞下，从那以后，浮筒里的

---

1. 不列颠哥伦比亚省的一个城镇，也是中海岸地区的行政中心。
2. 不列颠哥伦比亚省奇尔科廷区的一个淡水湖。

铆钉就像卵石相撞一样啪啪直响。我们将系在右浮筒上的独木舟放置到山里一个小湖泊上，卸下不少重量，几乎都要飞离森林了。吉迪恩·舒兹，一只耳朵失聪，另一只重听，在我们回威廉姆斯湖的途中，他那架塞斯纳285上的发动机着了火，火焰从敞开的机门蹿进来，烧到了我右小腿后面的汗毛。他扑灭了控制面板上的火苗，朝我咧嘴笑笑，说："这可不是正确的起飞方式。"一天晚上，和一名冰川飞行员在斯夸米什，我醉得都站不住了；第二天，带着铸铁般沉重的身体，我们一整天盘旋在强烈的气流中，查看并勘察火灾的位置。这些人倚仗着激情与恐惧而活。越往丛林深处走，越人地生疏。

飞机后舱现在已经空了，物资都已送完。我们离峡湾有32千米。海水蹒跚地流经海岸山区，直到政府码头，我的车就停在那里。飞机下面是海洋与山尖的混合体，它还不为人所知。瀑布像一根根白色的线头，散落在群山之间。它们顺着沟槽而下，流过3千米到5千米，而后消失在稠密的森林中。再次出现时，它们已变作顺山巅而下的碧波，向海洋注入醉人的冰川雪水，然后在海洋里变得平静下来，呈现出翡翠般的绿色。

昨天晚上有一个生日聚会，是为一个飞行员举行的，我们都喝醉了。酒精简直要了我们的命。今天我们一群人当中，没有一个头脑清晰。那个飞行员，罗伯·高古洛特，已经眯起了眼。他非常疲惫，五个星期连续空运。今年他曾两次辞职，每次又都乖乖地回来重新上班。

他的飞行生涯中有过一次坠机，他承认这一点。正因如此，我才非常信任他。城里的飞行员说，这种事怎么也要有一次，所以，和一位已从坠机中恢复过来的飞行员待在一起,会有一种令人局促不安的安全感。这些丛林飞行员靠着奇怪的兴奋感一路干下来,起先我以为他们讲的故事都是假的,现在则觉得事情就是这样的。

一次,罗伯拍拍我的肩,指给我看峡谷间的一个黄点。机舱中满是星形发动机震耳欲聋的响声,于是我们用手势交流。我耸耸肩,表示看不懂。他驾着飞机猛冲下去,好让我看到那是什么。峡谷中有一个黄色的机翼,是一架小型塞斯纳上的,那是为贝拉库拉地区的野地空运所配的机型。我恐惧地看着他。他笑笑,几乎是带着自豪的表情,指了指自己。那是他的机翼。

当时飞机没了动力,他将飞机旋转,撞到了石头上,机翼被刮了下来。他们说,找到他的时候,他正和乘客坐在机尾,两个人喝着啤酒。在贝拉库拉飞行员聚集的拖车住房里,公告栏上至少贴着50张照片。照片上全都是失事的飞机:从海里打捞上来的飞机,撞上大树的飞机,斜向一侧、断成两截、一头扎进地面的飞机,鲜血淋漓、物资撒了一地的飞机,没有机翼、机尾、螺旋桨、浮筒的飞机,躺在砾石地和森林中的飞机,被大火洗劫一空的飞机。

今天的飞行中,罗伯推了推我的肩膀,向下指了指。然后他把两手放到一起,做出鸟拍打翅膀的手势。我额头顶着舱门玻璃,向他指的方向看去。

一张羽毛"地图"展现在眼前,那是约6米之下一只秃鹰的翼翅。它看起来一动不动。实际上,我们看对方都是不动的。移动的是下面的大地。现在是顺风,我们的速度应该在每小时90到100千米,双方都是这样。但是鉴于这架飞机喊破嗓门的吵闹动静,我们很难再超过秃鹰了。罗伯略做转向,我们现在便和秃鹰处在了一条线上,在它的背部上方飞行。

秃鹰驾驭着空气。也许这一整天它都会这样,翅膀都不用动一下。我能看到它羽毛上的花纹,尖尖的初级飞羽,圆形的次级飞羽,恰到好处的覆羽。虽然秃鹰和我们一样迎着相同的气流,但它的羽毛并没有震动摇摆,而我们则会来回倾侧。风从舱门附近一个裂缝处灌进来,声音如同400多千克重的空气穿过一个锁孔。

在这之前,我连着几个星期都在观察秃鹰。有一次,在政府码头,坐在车的后挡板上,一口气数出了码头桩子上的三十五只秃鹰。它们争执着,像购物车坏掉的轮子般发出尖厉的叫声。它们纠缠于谁应该在哪根桩上,因为一根桩一次只能容下一只半秃鹰。这就意味着巨大的翼幅会让两只秃鹰弓起翅膀,翼幅较小的或叫声不那么刺耳的便被迫离开。有那么多只秃鹰,它们就像海鸥一样,在森林之上露出点点白色的脑袋。

我从未在空中见过这番景象,一只秃鹰展翅飞行。秃鹰以平得像台地的翅膀飞行着,像是停在半空的舞者,双臂指向舞台的两端。那对双臂,那优美的骨骼,都算不上什么。重要的是羽毛,张开着似要将下面的海洋拥入怀中。如果你近看秃鹰的初级飞羽,便会发现羽毛的前端要比后边薄得多,使其外观看上去锐利而狭长。翼尖大约3/4的部分呈凹槽状,后部几乎不再有羽片,这可以让这些羽毛分开。它们叫作凹缘初级飞羽,彼此分开以便单独活动。它们的狭长的手指一点一点地调整着气流。实际上,每片翅膀上都有五根这样的羽毛,它们彼此割裂开,这样我便在其间看到了海洋。

看看鸟类的骨骼,虽然颇有变形,却和哺乳动物的骨架很相似。翅膀从解剖学上对应人类从手臂到最长手指的每一根骨头。但是鸟类的前肢紧凑而简化,腕关节、手掌、手指都融合成一根细长的骨头。它们的骨头几乎是中空的,内有很轻的支柱支撑。整个骨架连成一体,同所有其他动物都不同,有些鸟类的骨架比它的羽毛还轻。这是一种体重上的彻底再分配。嘴部沉重的作为消化系统压碎端的牙齿骨骼逐渐消失,其功能被砂囊这个身体平衡中心所实现。肌肉调整得可以独立控制羽毛。呼吸系统可以把它们推进到10000米的高度,换了其他动物,根本无法在这个高度呼吸。可以毫不夸张地说,在这个星球上,身体结构更先进的是鸟类。

眼前的这只秃鹰时不时地向上瞥一眼,看看我们这个在它上方嗡嗡作响的铝质的畸形怪物。我们像即将要脱轨的火车一样摇摆着,在勾勒出岛屿和山峦的上升气流和下沉气流中进进出出。可以看到秃鹰丝毫不受影响。它一直没有改变路线。我们向下3米,离秃鹰更近了些,然后又突然拉升了6米。秃鹰看着900米之下的海洋,寻找着鲑鱼。我隔着秃鹰向下望去,看着峡湾深处的一片海洋。从这里我连波浪都很难看清。

秃鹰以从1500米的高空直冲海面而见长,途中方向不做一丝改变,而且在最后还能钩起海面下的鲑鱼。人可以在1米远的地方看到的东西,秃鹰可以隔着50多米的距离看到。有些更小的猛禽,如果它们愿意,可以在60米的高空看清这本书上印刷的字。人类1平方毫米的视网膜上有大约20万个视觉细胞，秃鹰的则超过了100万。所以我想象秃鹰驾驭着上升气流，高飞着，没在大地上留下一丝影子，寻找着千米之下不过我前臂长短的鱼类。

我想打开舱门。我曾经坐过一架小飞机，半空中舱门意外开启，几乎所有的东西都被吹了出去。可我仍想打开舱门，即便罗伯会因此失去他放在节流阀上的平装书。我想打开舱门，从飞机里跳出去。我会张开双臂，沿着飞行员总是试图追逐的看不见的地平线，伸平双臂。但我不会使用任何仪器。我会以秃鹰作为参照。我会飞起来，当然会飞起来。我有900多米的高度可以飞。要想和秃鹰飞得一样好，便需要50多米宽的翅膀来支撑这个沉重笨拙的身体，还需要将近两米厚的胸肌。我会和秃鹰一起翱翔，然后转头吸入疾行的空气，再快速地落向地面。

这是想再次成为动物，想拥有自己已经失掉的视力的愿望。没有前提条件。（我要）全部的一切。我想要已经消失的东西，无法让人接受的荒谬东西。什么时候睡觉，到哪里寻找食物，该往哪个方向转弯，这些大家都知道。人人都理解的问题便不会有争议，不需要讲出理由。我想丢掉手指和计划，我想飞翔。

罗伯调整了一下球状的仪器，其材料和40年代转盘电话所用的消光黑硬塑料一模一样，然后我们便转而向下。我急躁地看着他，他耸耸肩。今天的第三圈（也是最后一圈）运输任务完成了，观光可没排在他的日程表上。飞机的目的地和秃鹰不一样。随着在大气中一片开阔空间里令人想呕吐的下降，我们转向东南方向，向着政府码头飞去。

秃鹰张开的翅膀仍然丝毫未动,羽毛的边沿在远处交织成了一只大型猛禽的形状,随后便在飞机有机玻璃和铝皮相接的一角消失了。

二

只有我一个人,虽然十分钟之前我还能听到说话声。我们本来打算只分开几分钟,每个人都去找一条更好的去海滩上目的地的路线,现在我们可能要分开很久了。身上因为爬行和推挤而脏兮兮的。如果我们分别沿着现在的方向走,今天的某个时候,便会到达海岸线。我们会在那里再次集合到一起,讲述身后森林中的故事。

平均每年会有约5000毫米的雨水降落到这片岛上,有时会有6000多毫米。这是分散在不列颠哥伦比亚西岸大约几百个岛屿中的一个。雾气缭绕,仿佛用来撑天的绳子和滑轮都断了。雨像是薄纱织成的屏障。雨水高高地落下之后,雨滴便会破碎,洒在宽阔的树叶上,而后滴滴答答地没入大地。我一直在一堆堆马先蒿、假升麻和眼蝶之间寻找出路。据记载,这里每公顷森林树冠上悬垂着一吨重的苔藓和地衣。大叶枫从枝干处伸出树根扎入泥土,附生植物聚集在那里,有时有30厘米厚,将上方15到30米高的树冠层变成了第二个根系空间。倒下的西加云杉,像是重叠的巨大臂膀,被蕨类植物、蘑菇和地钱所吞没。我吸气的时候,水雾便会聚集到喉咙和肺部。我设法从密密麻麻的树冠层中挤出来,来到一片空地上。一块圆形沼泽中间横着一棵倒下的树木，像是一个宫殿内堂，疯长着各样的植被。雾气弥散在地面上。

这个圣殿满是灰色和绿色，须状的地衣从西加云杉上垂下来。有四棵云杉已经死了，直立在那里，缠绕着彼此，以老者缓慢坚持的姿态倾身低语。我从行李中脱开身，坐在一棵倒下的树上。这个"座位"被几厘米高的湿石松垫得软绵绵的。脚下是蝴蝶形状的香草叶植物和有一点点暗黑的蓝果七筋姑。外面，雨应该停了，也许三天前就停了。水滴现在才开始消减，仍往下落的那些听上去像是山洞中滴水的声音。

我用袖子擦了擦额头。上面有窸窣的声音，像是枕头被拍松了一样。我抬头向上看，水滴落到了脸上。在穹隆的冠顶下面，一只秃鹰立在一根枯枝上，它正抖着羽毛，同时侧眼观察着我。

还有其他秃鹰。一共有六只，它们坐在死去的西加云杉上，羽毛蓬松。树冠上不受亵渎的目光落在我身上。又有一只抖了抖羽毛，张开袍子一样的暗黑双翼，而后又合上，端坐下来。它们似乎是在等待着什么，也许是在等着天气放晴，或是等着饥饿再次将它们一只只赶向外面的世界。而我也不过是另外一个等待者。那些眼睛最终从我身上移开，全神贯注于这个背叛注意力的森林。

在这个森林中，一样事物盯太久，你就回不来了。手套式操作箱里收集的所有地图本应显示我们所处和所到之处的所有方位，但一切地图都在这片森林中瘫痪失灵了。不能在这里迷路。若是认为这里怎么也该有条路，便太可笑了。我明白为什么这些岛上的居民要画出或刻出自己的所作所为了。他们独具风格的熊和狗鲨，他们绝妙的图腾柱和白扣毯子；手和脸嵌入渡鸦的翅膀里，眼睛藏在虎鲸的背鳍中，所有这些都有本质的意义。森林，毫无疑问，是一个永恒。

我们大约坐了一个小时，秃鹰和我，随后我听到了说话声。大家找到了彼此。海岸应该在不远的地方，他们已经找到了出去的路。声音促使我离开那棵放倒的树干。我背起行李。秃鹰们在它们的圣殿里铺展着羽毛，没有动。

后来，我们来到村庄附近的海滩上。有人有一只螃蟹和一锅开水。我们必须要把螃蟹活着拆开，因为无法把它整个塞到锅里。首先，我想，这很残忍。然后，我想到一只秃鹰扯开螃蟹壳下那细嫩而奇怪的器官，而螃蟹只能徒劳地挣扎。我们击碎红蟹壳，取出白色的新鲜蟹肉。紧接着一只秃鹰从树冠层的黑暗中出现，飞到海岸上来。我们能听到它的翅膀重重拍击的声音，而后，我突然跳起来，向它追去。有人说我在绕着圈跑，双手擎向天空，还有人说螃蟹让我突然丧失了理智。

我看到秃鹰翅膀内松落下来一根圆形黑羽毛。那是一根短小的暗黑羽毛，底部呈白色，是那种能托住空气，让秃鹰悬于空中的羽毛。我追着羽毛跑，跟着它穿过秃鹰留下的一圈圈涟漪。那根羽毛飘到了海上，我便跑进了海水中。我奔跑着，仿佛天空刚着过火，而我则要抓住第一抹余烬。羽毛漂回了岸上，我把双手放到下面，将其捧起。

它停在我敞开的手掌中，轻盈若无。我把它捂到胸口上，这样海风就无法偷走它。我摊开手，看着手掌中央，仿佛我手中拥有了飞翔的仙姿和野性。

我转而看着吃螃蟹的一群人，他们都面无表情地盯着我。我咧嘴笑着，摇了摇抓住羽毛的手。他们从塞满蟹肉的嘴里挤出奇怪的微笑，摇着螃蟹腿，招呼我回去。

_ Haliaeetus leucocephalus _

游 隼

  亚利桑那州和犹他州的沙漠中，有一种叫作"温盖特"的岩石，由沙堆和亘古的烈风塑造而成。这种砂岩100多米高，像砖一样坚硬，成形的红色孤丘和排柱式峭壁耸立在地面上。仔细看那辣椒色的砂岩表面，你可以看到古时沙丘之海的残垣，一层层的沙子被侏罗纪时代的风吹得层层交叠，羽毛一般，就像许多翅膀掼在了一起。

  我喜欢走到高耸的温盖特砂岩边沿，投身于天空之下。有时我双臂撑住身体两侧直尺厚的崖壁边保持平衡，听着大风穿过脚下砂岩的低沉回响。今天我要走到犹他州大角羊台地的尽头，朝着高踞于格林河环形河道上的温盖特砂岩的一角走去。远处，满眼都是温盖特沙丘和它们竖条形的影子，下面的沙土埋在破碎的悬崖中，像是坍塌的石城。

  这是美丽的一天，摇摆于冬季和春季之间的支点上。我戴着一顶羊毛帽子，把它拉低到耳朵以下，还戴了一副剪掉了指尖的浅色手套，一路步行着。3月的日光给沙漠披上柔和的色彩，岩石与沙漠构成一幅淡雅的粉彩风景画。满带水汽的低云游荡在圣拉斐尔山地平缓的山坡上。亨利山的山尖埋在暴风雪下，那是最后一场瑞雪，是丢给冬季的最后一块骨头。

大角羊台地的边沿突然出现在脚下。下面，断断续续的红色塔状砂岩像纺锤一样，有100多米高。大风顺着一桩桩崖柱蹿上来，像是倒置的瀑布。我将脸放入这股气流中，在悬空处看来看去，这时脚下一只食肉鸟向天空划出一条弧线。它凭空出现，仿佛是从光滑的砂岩里变出来的，而我则打扰了一个神话的诞生。看到如此突然的动作，我吃了一惊，心脏差点跳了出来。而那只鸟却优美地展开翅膀，这让我立即平静下来。

这是一只游隼，一个悬崖间的潜行者。那双展开的银灰色翅膀没拍一下，甚至一动也没动。它只是承载着空气，像我们用手托着玻璃球那样。空气把这只游隼带到我身边，将它托出深渊。我朝它侧身过去，几乎能碰到它。我伸出手就可以轻触到它明暗交替的羽毛。对于一只隼来说，它体形很大，而干净利落的外形却让它显得不大不小，它的翼幅还不如码尺长。

游隼头部暗黑色的羽毛看上去像是飞行员的帽盔。它扭头，向我瞥了一眼。那种表情不是愤怒，我原以为这种地盘性的动物会那样。相反，那只游隼很随意地看了我一眼，就像是抬头从一本书的上方看看是谁走了进来。

它是世界上飞行速度最快的鸟之一，能够以每小时300千米的速度俯冲，而眼前的这只却在空中一动不动。当我回视它闪烁的眼角，感觉整个世界都在以它为轴心，沙土纷纷落下，绕着它旋转。我向外倾斜得太厉害，可能会因为它而摔下去，却希望在从温盖特砂岩骤然跌落的那一瞬间手指能抚过它的翅膀。我差点成了那个神话中的一部分，几乎忘记了要脚踏实地。

我在科罗拉多西部的居所，房屋上方是一个悬崖，每年都会有两只游隼在直冲云霄的山崖高处做窝。从2月到8月，它们会像大镰刀一样扫过我窗外的天空。我曾观看过它们用迅速而令人迷惑的手法驱赶走了国王般的金雕，金雕被上下颠倒了过来，爪子伸在半空中，除了空气什么也没抓住，从此再没有来抓过攻击它们的游隼。我不止一次地看到过游隼搭伙捕杀白喉雨燕的情景，两只游隼一前一后地转身、俯冲，像打靶练习一样，让那只小鸟飞得筋疲力尽，最后将它从空中击落。在交配生育的春季，它们会从日出叫到日落，以令人眩晕的速度巡游着自己的领地，把自己的声音写在黑板一样的悬崖上。

到了冬季，我曾跟随游隼向南，在墨西哥的沙漠中发现了它们，在那里它们六只、八只或十一只成群而行。它们在沙丘和荒凉的山脊上，在轻柔而炎热的风中苦练特技飞行。我逐渐明白游隼是完美主义者，频繁地操练着自己的技艺。它们以大概每小时320千米的点触在空中直取其他鸟类的性命，像吹灭蜡烛一样断送它们弱小的生命。我感觉，再没有其他鸟类能这样极端精确。一个天衣无缝的夺命武器，身体与意识两者的目的没有一点差距。

很多人会想象自己下辈子会是什么动物，似乎每个人都想成为一只鸟——仿佛鸟类独占了人类的来生，任何时候都可以空出自己的身体让我们爬进去。然而，谁想过那样宝贵的生命会有怎样的结局，一只鸟怎样在荒野中死去？如果我是鸟，想要求个痛快的话，会选择让游隼来杀掉。我曾经看过它们杀死其他鸟，在对方进食时悄悄爬近，看着它们从微小而软弱的尸体上撕下肉来，沾满血的羽毛纷纷落到地上。看起来这种死亡方式还不太差，被带入另一个机体，最终归于纯洁。

那只游隼在空中飘浮，与我只有一臂之遥。它回头看着我，那样泰然自若，那样非凡超群，让我感到像被掏空一样，枯竭殆尽，但心满意足。这也许就是它第一次飞翔时的感觉，真正地展翅翱翔，用重力换来信仰。

我听到附近第二只游隼警告般的低吟声。虽然我看不见，但岩缝中有个隼巢，它的配偶在一窝光滑的鸟蛋上孵雏。那低低的声音像是在告诉我，时间已到，应该知趣地离开了。我确实这么做了。慢慢地，我从砂岩边缘下来，回到平缓的大地上，在那里再也看不到那飘浮的游隼或是脚下瀑布般的悬崖了。周围的世界又折回成一小格一小格的维度和距离。破碎的红石头出现在我的脚下。我再次成为一个普通的活人，不再是风成砂岩的一部分，不再是风之杰作。

— Falco peregrinus —

鹰

这是一场大雪之后的早上，只剩下两三片云被挡在了山上。科罗拉多总是这样，它会用暴雪彻夜猛击群山。然后，像魔术师揭开面纱一样，在下一个早晨带来刺眼的阳光，白雪把地球的曲线变成了一个折射透镜。

帐篷里，我压住炉火。我用手推开一小道门缝，然后整个身体压向帆布门，在雪堆里打开一个洞。在帐篷门前，我挖出两只雪地鞋，以动物般的蛮力将双脚踹进去。我身上穿着一件长度到脚踝且非常重的外套。

雪很厚。雪地鞋扒不住地面，我缓慢地走到草地里。即便戴着墨镜，我仍必须要用手遮挡住眼睛。大雪压住并深埋着黄松。斯奈佛尔斯山，取名自儒勒·凡尔纳的《地心游记》，是一座海拔约4300米的山峰，直冲云霄。只有山北侧——因雪崩而千疮百孔、光秃秃而黝黑的一面，吸收而不反射阳光。

这是1月的雪地。是跟踪的绝佳环境，寒冷而干燥，可以记录下动物完整的脚印。我跟着一只兔子的脚印去往草地里。一个脚印一个脚印地，我试图破解这只兔子的兴趣所在。它在日出前后蹦跳着来到这片无人触及的世界。这些脚印很随意，也很小，并没有特别指向什么。

而后出现了其他动物的印迹。一个巨大的扇形在兔子将要落下脚印的地方展开。

鹰。

那里有三撮清晰的白色绒毛，然后突然满是兔子的脚印。能想象出它在奔跑，长长的后脚带起雪花四处飞溅。一双翅膀再次袭来。尾巴上的毛和摊开的翅膀各自完美地展现出轮廓。那里光线一定较暗，就像板条包装箱里一样。

我不知道那只兔子是怎样逃脱的。它朝雪丘蹦跳过去。那些雪丘是由积雪覆盖灌木丛而形成的，但是那里没有可以保护它的东西。我跟着印迹尽可能快地向前。

鹰像绕着一根轴一样旋转，在周围盘旋，尾巴扫着地，把雪块抛向南面。兔子豁出命般地猛冲，径直向着帐篷所在的森林奔去。

有一段没有鹰的痕迹。它在空中。我知道随后会发生什么。兔子的脚印延伸出来，一个，两个，三个，之后便是鹰的脚印。

这些印迹是最深的。这样的图案，要是挂在墙上的话，会被人当作艺术。不会有人说："啊，鹰的翅膀。"相反，它会被称作"古代美洲土著绘画"，或者会被称作"后现代"或是其他什么，而不会被称作"鹰的首个踪迹",或"兔子的最后踪迹"。

兔子的脚印没有再出现。一片空地上,又出现了鹰的印迹。翅膀印被重重地拍打到雪中,一定是鹰勉强同引力和重力做着抗争。下一处印迹便浅了些。空地中间是兔子的后脚拖拽的痕迹。我想象着鹰蹬离开雪地要飞到空中,翅膀每拍一下便越接近飞起的状态。前面还有印迹,但越来越模糊,越来越难以辨认。它们指向草地外。在那远端,雪是那样纯洁,全然没有了记忆。

_ Buteo _

斑 点 林 鸮

我们走得很快。如果我想说点什么，就必须要很快地说出来，否则根本喘不上气来。三个人一行几千米，进入奥林匹克半岛[1]气候温和的热带雨林，我们的速度比跑步慢不了多少。在华盛顿州西北部的这个阴暗角落，如果不是一连六个月都在下雨，我们一定会带起一阵阵尘土。

起初路面有两米半宽，夯得很结实，像柏油路一样。我们在路的起点，离奥林匹克国家公园的管理处不远，所以路应该有两米半宽，沿途码着砍好的原木，插着信息指示牌。我跟在盖伊·汉特的后面，她是公园生物学方面的技术人员，也是一个马拉松长跑运动员。100米后，道

---

1. 美国华盛顿州西部半岛。

路开始变窄，每周有几千双脚踩踏到这里。800米后，我们蹚过小溪，开始沿着"之"字形山路从西面向上。植被稠密起来，仿佛撒了一层面粉，整个地方都被煮沸了。3000多米的道路被蕨类植物和赤杨封闭，泥土黏附在我们的脚踝上。这里不再像路的起点那样，不再是一个大众旅游目的地。我想好好看看这里，看看一块块苔藓以及一层层倒下和直立的雪松，但是我必须要跟上盖伊的脚步。

在我颠簸的背包里装着几个罐子，里面有十二只老鼠。它们过不了下午两三点便会丧命，椎骨将被从体内扯出，头骨将会裂开，身上的每一块肉都会被猫头鹰吃掉。我身后是D.艾然·西曼博士，他是野生动植物生态学专家，公园里斑点林鸮项目的组长。我们停下来吃了点简单的午饭，分享着自制的面包和饼干。只有在那个时候——咬着食物的间隙，我才得以环顾一下森林。这里全是"鬼魅"的形状——大树从上翘的树根中长出来，从那些倒下后悬在其他木头上的树木中长出来，从多年前树木伏地后盖满了青苔的轮廓中长出来。我们的脚下其实没有土地。这是死亡的树木摆起的"矩阵"。比起物质，这更是时间。

刚停下没多久，我们便又行动起来。暗处传来鹪鹩那街头手风琴师般的复杂音乐。它们急匆匆地飞着，一边在树林间拍着翅膀，一边啁啾地叫着。艾然认为鹪鹩是所有鸟中音量和身体大小之比最大的。一只杂色鸫的高音口哨响彻在前方的森林中。

我们继续执行任务。6000多米处，森林像一张杂乱的渔网覆盖着山坡。森林里有铁杉、银枞、西部红柏、玉龙白灌木丛，也有穗乌毛蕨、剑蕨、野生姜、水迹叶、红越橘、仙女灯、奴卡蔷薇……有一种叫作雅致玉凤花的植物长在泥沼处，Habenaria elegans[1]，名字中的"雅致"恰如其分。肥大如箭的北美刺人参叶子垂到地面上。这片森林的植被平均有 36 米高，有些地方甚至达到了三四十层楼的高度。

无论你怎么丈量，无论选择什么样的定义，这片森林都有很长的年头了。像这样的森林至少要长三百年。若是一场罕见的大火来袭，将这里夷为平地，那么枞木会是首先长出针叶的树。约两个世纪后，铁杉会从银枞树荫下累积起的腐叶层中长起来。随后红柏会出现。森林会分层，一层接着另一层，每一层都有自己的生态，像是一个树屋分出不同的房间，一直垒到那些最高的红柏树的树冠。这里的每一个生命都是对细节的巧妙关注，没有一个密封的空间没有内容。倒下的树木呈现的树洞里，没有一缕阳光拒绝哺育生命。这些生命不会拙劣地一个踩着另一个攀爬。它们小心地绕路到合适的位置，构筑起自己值得拥有的顶针般大小的生态系统。

不管出自哪一议题、哪一方面的宣传，也不管怎么说，一个原始老森林就是那么与众不同。它已变成了一个机体，长出了器官和血管。我无法详尽地形容我们在这里所看到的一切，唯一能做的便是以轻快的脚步穿行其间，集中精力寻找一样东西：北美斑点林鸮。

我受邀加入这个项目，成为一个帮手、森林里的又一双眼睛。盖伊和我曾一起在胡安·德富卡海峡的沙嘴附近乘着独木舟漂流，在大雾中，我们谈到了公园里各种猫头鹰的命运。"有机会我想看看。"

---

1. 该花的拉丁文学名。

我说。

"它们就在公园里，"她说，"只是很难发现罢了。"

盖伊是个运动健将，身体结实，注意力集中。跟在她后面很合适，我尽量跟上她的脚步，艾然则紧跟在我的后面。

我第一次见到艾然是在安吉利斯港的社区舞会上。只记得他在跳八人方形舞和摇摆舞，脸上大汗淋漓，他跺脚时我都能感觉到地板在震动。有大约两秒钟的时间，我们从彼此身旁经过，在充满小提琴曲的舞池里绕着彼此旋转。

离开山路后，时空陡然变了。我们在一棵倒下的银枞边停下来（盖伊此前曾记录过这棵有一定年头的树），然后一切都变了。我们不再急匆匆地赶路，而是沿着陡峭的山坡下去，爬过破碎的柏树障墙，一步接一步地，进入了森林。

在那棵树冠像女巫的扫帚一样耸向天空的最大的花旗松下，我们分散开，慢慢地走着。这是一棵上面有鸟窝的树。盖伊和艾然开始了他们的呼唤：像猫头鹰一样发出"嘟嘟"的声音，还有低低的呜咽声。他们很熟练，那些声音听上去一点也不像人类的声音。他们离开山路，慢慢走进森林中，在树枝间弓着腰，发出这些反复练习过的、准确的声音。我穿过足有两米厚的破碎树干和树枝层看着上空。树干上长满了层孔菌。

斑点林鸮是猫头鹰中的"巫师"，是独自待在黑暗中的隐士。鸟巢只建在光线半明半暗的封闭地点，随着你不断向前走，这些地点都要把自己吞没掉。对奥林匹克半岛和西奥尔良地区一百三十个猫头鹰鸟巢的研究表明，只有1/4的鸟巢可以在原始老森林之外发现。森林越是杂乱，植被层越是交错，枯树和活树越是参差，微型气候越丰富，就越有可能发现斑点林鸮。

有回应的叫声了。声音来自我们下面很远的地方，在斜坡之下。它低沉的声音响彻整个森林网。猫头鹰知道我们来了。

艾然朝盖伊和我招招手，指着山坡下面说："雄性的。"我开始向他指的方向看去，滑到一棵在冬季倒下的云杉旁。艾然继续发出叫声，盖伊在一棵倒下的树上握着望远镜。下方的回应慢慢近了，但是我看不到任何动静。我来到艾然身边，问他在哪儿，他指了指树上。很难看到。那只猫头鹰动起了右翅膀后，我才看到它，一团黑影，不过树干节瘤的大小。"给我一只老鼠。"艾然说。我们来这里是要看它如何处置老鼠，由此我们可以知道，现在的这对儿是否仍是一对儿，它们是否又生了雏鸟。我卸下背包，从罐子里掏出一只老鼠。我抓着它的尾巴，而它则在我的手指间和手腕上胡乱地摸索。艾然接过老鼠，向猫头鹰走去。老鼠靠着尾巴悬在空中，然后抓住了一根树枝。艾然退了回来。

那只老鼠爬到树枝的尽头，鼻子伸到空中。刚刚从满是锯末的铁罐子里被放出来，对于它来说一切都是陌生的。它转过身闻闻另一个方向。一双翅膀从空中张开，突如其来得让人惊恐。这双硕大的翅膀如何突然就变了出来？它拍也不拍一下，潜过铁杉树枝，爪子向前一抓，老鼠就被抓了上去。

那只猫头鹰落在一棵树上，距我们头顶约 9 米。"抓走老鼠一号。"艾然转头小声对盖伊说。盖伊在她的笔记本上速记着。猫头鹰朝我们望了一次。那是一只暗黑色的鸟，暗黑得让人有些害怕。翅膀呈棕黑色。头上有分散开的白色的小斑点，仿佛被大雪梳理过。那双眼睛像是空间里凿出的洞穴或是廊道。它的眼睛深深地陷入面盘。它观察了我们一会儿，然后便把整个身体的重量都倾注在进食上，尖嘴扎进老鼠的头骨。不只头部，它整个身子都抬起，爪子则把老鼠按在树枝上。老鼠像布匹一样被撕开。

"在那里放一只。"艾然说着，指着头上方，眼睛并没有离开猫头鹰。我又掏出一只老鼠，将它带到一棵倒下的树旁。在我把它安置在一堆石松上时，它一度不松开我的手指。我向后走去。

猫头鹰从枞树上骤然飞下，像一具死尸一样径直落下。离猎物还有1米多远的时候，它张开了翅膀，停止了降落，其间一点声音都没有。我动弹不得。它的爪子像个机械式疏水阀。猫头鹰一把抓起了老鼠，而我还站在那里。它的翅膀完全遮住了我的视线。那对翅膀像挂毯一样，羽毛完全展开，调控着空气。猫头鹰一个转弯，左翅下降，右翅刚刚越过我的额头。老鼠从我眼前嗖地闪过，脊柱断开来。

有些人希望这种猫头鹰消失。在我来参加这次猫头鹰研究项目之前，安吉利斯港的一个朋友说，我应该带上枪去见这些"小杂种"。1991年，联邦政府决定推迟砍伐原始老森林，而这种森林被视作濒临灭绝的斑点林鸮赖以生存的重要场所，伐木的工作随之成百上千地消减。

据奥杜邦协会[1]的环境研究者统计，北美现存3000对到4000对斑

---

1. 美国保护野生动物和其他自然资源的一个机构。

点林鸮，伐木工业的研究者的统计数据则是这个数据的两到三倍。直接研究这方面的野生动植物学家则只能对两方的数据不以为然地耸耸肩。统计斑点林鸮的数量时不确定的因素太多了，一半以上的信息都是通过外推法和臆想而来。这种鸟本来就很难被发现。奥林匹克半岛上，一个长达六年的研究发现，猫头鹰的种群数量下降了5%以上。根据这项研究的部分情况而做的计算机模拟统计数据显示，斑点林鸮的数量在接下来的一年会呈上升趋势。在这片广袤的国家公园，在斑点林鸮的主要栖息地，艾然知道的有60对。而他提供的官方数据则是280对，这是基于对无法涉足的边远地区进行的猜测。

政治外衣下的斑点林鸮只不过是我们面前闪烁的一盏警示灯。工业和环境主义的绝大多数派别之争都指向这同一个警示灯，他们围绕这个话题喧嚣、叫嚷，完全忘记要爆发的可是表面之下的那个机器。猫头鹰只是一个指示器，预示着将要发生的一切。各种问题、要求、资源、工作机会、政治游说、选举信誉、情感一层层交错，将斑点林鸮这个话题变成了"地狱"，没有一样与斑点林鸮自身有任何关系。

森林中，这只猫头鹰已经抓去了四只老鼠。飞下来，抓着老鼠上去。我们看到了雌性，看到雄性把第五只老鼠递给了它。看着这一对儿围着老鼠互动，是一件很有意思的事情。它们呜咽、啭鸣，向彼此扇着翅膀，于是两只鸟中间形成了一个空间。老鼠由雌性的尖嘴抓过去。表演结束了。每一点食物都被藏起或是吃下去，这意味着没有雏鸟可喂。这不是什么好消息，不过艾然和盖伊都充满了希望，因为至少它们还在这里。

在过去的一年中，在公园里没发现一只做巢的猫头鹰，这是更为复杂的生态中的一部分，超出了我们的理解能力。在我们还费力地唱着童谣时，这片森林就由拉丁文写就。猫头鹰的寿命很长，所以它们不必急促地奔着繁衍后代而去，不像有些动物那样为了延续子孙而不顾任何危险。一对猫头鹰会根据复杂的环境条件做出决定。有 1/4 不会每年都生育，另有 1/4 会稍后决定，拒绝孵化鸟蛋，这样胚胎便会死亡。甚至有出生后刚长羽毛的幼鸟活活被饿死的情况。它们可以随时降低损失，来年再对鸟巢、鸟蛋或是幼鸟投入精力。

成年猫头鹰夫妇有着有限但明确的地域空间，将新的猫头鹰带到这个空间，对它们来说也许是危险的。做父母的不想随着森林日益缩小而被后代挤出去，而且它们也不想与自己的孩子争个你死我活。奥林匹克半岛每年有超过 80% 的成年猫头鹰存活下来。而幼年猫头鹰飞入森林，寻找到未被占据的地域空间，它们的存活率在 14% 到 41%。这一地区装有无线电设备的幼年猫头鹰身上的数据显示，它们必须飞出 122 千米才能存活。这 122 千米是直线距离，由于猫头鹰通过间接寻找才到达新的空间，因此更确切地计算的话，应该在三四百千米。

结论显示，去年没在公园做巢的猫头鹰都是单飞的，或者至少退到了公园里更深的森林中。虽然有联邦政府的资金支持和密切的深林调查，但去年和今年的环境变化还不够显著，无法记录。猫头鹰之间必然传播了一条我们无法破译的信息。

这一物种适宜生存于陡峭的山坡，只有处于某段最佳时期的某片森林能够满足它们的生存条件。这是斑点林鸮会在这里而不是他处生活的首要原因。这是一种无与伦比的生物，在倒下的树木和一缕光照中形成。

由于北部森林骚乱，横斑林鸮逐渐搬到了这里。横斑林鸮食性较杂，比斑点林鸮更大、更具侵略性。它与斑点林鸮属于同一种属，却可以更快地利用起变化的环境。斑点林鸮有较为固定的食物选择，专吃飞鼠、雪鞋兔、林鼠、田鼠和家鼠。横斑林鸮的猎物更多，如它们也乐意接受甲虫。斑点林鸮的筑巢地点有时会被横斑林鸮侵占。

一位古生物学者曾经写道，物种的消亡"看不到要为适应从前环境而做出的微妙进化"。横斑林鸮会搬到这里，是因为斑点林鸮所从属的森林很快将不再存在。最微小、最鲜明的生态龛也总会由某种生命形式占据，甚至最发达的物种常常是首先灭绝的。上一次物种以现在的速度灭亡，看起来应该是在一颗小行星与地球相撞、使恐龙灭绝的时期。从生物大灭绝中幸存下来的通常要么是原始有机体，要么是有广泛栖息范围的生态多面手，或者纯粹是靠运气。像斑点林鸮这样的动物注定只适应狭小而独特的生态龛，当这样的地方消失之后，当这个生态系统错综复杂的层次消失之后，这种动物便会死亡。我们现在正经历着地球上第六次主要灭绝期，物种消失的数量逐年增加。那些存活的物种，数量也在急剧减少。英国的蝴蝶数量在过去二十年间减少了70%，与此同时，鸟类数量减少了50%，植物数量减少了28%。每个洲都在经历着前所未有的物种消亡。至于一共消失了多少物种，根本就无法计算。

当然，地球会在我们身后填上那些空白。一千种出人意料的物种会突然像荒地的野草一样出现。要想这个星球没有生命，你恐怕要将它撕成碎片才可以。这些碎片还必须要被熔解、蒸发。有机体劫掠式的前进和演化不会因为移除一片西北原始森林而放慢速度，但是部分记忆将会在这里被抹去。那些复杂的起源碎片，将变得无效，而它们的价值和目的我们都尚未理解。

我们离开了那里，那只雄性猫头鹰一直跟随着我们，在林间潜行，等着我们不会再拿出的第七只老鼠。我唯一能想到的，便是斑点林鸮见到的人和大型食肉动物都太少了，所以它很少会产生保护性恐惧。它一直跟着我们，直到我们来到山路上，随后它便返回隐居处。我们的步调再次快起来。盖伊带领我们向前走了几千米。开始下雨了。

林冠消融在雨蒙蒙的灰色天空中，树木摇摇摆摆的，消失在雨雾中。盖伊说奥林匹克国家公园的雨一般会分为小雨、中雨和大雨，这样更便于记录。乌云在林中扎下脚跟。前方要穿过一个瀑布。山路变得很泥泞，上面满是湿透的海绵一样的原木。我们从倒在路上的大树下爬过。然后穿过一个翻倒的树桩，章鱼一样的树根上满是泥巴。盖伊记不清第二个巢穴的位置了，所以我们来回走着，顺着山坡向下寻找一棵超大的花旗松。猫头鹰尤其喜欢花旗松，那是这种隐居动物筑巢的理想树种。

盖伊停了下来，脖子伸得老长。"在那儿。"她说。艾然和我径直向上看去，上方约15米的地方有一只斑点林鸮的轮廓在云中隐现着。我走到盖伊身边，小声问她："你是怎么看到的？"她后仰着头，没作声。

这是一只雄性猫头鹰。雌性在下面的某个地方，虽然我们能反复听到它的叫声，但找了一个小时，也没有发现它在哪里。这只雄性并不捕食我们递出的老鼠。它在树木间滑翔，叫声越来越急躁。我不得不跑过去把老鼠抓回来，因为这只雄性猫头鹰根本就不下来抓老鼠。它观察着。脑袋动起来像是有陀螺仪的液体悬浮力一般。

雌性最终出来了。我把老鼠放在一根断枝上，然后站到树后，用胳膊把树枝伸出去。它的翅膀张开了。我竭力去观察，想要看到一切，然而真正发生的时刻，要看的东西太多了。那双翅膀本身就很有看头，让人惊诧的是，那样一个紧凑的身体竟会因展翅而占据那么大的空间。爪子也张开了，在离我的手指约1米处，它击中了猎物。攻击让人感觉不到一点重量，不过是轻微地颤了一下，老鼠的爪子便从树枝上松了下来。

雌性猫头鹰又飞了回来。我手持着树枝，把这些充满好奇的、长着粉红眼睛的牺牲品伸向死亡。每次我都想看到全部过程，可是注意到的只有翅膀和力量。整个过程两秒钟便结束了。

猫头鹰总是带着安静的翅膀而来，我唯一能听到的只有老鼠突然的叫声，以及随后头骨碎裂的声音。猫头鹰的翅膀之所以进化成这样，是为了获得绝对的安静。初级飞羽的前缘，那些飞行中首先划拨空气的部位，由柔软且弯曲的羽支构成，这些羽支会随风屈伸。一方面，这种静谧可以使猫头鹰在不引起猎物警觉的同时降落；另一方面，空气摩擦的噪声降低，猫头鹰最显著的感觉器官，即听觉，便可以不受干扰。曾有仓鸮被放在没有一丝光线的房间里，然后老鼠也被放入其中。仅凭声音，仓鸮可以精准做到四十次命中，仅一次失误，老鼠几乎一点机会都没有。

猫头鹰的听觉并非强得出奇，实际上它的耳朵接收的声级和人类几乎一样，与人类不同的地方在于构造。眼睛镶嵌在面部盘状的羽毛中，而羽毛可以改变形状，将声音从各种角度传向耳朵。两只耳朵是不对称的，所以声音传至两只耳朵时会有时间差，通过这个时间差可以确定老鼠的位置。耳朵的内部构造使其可以接收到具有细微差异的频率，强化了猫头鹰的三维听觉。

猫头鹰柔软的羽毛确实为了消声而牺牲掉了一定程度的飞行表现。也可以这么说，如果任何猫头鹰都不需要这种环境适应功能的话，它便会抛弃这些软羽，换成会在风中飕飕作响的标准羽毛。比如食鱼猫头鹰，确定猎物位置时完全不依赖声音，它的羽毛就很硬，而且声音相对更大。

手头已经没有老鼠了。那只雌性猫头鹰抓走了每一只老鼠，停在我上方继续等着。这些老鼠都被藏起或是吃了下去。我们不知道这个鸟巢中是否有雏鸟。复杂的状况再次让我们迷惑起来。盖伊在山路边记着笔记，艾然拿着望远镜注视着雄性猫头鹰，我则盯着那只雌性猫头鹰，而它也盯着我。这只猫头鹰决然不知我们在做什么以及它身处什么样的危险之中。我试着不把猫头鹰看作一种政治形象，或是这个物种的末端，而仅仅将其视为潮湿黑暗的森林中一种捕猎的鸟。这种鸟不到半秒钟就可以夺去一个动物的生命。

离开时，盖伊当然走得很快。我在最后面，在泥浆中拖沓着。乌云摇曳到了林间，雾气弥漫。我曾停下来一次。身后有声音，一只猫头鹰叫起来，另一只回应着。我向林中望去，就像在其猎杀前看着那种鸟类独有的翅膀，暗黑的花纹一层叠着另一层。我聆听着，猫头鹰再次叫起来，在树木间投下沉重的嗓音。它们还活着，这是我对它们所知道的一切。

_ Strix occidentalis _

宽尾煌蜂鸟

宁静的梦沉入了枕头，被褥柔软的一端拢在我握紧的手指和脸颊间。在这些梦中，我知道太阳已经升起。光线透过帐篷的帆布发散进屋内，充溢着整个房间。然而我的感知很遥远，就像在外玩得太久，听到母亲远远地喊我一般。

一阵微风拂过脸庞，好像有人在我的眼睑上吹了口气。我不情愿地放开那些梦，睁开眼睛，仿佛是在小心地剥去复活节彩蛋的蛋壳。

一只蜂鸟正在我的鼻子上方浮动。我屏住了呼吸，知道最好不要动，虽然梦和蜂鸟还没有完全分开。每秒钟大概七十下的振翅向我的嘴边扇过来一股气流。它那严肃而黑亮的小眼睛正在研究着我。

这是一只宽尾煌蜂鸟，雄性，喉咙上有片鲜艳的紫红色，背部像金龟子一样闪现出虹彩的光泽。它的身体还没有我最短的手指长，蜷曲的双脚完全可以落在一根火柴头上。

它轻快地飞来飞去，速度很快，我只能看清它落在了哪里。先是水壶的红色木柄，然后是古董橱柜的红色把手。红色是蜂鸟无法抗拒的颜色。它在油灯周围逗留，研究着上面的红色，把针一样细长的嘴伸向一个花朵图案。油灯上吸不出花蜜，它便突然现身到了另外一个地方——一堆红色的线绳里。

它飞起来，在椭圆形的帐篷里绕着圈。它在空中盈动，画出的圆圈越来越接近帐篷撑杆汇集的屋顶，随后从上面的敞口嗖地飞了出去。我都能听到它奔向森林时渐行渐远的响声。直到此时我才开始正常呼吸，完全抛开那些梦，起身迎来清晨。

_ Selasphorus platycercus _

渡 鸦

第一只渡鸦飞来的时候只有它自己,像一抹黑色越过黎明时分寒冷的天空。我也是一个人,于一个初冬的早上,在犹他州东南部行走着,穿越过坚硬的沙漠盆地,看着其间星星点点尖塔一样被侵蚀的岩石。有三个伙伴分散在离我半径几千米的某些地方,我们在星辰消退时便分开了,也没打算找到彼此,等天黑后回营地便能见到。在这样的地方,除了侏罗纪的砂岩,再没有什么可看的,所以渡鸦和我立即对彼此产生了兴趣。这只煤球色的鸟在半空中扭过头,锋利的尖嘴指向我,像是图书管理员的手指头。我停下来看着它。

它个头很大,像个身穿乌黑亮袍的巫师。两只爪子蜷在身子下,像是各抓着一颗玻璃球。它略微改了一下航线,绕着我慢慢飞着,翅膀打开,在地面上空约6米的高度侧滑。它一边盘旋一边用一只眼睛紧盯着我，显然是想搞清楚我是什么，在这里做什么。它离得很近，足以让我看清楚那只黑眼睛。那只眼睛正以怀疑的目光观察着我，仿佛在说，又是你。我们以前见过吗？在山岗上彼此凝望过？一两周前在沙漠里相遇过？可是，渡鸦看上去都一个模样。不经一番手动操作，你甚至连它们的性别也分不出来。它们藏在自己的袍子下，出了名的聪明。我从它的注视中能觉察到一丝精明。它飞得更近了。

"早上好。"我喊道。

它吓了一跳，拍着翅膀飞远了。翅膀拍击时声音很大，同时咳出一声"呱"，充满了吃惊的意味。

渡鸦回到了它的航线上。我看着它飞，在800米外空旷的山间凹地上方划出自己的轨迹。不知道今早它计划如何。通过渡鸦我认清了自己。它们小心地接近不熟悉的尸体，做好随时飞开的准备——用尖嘴啄一下，然后迅速跳到后面——这种行为我是知道的。当我看到它们尖叫着狂袭那些可以挖空它们心脏的猎鹰或猫头鹰时，我会站到渡鸦后面，踮着脚尖，把它们的敌人挡在空中。它们无拘无束地向世界演讲，从一个山顶向另一个山顶大喊，这些对我来说都不陌生。说到它们的一举一动，必须要说渡鸦的个性特点比绝大多数人都要丰富。它们的各种情感不带任何伪装，它们天生和戏剧结缘。即便是静静地落在教堂屋顶或是桥臂下，它们也会露出明显的沉思状，彼此发着牢骚，策划着"世界末日"的到来。

这只孤独的渡鸦划动着翅膀穿过昨夜冰冷的空气。今天早上它本来是有安排的，它有目的地。也许它要出席有一只动物腐尸（如骡鹿或大角羊尚未完全冻住的死尸）的盛宴。现在时候尚早，对渡鸦来说也有些早。一般它们会在太阳升起后才出现，那时它们便可以成双成对地，与家族世交老友或伴侣什么的，一起在悬崖南面暖和的空间里飞翔，其乐融融。

那只渡鸦在盆地上沿直线飞行，越过一方方"石塔"。那些岩石像很久以前倒塌的烟囱。前方看不到什么对渡鸦有用的东西，只有空空的岩面，没有出口。我想它最好快点升高海拔，否则很可能会撞到悬崖上。但是那只渡鸦继续向前飞，没有任何迟疑，甚至连拍打翅膀的频率也没降低。它径直飞向一块光秃秃的峭壁，然后消失了。我皱了皱眉头，不敢相信自己刚才看到的一切。我望着那块峭壁，就像人们歪着头看魔术师表演那样。那只鸟似乎变成了坚硬的石头。

对于发生在渡鸦身上的诸多不可能，我向来都有心理准备。这种预示着凶兆和万劫不复的动物统治着沙漠，能够到达任何裂缝和凸岩，而我却只能局限于地面，如同戴着锁链一般。

在所有的鸟类中，渡鸦被认为是最机灵的鸟。一个针对渡鸦的实验，切实证明了它们能够跟随人的目光——比方说，你饶有兴趣地看一枚花生，渡鸦便会转头看你所看。这种技能只有最聪明的动物们才拥有，尤其是那些有密切社会网络的动物，如狼、灵长类动物等。

渡鸦是鸦科鸟类中最大的一种，它们在鸟类智商测试中位居榜首。测试主要针对的是鸟类呈现的新颖捕食行为。这些行为记录源自过去七十五年间发表的两千份野外观察记录。鸦科鸟类（如喜鹊、乌鸦、松鸦、渡鸦），比其他鸟类运用了更多的适应和创新办法。渡鸦先站在钓线上，拉起挂有诱饵的钓线，用嘴把线绕松，再站在钓线上，把鱼拉上来。它们用棍棒戳虫子洞，把铁丝弄弯去钩夹缝里的肉，拉开背包上的拉链，打开冷藏箱。

众所周知，渡鸦常与狼形成等级森严的团伙协作。它们在受伤或孱弱的动物上方打转，告知狼猎物的所在位置。狼继而会撕开动物尸体，留下骨头让渡鸦去啄。渡鸦自己也捕捉小型猎物，用石头或棍棒打老鼠，把蛇抓起再从半空抛下，再不就是把更小的鸟啄得血肉模糊。

可它们能穿石而过吗？盯着刚才渡鸦消失的地方，我站着没动，感到困惑不解。我承认，有那么一刻，我确实认为它真的在我眼前变形了。然而更近一些看，我才看穿渡鸦的骗局。在那些落到悬崖底部的巨石堆的边缘，有一道狭长的阴影。那道阴影是一个峡谷口，是基岩中裂开的一道窄缝，那是我行走数千米以来见过的最狭窄的峡谷。渡鸦知道这片令人惶惑的土地上每一个弯角、每一处穹隆和峡谷、每一块石头的把戏。那只渡鸦刚才"走后门"溜进去了。

这个早上没有什么更好的事情可做，于是我决定跟随其后。走过沙质河床和碎土，眼前的峡谷变得开阔起来。我听到背后有声音，转头发现另有三只渡鸦落在了附近的峭壁边上。它们热情洋溢，在盆地上空相遇后，以粗哑的嗓音和对方聊了起来。有两只翅膀尖差点碰上，第三只在后面相隔大约20米的距离。它们一看到我，立刻止住了声音，仿佛很纳闷我在这儿做什么。它们经过我身旁，一直盯着我，而后消失在前方重叠的崖壁中，向着第一只渡鸦消失的方向飞去了。

我几乎是习惯性地跟着渡鸦而去。它们把我从此处带到彼处，消失在这迷宫般的地形中，它们转过上千个角落，仿佛在执行什么秘密任务。我看到十到十五只渡鸦向着地平线上的同一个点飞去，想象着它们到那里后会做什么。这些精明的、吃腐肉的鸟，这些小偷、骗子。在我的想象中，它们的社群是个秘密集团，一个遗失在人类视线之外的渡鸦部落。

峡谷比我想的要大很多，挡书板一样的岩壁高 100 米左右。我沿着底部一条狭窄的干河床走到里面。我开始变小，我的比例感因落地高楼一样的巨石而重新校准。通道逐渐缩成一个狭窄的空间，这时正好有一只渡鸦从我头上方冲过来，见到我后，它有些吃惊地拍着翅膀挤了过去。它在一个拐弯处改变了方向，不见了踪影。

天空被峡谷挤得很小。我想很快便能看到一群渡鸦在啄一只倒地的大角羊或是一些葬送在沙漠的死亡之物。我脚步放轻，这样它们就不会听到我的到来。但是它们确实听到了。它们知道我正走来，所以全都低头看着峡谷，当我进入它们的视线后，它们顿时安静了下来。到处都是渡鸦，个个肩膀直挺，翅膀紧贴着身体，如同一个在峡谷两边的岩壁上召开的议会。它们体形都很大，个个安静，都停在一块凸岩或是巨石的顶端。没有一个动的，连竖羽毛的都没有。我哑口无言，随即数了起来，数到十五便停了下来，不去数那"大多数"了。这是一群……一群乌合之众。

每一种鸟聚集的群体都有一个对应的集合名词。鹅群是"gaggle"，海鸥群是"flock"，渡鸦群则是"unkindness"（不怀好意）。直到现在我也没有完全明白这个词的意思。我发誓它们在对我沉着脸。

有首打油诗是这么写的:一只渡鸦是走运,两只渡鸦是霉运,三只渡鸦等于见魔鬼。[1]如果是这样,那我现在见到的又是什么?

就这样全都按兵不动一分钟后,我向渡鸦群走去,但走得很慢。离得最近的几只似乎变得激动起来。有几只踮着脚趾跳起来,羽毛像手指一样张开。它们咕噜着,呱呱叫着,从喉咙底部发出粗哑的声音。我想自己不大可能对它们构成威胁,它们站在那么高的凸岩上。可它们为什么会激动呢?我明白了。我不是它们那一伙的。

叫声变得嘈杂而粗俗起来。它们在说话,在宣布着什么。我试图听出个把单词,任何熟悉的只言片语也好,但只能听见环绕在头上的那片阴沉沉的声音。

它们开始从盘踞的地方俯冲下来,张开深黑的翅膀托起空气。我的脚步踌躇了。叫声变得骚乱起来,甚至更为尖厉,渡鸦们在峡谷间来回穿梭,落下后也只是为了飞回到我头顶上方。空中满是转圈的渡鸦,很快我就被它们刺耳的声音弄得晕头转向。

渡鸦是一群乌合之众。它们常常对老鹰、大雕或是猫头鹰之类的入侵者群起而攻之,啄击入侵者的后脑,尖叫着扑到它们脸上。如果某一只或是一小撮渡鸦不守规矩,它们也会发起攻击。它们特别擅长折磨他人,综合运用声音、动作,结合张开的爪子直接攻击,全方位地将入侵者驱逐出去,或者至少要把他弄晕。这些行为都存在于渡鸦

---

1. 英文原文: To see one raven is lucky, 'tis true, but it's certain misfortune to light upon two, and meeting with three is the devil.

所占据的复杂领域界限里。在单个渡鸦、渡鸦及配偶、家庭、区域集群以及附近居住的相关渡鸦群之间，界限层层有别。它们的组织是有层级的：家庭、联盟、团伙、敌人。我恰好撞到了它们的聚集地当中。

"听着！"渡鸦们喊着。

"我听不懂你们的语言。"我大声说着，很恼火。

听到我的声音，渡鸦们只会变得更加恼怒。我晕头转向，看着它们在我周围俯冲，几乎都站不住脚。光线在参差不齐的翅膀间闪烁。我打了个趔趄，发现自己跪在了沙地上。

"听着！"它们继续喊着，"这不是你的地盘！"

至少我认为它们是这么说的。我还能想到什么呢？我感觉有个卵石大小的东西砸中了我的后背。回头看去，另一只渡鸦飞过来，快速将一颗卵石从爪子挪到嘴上，让这颗小子弹从空中落下。卵石在我膝盖旁的沙地上留下一个小坑，差点就击中我。

我仰面向上看，惊呆了。我见过这样一幅场景：一只渡鸦因为我离它的窝太近而向我扔石头。但这里没有鸟窝，至少没有能安顿这么多渡鸦的窝。在这个峡谷中，另有什么东西在受着保护。

我能看到的唯一一件不对头的东西便是沟壑中的一块石头。它有巴掌大小，位置也怪，仿佛是最近才被放到那儿的，还没有陷到周围的沙子中去。石头下面是一片羽毛。那才是抢眼的东西，但还不足以将我的注意力从渡鸦身上移开。我站在那里，慢慢地向后退。并不是担心自己的生命。我甚至都没想过要赤手空拳地击退这些渡鸦。那种形象太可笑了：伸着血迹斑斑的手抽打着它们，捡起石头对准空中的渡鸦，以此保全自己的性命。那根本不可能发生，我非常肯定。然而，我对渡鸦的秘密生活又知道些什么呢？

我继续向后退，渡鸦稍微安静了些。有些回到了它们的位置，叫声渐消，最后只剩呼吸带出的些许抗议。其他渡鸦则向上打着旋，在悬崖间一阵黑风般升起。那些原地没动的则梳理着自己的翅膀和颈部的羽毛，它们像端坐在椅子上的法官，目光肃穆，脑袋朝向我，等待我离开。

我转过身，从受侵蚀的岩石洞口走出峡谷，一脸迷惑。

…

不知道另外三个人去了哪里。我们一起走了二十几天，今天早晨分散开，寻找着公路所在的位置。我必须在夜晚降临之前找到他们。我要把他们带到这个峡谷来，让他们看到这个奇观，这个我们都曾幻想过的地方：一个渡鸦的"圣殿"。

聚集起同伴大约花了五个小时。他们看上去像失去理智的沙漠人，满脸胡子，背着磨损的装备和衣物。即使你很干净，在石头堆里走久了，也不可避免会成这个样子。我对他们讲了刚才发生的一切，没必要再浪费时间讨论什么了。对于行走于这片不毛之地的我们来说，渡鸦已经成了神明。这种景象是个重大发现，能窥探到一种社会动物所在的世界，这在平日是无法见到的。11月的阳光倾斜在石塔间，夜幕就要降临，我们快速走向峡谷。

其中一个人跟着我先前留下的脚印走在前面。他会和渡鸦说话。长期在野外，他学会了用渡鸦的声音来和它们交谈。这倒不是说他明白渡鸦说的是什么，或是渡鸦知道他在说什么。我曾见过他模仿它们的叫声和渡鸦持续了十五分钟的对话，一来一回地呱呱叫着。看着这样的互动，我开始明白渡鸦和我们几乎完全没有关系。它们生活在以渡鸦为中心的世界，只在我们有食物的情况下，或是经由诱骗使之相信我们与之有所关联时，才来到我们周围。

鸦语者显得最好奇。他一路走在前面，消失在悬崖一样高的巨石后。我们在后面，转过弯来到他身边时，发现他一动不动地站在那里。那些渡鸦在看着他，和我离开时的地点一模一样。它们抬起脑袋看着我们其余几个，歪了歪脑袋，看了看彼此。人迹罕至的地方来了这么多人，它们显然焦虑起来。

鸦语者出声了，用英语说着："太奇怪了。"

我抬头看着渡鸦，不知道它们是否会认出我。它们有很多异乎寻常的天赋，其中一项便是能够辨认并记住人类的个体，甚至可以通过面部特征认出来。一个鸦科研究者曾在麻省理工学院校园的鸟巢里给雏鸟套标记环，随后他注意到自己被渡鸦从校园人群中认出、追赶，甚至会被攻击。这些渡鸦也应该知道是我——那个刚才和它们较量过一番的人。这次我带援军来了。

我们继续向峡谷中走去，渡鸦们再次张开翅膀叫了起来。慑于我们的人数，这次它们矜持多了。与上次一样，其中一些从盘踞的地方下来，在空中飞来飞去，从峡谷的一面飞到另一面，以恼怒而粗哑的声音冲着下面的我们叫起来。其中一只抓起一块卵石,用嘴扔到我们这边。

任何一个同伴,包括鸦语者,都从没见过这样不友好的表示。他们仰起脏兮兮的脸,大张着嘴。我们发现了渡鸦聚集的秘密场所,它们在举行一个不欢迎我们的聚会。

鸦语者开始四处探寻。"这里发生过什么,"他说,"渡鸦在保护这个地方。"

我指了指之前注意到的那块石头——压着地上一根羽毛的那块。他跪下来,我们站在他周围。他挡住渡鸦护卫性的围攻,掀开石头,捡起羽毛。那不是渡鸦的羽毛。

"猫头鹰。"他说。

这根羽毛一定是被落石压到,或是由一股不大的洪水冲到这里的,只有这样,它才会被压到石头下。但是他指间翻转的这根羽毛却非常干净。他抬起头看看渡鸦,一脸迷惑,又低头看着这根羽毛。

"是它们把羽毛放到这儿的,"他说,"它们塞在了石头下。这是它们聚集到这里的原因。"

我们散开,四处察看,很快就发现了更多的猫头鹰羽毛,夹在石缝间或是砾石上,一个叠着一个。我们一边寻找一边数出声来:五根,十根,十五根。没有一根凌乱,全都是仔细地摆好的。那些会被风吹乱的则用石头压上。有些被野蛮地啄开,翎毛卷成了一团,有些则被插在岩石缝里,从上方很高的悬崖上伸出来。这只猫头鹰不是只失去了一些羽毛,而是失去了一切。

我爬上一个凸岩,找到了一个类似祭坛的东西——一堆羽毛,翎毛已被渡鸦啄成了碎条。我捡起其中一根，这顿时激怒了渡鸦。它们在我周围发疯般地乱飞。我抬起头看看它们，谴责般地说："看你们都干了些什么？！"

渡鸦们发动群体攻击并杀死了一只猫头鹰。这已经很清楚了。渡鸦生性会围攻猫头鹰。它们这么做是因为猫头鹰是渡鸦杀手。渡鸦攻破了致命敌人的所有防御，这次则要杀掉一只，将它逼进峡谷，在那里把它撕成碎片。然后，像挂起胜利的旗帜一般，把猫头鹰的羽毛藏得哪里都是。

当然，这只是推测，是侦探的工作。这种群攻致死的解释是有道理的，可是藏匿羽毛呢？我知道渡鸦会藏匿食物，有时手法还极为令人吃惊，可这不是食物。这种做法在身体功能上也看不出什么必要性。很多人相信，鸦科中的藏匿行为会使其大脑发育得更大。为了能记住多件物品放在了哪里，大脑的一部分——储存空间记忆的海马体，就会比不藏匿食物的鸟类进化得更大。

渡鸦的谋杀行径为人所知，也就是说，它们有时候只杀不吃。这种谋杀常常会在一个社会背景中发生。备受尊敬同时也是最有口才的渡鸦生物学家贝尔恩德·海因里希曾在报告里说，渡鸦会杀死同类。海因里希认为这种行为是社会正义的一种表现形式。在一个案例中，他记载了四只有社会关系的渡鸦攻击并杀死了一只企图吃它们食物的陌生渡鸦。虽然那只陌生渡鸦已经匍匐在地，做出顺从的姿势，愿意在这样一个食物富足的地点等着轮到自己的份额，但是其他几只仍然不依不饶。它们杀死了那只渡鸦，把它的眼睛啄了出来。渡鸦有内部纪律和耻辱标记，以此来保持团体秩序，违反这些纪律的将会招致谴责、驱逐、攻击，或是死亡。海因里希写道："那个极端的案例，那场谋杀，便是一种社会性的行为，同时也是致命性的。"

也许这便是我们在这样一个不知名的偏僻峡谷所发现的：对一次致死行为的纪念。一只猫头鹰被渡鸦群袭致死。这是多么来之不易啊。它们做梦都想用自己的黑嘴将那只可怕的猫头鹰碎尸万段。它们供奉起那只死猫头鹰的羽毛，并为此聚集到一起（也许每天早上都是如此），借此来缅怀过去的一切。

攥着一把猫头鹰羽毛，我发现自己的同伴，那个鸦语者，已经在谷底和渡鸦说起话来。他朝一只渡鸦发出一连串的声音，那只渡鸦也以等同的气势回敬他。它鼓起身子，向后啄啄翅膀，将平自己喉咙上的羽毛，同伴也随着做出同样的姿势。整整半个小时，两位持续展示着活生生的表演，同伴在地上摆着姿势，渡鸦则高踞在上方一块布道坛般的石头上摆着姿势。够了，够了。这是它们的地盘，它们实施的谋杀我们无权干涉。我们几个陌生人，因为猜测和惊诧而打断了它们的仪式。我们放回了所有的羽毛，慢慢地退回去，让渡鸦安静下来。它们一只接一只飞回自己盘踞的地方，弄直自己的羽毛，又一次挺起肩来。

那天晚上我们坐在黑暗中，营地上没有火光，只有一池星斗。炉子放在一边，我们用破旧的铁锅吃着饭，讨论着白天所见到的一切。多年来我们一直想知道渡鸦不为人知的行为，现在终于了解到了。但是我们真的了解了吗？我们都认为生活在这片沙漠的渡鸦很可能结成了长期的同盟。相同的家族在这里生活着，不说几千年，至少也有几个世纪了。我们知道，它们会因来自不同的地域而在行为和发声上呈现出差异，所以我们觉得那些渡鸦群有可能同外界隔绝，变成某种宗派团体，每个宗派分属于自己那片领地。为什么不想象成它们形成了女巫团体一样的组织，秘密聚集在不为人知的峡谷呢？毕竟，渡鸦可以记住某些地点发生的复杂事件。研究者们发现，当某些灾难性的事件发生在鸟巢附近，下一个季节渡鸦便不会再返回那里。将输电线上的鸟巢移除，渡鸦就不会再返回，仿佛那个地方已经成了一种禁忌，即便它们好几代都曾在那里做巢。大多数鸟类都会飞回来，不管它们世代生存的空间失去了多少鸟巢。啄木鸟会无畏地返回被填塞的树洞，燕子会重新垒砌一季一季被打落的燕窝。渡鸦懂得更多，它们有记忆、有历史。

可我们的问题是，对于这种动物，我们真正了解多少？我们在峡谷中所见证的也许是一场神圣的死亡仪式，却也有可能是一次群殴事件，"血帮"几近疯狂地压碾着一个"瘸帮"[1]成员的尸体。或者都不是，而是超出我们想象的一种汇集，简单得令人痛苦，复杂得令人瞠目。我们所能描述的只有比喻。

拟人论普遍遭到反对。据说以看待我们自身的眼光去看待动物是

---

1. 血帮和瘸帮是美国的两个暴力帮派，两派间的帮派之争凶残野蛮。这里以血帮比喻渡鸦，以瘸帮比喻猫头鹰。

不恰当的。还有人说我们在提及动物特征时需要调整自己的语言，免得以不属于它们的名字叫它们，从嘴里发出既不像蛇的低语也不像蚱蜢弹跳的声音。然而，这种看法就像是把自己当成智慧和魅力的专有者，隔绝在一个阴郁的感知匣子里一样奇怪。蜜蜂不是建起了大脑一样的蜂巢吗？熊睡觉的时候不做梦吗？小草不也全力伸向太阳？每一种生物都怀有一次又一次繁荣发展的相同愿望。除此之外，任何人类与它们的区别都不过是诡辩。

我不想成为与其他所有生物截然分开的孤独物种。我希望我们所看到的渡鸦是在举行仪式，它们是具有感受能力的动物。我想象着一群鸟在有道德观念的世界里执行了正义的谋杀。我渴望它们有自己的社会，秘密地握手、敲门，有团体、有事业。锅具搁在平整的基岩上，我和同伴们你一言我一语地交流着，不知道这个时候，无数闪亮的星星眨着眼睛冷冷地俯视我们的时刻，在某个地方，渡鸦是否也在做着和我们同样的事。

_ Corvus corax _

大 雕 鸮

　　这是隆冬的满月时节。此时处于季节的最深处，在2月，1月刀锋般的严寒正化作3月干草垛般的大雪。每一次满月都会给我的帐篷带来不一样的季节。这样，这一年就有了十三个季节。这些季节除了代表它们的那轮满月外，没有什么名字。11月的满月是第一波强降雪的季节。8月的满月是大热天和夜间雷雨的季节。5月的满月是泥泞和最后一场大雪的季节。隆冬，2月的满月，是你第一次希望冬天赶紧结束却又第一次知道它不会结束的季节。

　　在一场暴风雪中，隆冬的满月被一层接一层的疾风和大雪模糊成雾状。当大块大块的云团袭来，暴风雪又扯出一缕稀薄之处时，满月便成了一句流言、一个鬼影、一个月光的把戏。大风并不从一个方向吹来。那是疯人院一样狂乱的风。要乘风滑雪，我必须倾侧着身子。

当风在暗处变了方向，逆向思考，刮起劲儿来时，我差点摔倒。

我滑过草地里的这条路，准备回帐篷。积雪没过了胫部。这是新下的雪，刚落下不久，由风吹着从一片雪丘飞到另一片雪丘。大地是一张四处飞雪的白帆布。雪丘压着彼此来来回回地移动。它们出现时，我都看不到滑雪板尖，也几乎看不到腿。随后天气开始放晴，月光如一阵波浪，只有几秒钟长。它围着白色的大地绕了一圈，追上我，又从我身旁移走。我打着节奏，滑雪杆摆向前，插下去，左腿抬高，然后是右腿。

那天晚上我待在滑雪之城特柳赖德[1]，在"带我飞向月球"酒吧跳舞直到打烊。乐队的主唱穿了一条牛仔裤，上身是一对巨大的塑料太阳花。第二个乐队的贝斯手一直躺在地板上闭着眼睛表演。在混乱的舞池中，一个我偶然结识的来自里治威[2]的女人，要么是热烈地亲了一下我的耳朵，要么是想说什么的时候，被人撞到了我怀里。现在我独自滑着雪，猜测着是哪种情况。

她穿着一件印花裙，有着金黄的头发和迷人的面孔。我试图回忆整个事件的经过，同时不明白自己如何就从一小时路程以外熙熙攘攘的酒吧被赶到了暴风雪中，现在完全就只剩自己了。我停下来整理行装，手伸到背后系紧背包的带子，戴着手套的手指笨拙地摸索着。随后我听到了猫头鹰的叫声。是一只大雕鸮。我把耳朵罩起来，挡住风声。

---

1. 美国科罗拉多州圣米格尔县的一个镇。
2. 美国科罗拉多州乌雷县的一个镇。

它的声音像木头，一块厚重而光滑的橡木。三个音调，最后一个是降调。随后便是漫长的等待，等着它再次发出叫声。大雕鸮的叫声一般间隔十秒钟，有时十五秒，再罕见一点的，会有二十秒。我等待着，再次听到时，我竖起耳朵，听着风中传来的声音。

这是大雕鸮一年中交配的季节，也是最常听到它们叫声的季节。一个对于交配来说颇为萧索和艰难的季节。即便是在暴风雪中，猫头鹰也不顾困难继续前行，好像那样的天气进一步提升了它们的士气。也许情况的确如此。我曾在寂静的黑夜听到过这样的叫声，常常是在太阳升起前或落下后的几个小时里。听起来总是很抽象，好像哪里都可以发出来，叫声四起。这只猫头鹰在森林里的某个地方，也许是在草地上那唯一一片矮树丛中；也许是在那棵大树残干上——一段家宅用铁丝蒺藜已经长了进去；也许就在森林边上，在那里，在条件较好的夜晚，监听着草地上老鼠的脚步声。

对猫头鹰来说，冬季捕猎的收获比夏季少得多。一场暴风雪过后，另一场暴风雪到来之前，在条件有利的情况下，猫头鹰会尽量储藏猎物，将小动物的死尸塞进树瘤、树洞或是地面上的枯枝落叶层里。猎物很快就上了冻，被储藏在那里以备不时之需。问题在于，零下23摄氏度下的死鸟或死松鼠都硬邦邦的，猫头鹰的爪子或是尖嘴根本无法戳开，囫囵着吞下去又太大，食道受不了。想想怎么吞下一块上冻的面包就知道了。大雕鸮的处理办法是坐在食物身上，让它解冻。曾有人见过大雕鸮紧裹在一只冻住的死红狐上，羽毛鼓起，将身体的热量聚集到一点。

在这样的夜晚，在这样的暴风雪中，一只死老鼠几分钟便会上冻，甚至可以掰成两半。直接暴露于暴风雪的皮肤也会有同样的下场。凭经验讲，暴风雪的夜晚并不如晴朗的夜晚寒冷，但是空气一旦流动起来，可以达到零下62摄氏度。大雪从北面刮过来，随后又从南面刮过来。它随狂风而动，就像是修补篮子的手指。

西面，南面，西面，南面。不知疲倦的风，一心想要到达某个地方。北面，西面，东面，北面。

它不辞辛苦地钻入我的衣服，穿过我的帽子。我拿体重压它，它却将我抛了起来。我再次停下，听着大雕鸮的叫声。那声音非常平静，我都可以听着它睡着。这是死亡的征兆：在这样的夜晚睡在雪中，一定会没命的。猫头鹰的传说流传了几千年，它一叫，便有人要死，你只能祈祷自己不是唯一听到它叫声的人。埃及人这样说，东印度群岛的人这样说，美洲大陆的大部分文化中也这样流传。听到猫头鹰的叫声时看好自己的孩子吧。

既然听到了预示死亡的声音，我便思考起死亡来。我思考着死亡的前兆，而后把帽子向下压紧，继续向前滑。猫头鹰的叫声已经转到我的侧面，所以我估计那只鸟应该是在森林边上。

满月颇有迷惑性。它像是一堆羊毛毯子间的蜡烛，几乎让我相信有光亮，而在飘忽不定的白雪间我却什么也看不到。前方应该是一片森林，是黄松形成的一道密密实实的高墙。我想了片刻，觉得是自己转得太远，找不到森林了。我继续向前滑，直到看到了第一棵树，它在1米以外。下垂的枝条打在了我的肩上，我转回来跟着林木线走。

那里有一个假入口。我必须要记着这一点。它看上去像是正确的入口，但会伸向西南方向。我曾经上过当。如果我向西南滑的话，那接下来的将近100千米除了群山便什么也没有了。我停下来，把手伸向空中，尽量摸到大树。或许我已经经过那个假入口了，或许这是那个正确的拐弯处。我越是摸索、眯起眼睛看，同时不停地掸掉帽子上的积雪，就越相信自己的位置是正确的。我聆听着猫头鹰的叫声，十秒，十五秒。它叫了起来，悲伤，简单，深沉。我转过身，向森林深处滑去。

一年前的这个时候，有人在回家的路上迷了路，就在离此处不远的南面，那个人我只知其名但没见过。朋友开车把他送到铲过雪的路面尽头，从那里他开始自己走。他们说他喝了不少酒。第二天早上人们看到的脚印显示他走得信心十足，停下过几次，回过几次头，然后加快步伐。没过800米，可他的脚印看起来已经离家很远，继而循着森林的边沿，慌张地绕起了圈。某种意义上，他的问题已经很明显。脚印变得务实起来。他做起了格网，试图寻找可以返回的路。他在雪地艰难行进时，将戴着手套的掌印留在雪中。后来格网不起作用，变得凌乱起来，他便向一条小溪走去，在大树间松软、厚实的雪中挖了一个洞。这个避难所的结构很好，洞口低于洞室，一直向上挖到表面，这样密闭的空气就不会被冷风夺走。这是一个有经验的人建造的雪洞，大小只能容得下他的身体，不会因为太大而无法保温。

那便是第二天早上找到他的地方。他冻死了。太多的时间浪费在了惊慌和格网行走上，最后只剩下挖洞并在里面死去的力气。每年都会发生这样的事情，一个人在夜间向某个偏远的小屋行走时被夺去生命。

有时留下了有待解读的脚印，有时直到春天才找到那个人。

暴风雪的故事。

"他离车门3米远，冻死了，手伸了出来，好像还活着一样。"他们曾这样说几年前的一个人，我不知道这是不是真的，也不知道这和我有没有关系。一辆汽车从路上侧滑出去，是一辆别克。最后取暖用的汽油用光了。丈夫和妻子，还有一个小女儿，都死了。他们的狗活了下来。今年还没有人丧命。我使劲拔下手套，抓下帽子和耳朵上的冰碴。我还没穿过那片小橡树丛。那里的树丛很低，我要蹲着才能过去。那是我的标记，而现在它不在这里。入口是假的，我走上了西南方，迷路了。

我拉开帽子的一角仔细听着，等待着，没有猫头鹰。二十秒，没有。一分钟，没有。我想起那个穿印花裙的女人，想起她绕在我腰间的胳膊现在已经不见了。我都能感觉到她的手指。我问自己为什么不说点什么回应她，为什么才一个半小时我就在森林里迷了路。我转过身想找到自己的足迹，可是足迹已经埋在了新下的雪中。我膝盖着地，让一支滑雪板后移，感觉雪很松软，到处都是松塌塌的。我咒骂着，继续向前滑，我想这个方向上会有猫头鹰。粉末般的积雪越来越厚。先是到了脚踝，然后到了膝盖，在树干周围堆成了深深的障墙。我再次转身，90度角，黄松树枝打着我的脑袋，将一块块积雪撒到我的脖子里。再转90度。我等待着猫头鹰的叫声。不在那里。几分钟前我们还是今晚在外的仅有的两种动物，足以抵御暴风雪中的孤单。现在我落了单，在雪中独自开辟着路途。

我身处森林深处,因此风不是那么强。柱子般的大树一根压着一根,一层层暗黑的影子笼罩在雪上。我不知道该往哪儿走,无力地站在那里。滑雪杆用皮套挂在手上。我咬着嘴角。

我还不准备今晚死去。背包里有除雪铲,一般我会用它挖出帐篷门或者卡车,现在可以用它来造一个很好的避难所。但是我用不着,自己穿得很暖和。如果避开风的话,今晚并不是非常冷。我可以一直滑下去,直到找到帐篷。造雪洞我并不在行,不过今晚没关系。必要的话,我可以挑棵树,围着它一直滑,直到太阳升起,让血液保持流动,身体保持温暖。最多不过是个非常不舒服的夜晚,脚趾也许会被冻掉。

然而,我再次想起死亡。和我一起在科罗拉多河做向导的朋友曾几次遇到大雕鸮。随后,在一次由他带领的滑雪旅行中,一个九年级的女孩一头栽下去,当场就死了。他待在女孩身边,在直升机来到之前一直努力想要把她救活。甚至几个月以后,人们,那些当时并未在场的人,还是会流泪。在一小群人中有个传言,说他见过猫头鹰。说一天夜里曾有只大雕鸮栖息在他帐篷顶上。不过这只是个故事罢了。我们都见过猫头鹰。

我滑出一个格网,又滑回来,可是轨迹已经在雪中完全消失。大雪越积越深,在我身上累积起来,想要改变我的形状,想要让我的身体和雪丘一样狭长而柔软。月光变得令人沮丧。

在一次后滑中我听到了猫头鹰的声音,像是浓雾信号角发出的呜呜声。我以那个叫声为枢轴,滑行十五秒钟然后停下。它的叫声是迷途终点的守护神,告诉了我森林边沿在什么地方,我要想脱离那个假入口还要多久。不久,叫声更响亮了,我试图记起是哪棵树:最高的那棵,夏天老鹰曾在那里栖息,或是一棵顶部平坦的老黄松树,它已经停止向上生长,只往横向伸展了。顶着暴风雪的呜咽,猫头鹰的叫声听上去相当完美。声音非常干净,比暴风雪本身还要强壮。

纵使猫头鹰和我有一百五十万种差异,有一点点相似的地方也是好的,那便是我们俩共同处于暴风雪中。我们之间最引人注目的区别也许是猫头鹰不会根据想法来行动,而是根据各种可能性;我会质疑自己所有的想法,而猫头鹰则不会。如果你在夜晚进入森林,谛听这种四下里同时发出的简朴叫声,你便会明白这一切。关于这只猫头鹰,我可以想到很多:头部将近300度的扭转范围,夜晚的视力比我高八十到一百倍以及这种动物可能象征着什么。与此同时,猫头鹰则确信冬天很快就要结束,知道怎么对付飞行中翅膀前后微小的压差,知道漆黑的夜里啮齿动物会在雪地具体哪个位置拱动。理性的知晓和天生就知晓,便是差异。

凭着它的叫声,我找到了去草地的路。我转过身沿着森林线向前滑去,下一个转弯处便很熟悉了。猫头鹰在我后方,我转回树林,蹲身穿过低矮的橡树,再穿过几片空地,来到了帐篷外。直到撞到帐篷上才看到它。我从背包里拿出铲子,将帐篷门挖出来。

我把滑雪板插到门口左边,戴着手套摸进雪里,找出木柴。然后进门,走入黑暗的帐篷。把木柴放到帆布接地的角落,用扫帚把腿上的雪都扫去。找到火柴,提起油灯的玻璃灯罩。再把灯罩封上时,火焰放大开来。帐篷里满是影子,呼吸的热气像烟雾一般飘荡。进门的时候带进了积雪，所以我把雪扫了出去。想听猫头鹰的动静，却只能听到积雪和大风在帆布上攀爬的声音。我在炉子里点上火，一屁股坐到摇椅里。

在猫头鹰被称为死亡象征的同一地区，它也被叫作智慧的化身，两者并非截然分开。这种鸟，我们往它身上堆砌再多强大的象征也不为过。或许它也从自己生命里抽出时间向我抛来很多象征，甚至是指给我回家的路。我们的路途在暴风雪中几乎相交到一点，那时，我们成了同伴。我坐在摇椅中，希望能有人来访。但是冬季开始以来，谁都没到帐篷里来过。随后我便一个人自得其乐了。在这样的狂风中，愿望像阵风一般飘移着。仅仅活着就足以让人惊奇了。世间的变幻莫测中，这堪称奇迹。

对于我来说，这样的暴风雪没有一点怜悯之心。我不知道怎么才能幸存下来，或是寻得一处温和的所在。我只知道怎样才能尽力超过它，夹着尾巴赶回家中。这是一个由帆布和原木搭起的家，胜过猫头鹰用三叉爪子所能搭建的任何东西。但在暴风雪的咆哮中，当听到猫头鹰那宁静得有如一声叹息的声音时，我感觉自己的技能被高估了。

大风让帆布墙颤抖起来，雪开始在衣服里融化。这种天气所独有的优雅，在屋内表现得更加明显。新鲜的木柴燃起了漫漫长夜里的炉火。我把头倚向后面，想着黄松枝上的猫头鹰，现在它正抖动着羽毛，抵御着疾风和大雪吧。

_ Bubo virginianus _

紫绿树燕

每天我都会去水边。这里曾是一个储水区，农场主们挖好并加固后，沿着森林一路留下了水桶和方钉。现在这里只是牧场中的一个水塘，周围满是茂密的莎草，早已被家畜们遗忘。每天（包括雨天），我都会来到这里，衣服脱在一边，双脚极为小心地穿过一团团死去的芦苇。我从南端轻轻滑入水中，然后开始游，直到水塘中央。水刚好够深。我必须不停地摆动，否则脚和膝盖会陷进污黑的淤泥里。青蛙弹跳而去，扑通扑通的，仿佛小石头被投入塘底。

我通常早上或是午饭过后来。天地变幻运转，聚起云雨，起风散去，而水塘依旧。它会在接下来的一个月保持原样，随后在秋季干涸。我在为冬天准备柴火，徒手折断冬季冻死的白杨，仔细堆起劈好的木柴。

一天将要结束，紫绿树燕飞来，开始在水塘上方飞行。这是一场特技表演。翻转，交叉，彩虹色的小鸟在水面上为了捉虫，或也没有什么特别的原因而俯冲。它们简洁的翅膀，与游隼骤然飞下时的翅膀很像。如果不是要砍柴，我可以坐在那里一连看上多日。它们的飞行术带着传奇的色彩，急剧的回转动作在空中剪出孔洞和旋涡。我曾听到过每小时160千米的大风在俯冲悬崖的燕子翅膀间发出的乐音。它们把我的脑袋当成了山脉上的枢轴点，翅膀曾差点打到我的脸上。

一场暴雨刚过。在水塘上方，紫绿树燕将天空变成了毛线球。我在山下光着身子，双手在风中抱着肩膀。狂风散去，大片的阳光徜徉在地面上，白杨林透亮了两分钟，随即变暗。云团卷起又沉下去。我进入水中，露出眼睛，游移于水面。宝石绿颜色的蜻蜓在沙砾般的木贼丛间摇曳着。蜻蜓落到我的眉毛上，或者停在我的肩胛骨上。

上方，燕子们彼此绕着圈，一种绝妙的自由从它们的动作中流露出来。这种自由非常明显，因为它们在身体特征的约束中飞行，利用物理空间的实际细节，然后将自己的翅膀安排进去。即便没有解剖分析，它们也能将重力和运动能力联合到一起。没有什么比这更能让我敬佩了。看着燕子飞行，如同将手放在跳动的心脏上。

五十只燕子在空中玩起翻绳儿的游戏，加上下面水中的倒影便成了一百只。它们列队行进，松开自己微小的翅膀。没有为了避免碰撞而突然改变方向的，而且两只燕子之间的距离不超过30厘米。一张遵循特定飞行规则的飞燕网在水塘上空徘徊，规则早已定好。燕子飞行的曲线足以提醒我们去注意每一处。它们像调整古钢琴的琴弦那样驾驭住自己的生命和身体，然后弹奏起来。

这里，头顶上方近 1 米的地方，除了鸟儿扑翅的声音以外，再没有其他声响。我视线与水面齐平，沿着燕子掠过水面留下的一尾踪迹滑行，群山的倒影便在我面前起了褶皱。

— Tachycineta thalassina —

飞 鸟

  我和一个朋友走在曼哈顿的街道上，9月夜晚凉爽的秋风轻拂脸庞。黄色的计程车从我们身旁脉冲般一辆接一辆经过。成百上千的行人阔步前行，像五彩斑斓的珊瑚礁鱼群。空气中夹带着鲜花的味道，还有人行道格栅下溢出的地铁里的阴郁气息。我们在夜里走过一条条街道，曲折向南，直到这个城市的边角。在那里我们会找到天空中两个光柱的光源。今天是 2002 年 9 月 11 日，距纽约世贸大厦倒塌整整一年。

  光束格外明显。这两束纪念性的光柱并排升向天空，它们的光线非常强，足以射入太空。无论你站在这片海岛的哪个位置，它们似乎都会相交于头顶的正上方。我们并不急于奔向光源，沿路在咖啡店和酒吧逗留，直到午夜以后才到达那里。

  曼哈顿南部宽阔而繁忙的街道和庞大而污秽的建筑群盖过了西村

区[1]隐秘的地面光源。这里的拥堵有增无减。我与朋友的对话声在高高低低的声浪中泛起涟漪,上下翻腾。砰砰啪啪的脚步声与千万种汽车引擎的隆隆声混杂在一起。喇叭声和人语声填满了中八度的音阶,而低八度的则是建筑物想要挣脱地球引力般的呻吟。

在世贸大厦遗址附近,拥挤的观光人群中掺杂着小贩和小偷。虽然离光源还有几个街区,但两个光束已经像冲天的方尖塔一样覆盖了我们头顶的天空。更进一步看时,我们注意到光束中有东西在动,那是数不清的飞鸟在争相进进出出,形成一道道流星般鲜亮的轨迹划过夜空。它们一定是被光束吸引到这里,将自己夜晚的习性弃之不顾,加入这场特技飞行的盛会中。我们走得更近后,飞鸟变得更为壮观,数量也越来越多,如同一团带电超速运动的粒子。每只鸟一飞入光线就会突然变得乍白,变成一抹纯粹的光。

我们随着人流来到一组巨大的聚光灯前,通电的刺眼灯面直指苍穹顶端。从这里我们望见两柱被照亮的飞鸟,一个令人眼花缭乱的飞行空间,被周围摩天大楼的玻璃反射得加倍、再加倍。我不得不叉开腿站着,免得自己因为上方所有的飞动而晕头转向。

我从来没见过这样的集合。鸟羽在上方巨浪般汹涌,不断地自我翻倍,直到最后如同银河的繁星一样无穷无尽。它们反射出那么多的光芒,自己的特征反倒退去了。我猜测着它们是燕鸥、京燕、夜鹰、贼鸥、乌鸦,中间夹杂着突然转向的猛禽。通过它们的飞行方式我辨

---

1. 曼哈顿岛一个街区,纽约世贸中心遗址的所在地。

认出了一些：海鸥在来回滑行，猎鹰冲入燕子的乱流。没有一只飞鸟可以拒绝这里的光束。

这一定颠倒了每只鸟的作息，我这样想着。白天活动的鸟类第二天早上会晕晕的，对头天晚上出现的"太阳"困惑不解。

"它们一定是在进食。"我说道，想为眼前的这一幕找到一种解释。但除了夜鹰之外，其他鸟类并不在夜晚进食。我所看到的那些飞鸟，或许大多数都在迁徙，而光束明显将它们引离了既定路线。9月是鸟类迁徙的主要季节，很多鸟类晚上飞行，依靠星星和月光来判断方向。现在它们被困在这两束光里，航行的中轴线被钉在了曼哈顿南部。很多也许会因此而死去，能量逐渐耗尽，翅膀精疲力竭。我们在谋杀它们。

我的朋友没有说话。她站在我身边，肩上挎着一个细条纹手提包，脸完全仰起。她生长于这个城市，称自己为纽约人，带着这个城市很多居民无所不知的神情，然而她也从未看到过如此罕见的事：一片满是飞鸟的夜空。

虽然很多鸟会因为精疲力竭而死去，但我想它们应该是处于某种狂喜的状态，如此心甘情愿地在光柱里进进出出。不知道幸存的飞鸟是否会记得这晚的光亮，不知道它小小的大脑中是否会有一个位置能存留下这样亮度不同寻常的"星光"。后来我想，这些飞鸟也没必要知道那些像这样转瞬即逝又被美化的记忆。这种时刻不仅仅是一种记忆。

我环顾四周看还有谁注意到了这个现象。周围几千人中，大多数都前胸贴着后背，在满是脑袋和肩膀的杂乱视线中行进。同时，只有几个人停下。他们看上去像神的使者，静静地站在穿行的人群中，仰面朝天。我抬起头,加入其中,眼睛攀爬上无数飞鸟构成的天梯。我们是幸运的。我们恰好抬起头,见证了如此不同寻常的一幕,而大多数人却忽视了。在这一夜,我们的世界展现出一个新的轴心。支配我们的不再是地球引力或任何其他定律,而是那些飞鸟。

— Aves —

|偶蹄类|

雪 羊

没有路能通到科罗拉多戈尔山脉的腹地。有几条路擦边：一条通往大瀑布湖，数条通向砾石溪和板岩溪上游那些冰川融成的深湖，还有一条位于低处海拔2400米区域的东侧。但是没有一条能通向山脉的中心地带。越过林木线的山顶，下面是瀑布呼啸的水声。变质岩挤向天空，像是破碎的啤酒瓶。那里有一片64千米长的山脉，南北走向，几乎不曾低于3600米的高度。呈半倒塌的塔状和鞍状，从每个角度看都是不可逾越的。那里没有欲望，没有激情，没有欺骗。这才是令人恐惧之处，你无计可施。

戈尔是一个很小的山脉，与周围较大的山脉相比，好比侏儒。虽然块头不大，却也是个麻烦。要进入到中心，只能攀缘、爬行，带着指南针，对准地质调查局的地图上所没有的湖泊。这一地区的地图从来都不会完全正确。美国地质调查局曾在1983年再次来到这里，拍下航摄照片，将订正后的部分用紫色印出，但仍然没有全部改过来。

如果想到达每一个河流源头并有时间休息，那么你需要两到三个月的时间，以及一把上好的破冰斧。如果你在山脉上找到了路，那会让行走容易些，不过迄今为止我还没见到过。你要在特定的季节背上30千克重的行李——即使每天早上你只吃小溪里的鳟鱼。只有这几个月可以容你进山，剩下的便全都没有定数了。如果出了问题，没有人能找到你的营地或尸体。那些失踪的人遗散在这里，他们的尸骨是雪浪拍打下日渐缩小的圣殿。

我来到戈尔山脉，准备用两个星期独自跨过东面，进入河流上游的峡谷，在只剩下天空之前到达最后一片积雪的垂直区域。从最近的小路至此，我走了16千米。艰难的16千米之后，又变成24千米。我沿着十字交叉的高山山脉下那一道道雪崩沟槽前行。森林的树木一起摇摆起伏着，树枝断成碎片。生长在这里的颤杨，因冬季雪崩而被压弯了腰，因断裂的木材弓起了背。森林陡峭且黑暗。我深一脚浅一脚地走在倒下的林木上，它们如格栅一般，累积了1.5米高。小溪疯狂地流着，在光线昏暗的森林中声音很大。腿上血迹斑斑，我大喘着粗气，咒骂着，恨透了这一切。背部的肌肉痉挛起来。膝盖无力，脚哆哆嗦嗦地踩入地面，以支撑行李的重量。前方3米几乎看不到东西，而且我也不会抬头看悬钩子，更顾不上看冬季那些冻死的树木上有什么，免得消耗精力。

这不是有名有姓的荒野，不是国家公园中的荒野。不是风景区的荒野，不适合钓鱼或观赏野生动物。这是钻入鼻孔的荒野，让你大汗淋漓的荒野。这是每一样生存之物的核心，铁水一般的荒野。晚上，我在一个狭小的深坑里扎营，坑顶是连在一起啪嗒作响的杉木。瀑布在倒下的树瘤和巨石间弹起水花。在越来越浓重的暮色中，森林看上去像坍塌的脚手架。那时我犹豫起来，要不要再往远处宿营，但我已经走得够深远，有些怕了。我把耳朵贴着地睡下，瀑布让大地的声音在凹穴里裂开。

黎明时刻，我迅速爬起身，收拾起行装背到肩上，向上游走去。间或会出现动物的脚印，平滑的印迹压在森林的纹理上。它们总是不出6米便会消失。只剩下森林。脚高过手，才能穿行于其间。有个地方，冰川一度填满了整道溪谷。现今溪水变得平静而斑驳深邃。我又能听到了。我来到溪边，看着河鳟拥抱着水流。我悄悄后退，以免被它们看到，好让它们像我从未来过这里一样生活。又走远了点，我仔细地选择了一个地方。一个池塘，有木头沉入水中，上面还有一圈圈小涟漪。我用一根可折叠的钓竿，将一根线抛到水中。从池塘里钓上了三条鳟鱼，在森林中将它们处理干净。在烟火上烤熟，就着硬硬的饼干吃了下去。

溪谷平坦的地方，河狸便筑起堤坝。几百年来这项工作将森林的边沿变成了宽阔而湿软的牧场，今天首次亲眼看到。山峦直耸向天空，所有的群山都没有名字。我继续走着，平坦的地面在上游随着瀑布的出现而结束，水塔上6米处有几根原木搭在上面。

我花时间，一天接一天地，跨越林木线。树木上方，主要是石头和积雪。湖泊出现在冰川坐落的地方，那里，当冰河世纪退场，最后的冰川破裂开去，轰隆隆地从地球上消失，留下了一个个空穴。有些湖泊有800米长，有些则有四五米。我来到其中一个湖泊边上，湖水深处，蓝色变成了绿色，绿色转而成为黑色，在那里有一簇暗黑的砾石。树荫和纵深的裂缝让这个小湖显得无限深邃。湖的中心有个货车般的巨石，倒向了一边。我绕着斜面边沿而行，这里冰川曾将石头注入深凹里。直到1987年，美国地质调查局又一次在空中勘察时，这片湖泊才被加到地图中。

我从一块巨石的顶端窥探着这深邃的另一世界，脱掉衣服，潜入水中。有半秒钟，我都在空中，并不是俯身一冲，更像是纵身一跃，腿和胳膊像猫被扔出窗外时那样，然后我便在水中了。地处3350米的高度，南边有终年雪原延伸下来，这里的湖泊之前一直结着冰，大约一个月前才融化。我游到最黑的一片领域，下面的巨石像沉船一样露出来。在身体皱成一个结之前，我从水里爬了出来，回到一块石头上。我在那里躺了一会儿，感受着石头里最小的缝隙。阳光笼罩着我赤裸的脊背，受惊的水珠找到了滑落的路。

我穿上衣服，向更高的地方走去，水珠浸入了衣服。海拔3746米，我在这里找到了羊毛，它像太妃糖一样贴在僵直的冻原野草上。我从低矮的树丛上拽下一小撮闻了闻，气味像泥炭苔一样浓重。白色的羊毛从我的拳头里钻出来——这里可能有雪羊。我环顾周围，用望远镜扫视一遍悬崖，没有雪羊进入视野。

我继续走着。雷鸟慌乱地向周围飞开。它们是母鸡的表亲，来回摆动的步态让我想起了母鸡。但是它们不是家禽，羽毛上乱涂着土地的颜色，像喷溅上去的颜料。它们有着松鸡的体形、变色龙那般的保护色。若是它们不动的话，我永远都分辨不出它们和冰霜冻裂的砾石有何差别。

鼠兔传递着我到来的信息。它们是矮胖的小动物，同仪态高贵的老鼠类似，和兔子是近亲，就像雷鸟与母鸡一样。它们端坐在林木线的岩石上，从一个石堆向另一个石堆发出玩具毛绒狗般的尖叫声。我走向一只鼠兔，它便迅速从岩石上跳下。在它爬到下面的石头堤道后，我立即趴上前去闻它端坐的位置。木头和有机体的气味。为了确信没弄错，我又闻了闻岩石的其他地方，那些地方只有石头的气味。我又回到刚才的那块石头，把鼻子凑上前去。鼠兔在下面的石头阵里远远地叫着。它们一般会在同一个地方撒尿，而后那里便会长出地衣，因为含有氮元素而呈现出带有磷光的橘红色。这里不是撒尿的位置，没有尿液的气味。

能闻到石头上新鲜的鼠兔印迹，是件很高兴的事。我从口袋里掏出那一簇雪羊毛闻了闻。确实，石头和羊毛的味道不一样。我常常担心自己会失掉感觉，担心新颖的嗅觉信号从我面前溜走，或者说，同我的整个种族擦肩而过。我上前凑过身，鼻子贴在岩石上，再次闻起鼠兔待过的位置。

在《柳林风声》[1]中，肯尼斯·格雷厄姆写道，我们"只有'气味'这一个词……可以用来概括动物鼻子中日夜低语的细微情感 召唤、警告、鼓励、逐退"。试想用鼻子去读一本书，在没有声音和目光交流的情

---

1. 英国童话作家格雷厄姆的经典作品，讲述了主人公癞蛤蟆与朋友们的传奇故事。

况下对话。我们嗅觉上的神经接收器比色觉和味觉的都更密集，能够同时分辨出10000种气味。但是只有极少的一部分浮于表层，少得你都无法评判它们的存在，无法知道它们就在那里。8个分子就足以将神经冲动传至大脑，改变你的荷尔蒙，但是要有40个分子才能让你注意到。未经我们允许，挂在我们嗅觉神经上的分子便可以改变我们呼吸的方式，挑起或结束争斗，导致流产，致使肚子咕咕乱叫。森林的气味，由叶子将化学成分散到空气中，药理学上认为这些化学成分能够减缓并可能治愈肿瘤。但是我们的鼻子某种程度上说仍是盲目的。狗识别某些气味的强度，是人的100万倍。在人脑读识的10000种气味中，我们大多数人只能说上来40种，能正确地识别草莓或者机油。

然而，有些人，一些颇有成就的香水调配师，能够正确地识别出1000种气味。40同1000之间的巨大差异让我相信，我们并没有失掉嗅觉技能，我们只是忘记了。香水调配师的鼻子不过是训练得更好罢了。气味很容易进入我们意识中的黑暗角落，激起暗藏的内部反应。在女性监狱，纷争往往因为男性的存在而引起，近到一个男性访客，远到监狱外走过的一个男性。反过来，男性监狱常常因女人的存在或是其气味而安安静静。这有点像雄性老鼠：在释放一只侵略性很强的老鼠的尿液气味后，它们噬咬彼此以及训练员的激烈程度增加了50%。但是，对他们喷洒雌性老鼠的尿液后，它们的攻击行为减少了一半。

没有文献说触觉复杂。但是，如果有人拿着一把尖刀站到你面前，让你在眼睛、耳朵、手指和鼻子中选择一样，你会决定牺牲哪个？光线和声音含混迅疾地进入大脑，继而要有意识地将其分解、解读。一个词，无论是口头的还是书面的，都没有意义，除非你花时间把它拼出来，并和已知的东西相联系。而气味，在进入大脑之前，就已被一个分子一个分子地分割以及规定好路线，被分成可理解的小块信息。把鼻子凑到一碗带有浓重大蒜味儿的拌面上，夹在大脑和鼻窦腔之间的嗅球会竖起这层感觉障墙，将每个成分隔离开。这些成分会被进一步分割，这样你便可以立刻分辨出鲜蒜和油炸蒜的不同。气味不会缠在一起，因为气味的一种成分会有自己到达神经细胞的通路。一种成分只属于一股细胞，所以一次吸气可以带入 10000 个信号。一个感官能有这么多信息，其组合和意义的可能性俨然是一个以指数翻倍的万神殿。其他所有的感官都是次要的。

熟悉了这种沟通方式，单凭气味便可以建立起多维图像后，你便成为一种动物，鼻子紧靠着地面。否则，关注除气味之外的一切因素，图像便会消退。

雪羊的气味遍地都是，浓重得深深刻在了我的脑海里。它出现得如此频繁，我甚至能在细微的痕迹中辨认出。很难说它们在我前方多远。只有羊毛，旗子般留在石头中间。

雪羊呈白色。正如作家兼研究者道格拉斯·查德威克[1]曾经描述的那样，它们有着冬天的色彩。一年的大多数时间里，它们的粗毛低低地垂下，尖尖的黑犄角在头骨上微卷。这种体形的动物，也只有它们生活在这里，占据着高低不平的地域。几乎没有什么动物能跟到这

---

1. Douglas H. Chadwick，美国野生动物学家、作家、摄影师、《国家地理》杂志主要撰稿人之一。

种悬崖与剃须刀片一样的山脊交错在一起的地方。它们的主要天敌是雪崩、严冬和石崩。有些因为脚下不慎而丧命。这是需要谨记在心的。

岩石极为庞大，彼此压着，似乎维持不了多久的样子。下方，覆盖在岩石上迷宫般的裂缝里，是黑暗中瀑布的水声。我从裂缝中下去，落在雪中。这个地方充满了雪羊的气味。我发现了它们刨出来用以睡觉的洞，还有大片大片脱落的羊毛。我低身闻了闻泥土的气味。我慢慢起身，向岩石的另一边看去。它们仍在我前面，已经不见踪影了。

我走得更快了。闪电像玻璃一样在山脊上划过，天空顿时裂开。我跑到山上，越过山脊，这样便可以俯瞰下一个山谷。众多的山峰宛如一片墓地，耸立起一个个尖锐的险崖，坚硬、暗黑的岩石一块连着一块。闪电在天空划过，这是一场局部的午后暴雨。我看到了山谷，看到了底部黄玉般的湖泊。然后我从岩石边下来，在下面躲开闪电。乌云竭力腾空，雨水和闪电齐齐迸发于空中。在这样的高度，暴雨集中而迅速，一闪即过。不像你在下面所看到的那样一团紫色，而是随着乌云从视平线飘过呈现出旋卷的白色和灰色，每一缕闪电都如此，在一处又一处发着弧光。暴雨突袭这个山头而不突袭另一个。它以冰雹、大风和爆裂声洗劫着山顶，而后飘到下一个山头。

在3500米的高度，有一个东北走向的裂缝。暴雨已经离去，其他几场在后面徘徊。一只雪羊死在山脊的顶上，头朝北，几乎是正北方向。一簇簇白色的羊毛在风中摇晃。此时此刻，与其说这是一只动物，不如说是一摊羊毛。它大概是在晚冬或早春时节死去的：头颅上眼睛合着，脸上的皮质紧绷，露出了骨头，干燥的皮肤很厚实。这只雪羊并非从悬崖上摔下,也不是被其他动物杀死的。我估计是因为饥饿和寒冷。很多年幼的雪羊无法熬过第二个春天。差不多有半数一岁小雪羊可能在严酷的气候条件下死去。在1977年那个令人难以忘记的冬天,戈尔山脉就有超过一半的小雪羊死去。

我将手滑过羊角,它们出奇地顺滑,尖端锋利得扎手。不像大角羊,雪羊的犄角末端没有磨损,不像缠着钢板,没有夸张的开瓶器般的螺旋卷曲,而像崭新的、打磨光亮的皮质剑鞘。在暴露出的脖颈上有一个皮质的颈圈,是一个无线电颈圈。我手伸到羊毛中,发现了耳标,上面写着:212。**州野生动物局。大章克申,科罗拉多。请通知我们。**

大章克申离这里太远了。从各方面看,离戈尔山脉的这个山脊都相当远。权当你接到这个通知了——我这么想着,但我还是取下了那个标签。他们一定很想知道消息。

后来我得知,是一位叫安妮·霍普金斯的研究者在科罗拉多州野生动物局的一项研究中为这只羊戴上的颈圈。当时她在那里是一名实习生,雪羊是一只一岁大的公羊,出生于一个迁移而来的家庭,是一只引进的雪羊。州野生动物局的研究者在整个山脉跟踪它们,但是这一只从此再没有了下落。每当飞机飞过,为当地这些无线电耳标定位,频率148.750总不在区域范围,藏在岩石的某个地方。自霍普金斯五年前给它打镇静剂以来,这是首次发现第212号。

这只雪羊死时六岁,处于中年,几乎位于世界的顶端。周围任何一个方向再走几步都是300米的深渊。离开的时候我不知道该说些什么,说什么都不太合适,所以我什么也没说,走下了山脊,来到下面的一片瀑布，在那里支起了帐篷。

　　早上，我爬过第二座高山，准备去一个新的水系。越过山峰，我来到一处狭窄的通道，只有机警而勤奋的鼠兔在驻守。那里，有一片地势渐升的苔原，有几处突起，像是一张肌肉网。我在通道正当中，无处藏身，这时我看到了第一只雪羊。我立即来到地面。然而，距离60米远，它起先没注意到我。那只雪羊像一袋未拆开的羊毛，在低矮的树丛上抓痒，一缕缕羊毛落了一地。它正处于夏季的换毛期。结实的体形让它看起来像个橄榄球中后卫。它向我这边望过来，我低头看向苔原。

　　毫无疑问，它在旅程中见过人类。雪羊的好奇是出了名的。在丹佛附近的山区，靠近山道和柏油路的地方，雪羊会挤到一起，搜寻着人们喂给它们的马铃薯片，舔着人在小便后留下的盐渍。疾病如同电流一样迅速传播到这些羊群中。随着它们聚到汽车窗外接过吃了一半的热狗和抹了蛋黄酱的面包皮，羊群的社会秩序也被打乱。一些只能容下十五只雪羊的地区突然间又冒出了一百多只，然而冬天是紧张期，没有游客再喂这一百多只饥饿的雪羊了。夏季苔原被践成泥，雪羊们日益虚弱，而后死在了这些新兴都市的环境中。埃文斯山的西部，也是人口稠密的地区，有约两百只雪羊，是科罗拉多州雪羊数量最多、种群最弱的地区。

　　这是一只戈尔山脉上的雪羊。对雪羊来说，很少能有这样完好如初的庇护所了，如果没见到我会更好。不过具有讽刺意味的是，正是人类将这只雪羊带到这里的。爱达荷州锯齿山脉南部的每只雪羊都是人工迁移过去的，或者便是迁移雪羊的后代。对于雪羊能否在这里开始新的生活，曾有非常激烈的争论。也许还未来得及记录，它们便会被拜金的猎手枪杀，或者在被欧洲人瞥到之前便自行消亡了。19世纪末，背着笔记本的自然主义者们首次见到这更高、更艰险的地貌时，这里并没有雪羊。

最古老的雪羊出土时间只比我在戈尔山脉跋涉的时间早一周，由丹佛自然与科学博物馆的工作人员在距此不远的南面一个山洞中挖出。那是一根中趾骨，将雪羊的历史回溯至三十万年前，也许还更久。最南端的识别标本也是一根更新世[1]的趾骨，从大峡谷上游一带的斯坦顿山洞出土。近代关于雪羊的信息，主要来自19世纪初目击到的一些，知道的人不多。陆军中尉泽布伦·派克1806年的远征并未让人们在科罗拉多发现一只雪羊。商业猎手随后朝这一地区蜂拥而至，但是雪羊的传说常常被证明是毫无根据的。一个猎人最后只能对所有的雪羊故事将信将疑。

为了应对野生动物的大规模耗减，1887年，科罗拉多州立法机构在当地禁止猎杀野牛10年，禁止猎杀大角羊8年，最后又禁止猎杀"落基山雪羊"10年。在这个规定颁布之前，150张疑似雪羊皮在丹佛以每张50美分的价钱出售。1898年，科罗拉多政府鱼类官员在一份书面评论中写道："州内还有一些落基山雪羊，但是数量并不多。"

---

1. 亦称洪积世，地质年代第四纪的早期，距今约二百五十八万年至一万年。这一时期绝大多数动植物属种与现代相似。显著特征为气候变冷、有冰期与间冰期的明显交替。人类也在这一时期出现。

从历史上看，到了20世纪后，就算这一地区还有雪羊，也所剩无几了。1900年秋，当时的科罗拉多自然历史博物馆曾将一队猎手派往爱达荷州捕杀一只雪羊，以丰富馆藏，他们断定这一物种在科罗拉多"几乎已灭绝"。证据虽不完善，但是已多次证明，不久前雪羊还是科罗拉多的本地物种。亚历克斯·查佩尔在州野生动物局研究雪羊，他居住在戈尔山脉南边的山脚下，毫不怀疑这里有雪羊。他已经编纂出关于这种动物的巨篇历史文献，将最为模糊、最具争议的报道整理归档。如果有人知道雪羊曾经到过哪里，那么这个人便是查佩尔。他的《1900年前落基山雪羊分布图》上，除了华盛顿州、爱达荷州、蒙大拿州、怀俄明州、犹他州东北部有阴影区之外，科罗拉多州中部也有一片。

现在，雪羊在戈尔山脉生活得很好。20世纪20年代，有300只雪羊被运到西部各州的29个地区，主要用于打猎。有些仍然待在狩猎区。另外一些，像我在苔原上正在观察的这只，则作为漏网之鱼遁入更深的偏僻地区，来到流亡之地。正是这里，唯独在这片山脊，引入的羊群生活得最好，也最难接触到。戈尔地区的雪羊最初是16只，现在已经达到了160只。

我低下身，一动不动，不想让雪羊看到我，不想改变正在发生的一切。我把行李扔到一边地上，将照相机绕了上去，这样它便可以架在我的脊椎上。地形只允许我这样藏着。雪羊向西走着，而我在地上爬着，贴着苔原土丘，每隔1米左右便停下，折断苔原上的草。膝盖撞到一块石头上，裂开了口子。新鲜发亮的血液流到了草里。

然后是第二只雪羊，正好在土丘的另一边。我身子更低了。第三只雪羊出现，藏在第二只后面。这只很小，大概是 5 月里早生的小羊。它的毛白得如同一页页打印纸，比成年雪羊身上已褪色的那种白还要鲜明。它的步态里透着幼仔的天真、好奇和不确定，远远地看来便很明显，连满带活力地低下脖子吃草时都这样。另外两只则拖着岁月的步子缓慢地走着，已经确信如何从一处到另一处了。

有半个小时，它们就这样引领着我西去。我的衬衫在腹部和胸膛处已经磨破，锋利的夏末野草令皮肤红肿起来，腿上的血已经干了。我紧跟着雪羊，用肘部和脚趾悄悄向前移动。它们把我带到了一片湖泊岸边，这片湖泊凹陷于苔原中，约有 90 米长。一端是雪原塑起的屏障，另一端是峡谷底部的万丈深渊。第四只雪羊在湖边等着。这只没有角，是最小的一只。它的白袍是那样纯洁。动作里还没什么庄重的意识。出生时间在 5 月到 6 月，这一只可能是晚产，冬天对它来说将会非常不利。

我现在移动得非常慢，一块肌肉接一块肌肉地磨着大地。我藏起了胳膊和手，同时也藏起了猎捕者的眼神，这样就不会泄露自己的目的。每一寸向前的动作都在计划之中，我总是要等待它们低下头搜寻草料时才移动。18 米几乎是我能到达的最近距离了，我再不能得寸进尺了。我拍下照片，将脑袋藏在照相机后面，希望快门的咔嚓声不会太响。我用望远镜观察着它们的鼻子和眼睛。我能够在泥土中闻到它们的气味。周围的苔原上有好些羊毛。

两千多年前，希腊人首先提出说，臭味由表面粗糙、带钩的粒子组成，而香味则由平滑的粒子构成。按照希腊人的说法，雪羊的气味粒子既是平滑的又是粗糙的，因为它的气味同时混合了令人讨厌的恶臭和令人着迷的香气，有些类似于温暖的酵母之味。这是一种湿热而柔软的气味，充满着地盘占有欲和母性的本能。如果我仔细分辨，将鼻子一遍又一遍地埋入羊毛，也许便可以将它们区分开。即便它们的气味像野牛、像大角羊、像任何长毛有蹄类野生动物，其内在的信息却讲述着更为深刻的故事。里面有足够的气味可以指示发情周期、年龄和即将到来的冬季。

风转而吹向我的后背。我的气味随之泄露，朝着雪羊飞散过去。这可不像可以捂在手心里的喷嚏，不是我能伸手抓回来的。好像我几乎要爬到地方了，帽子突然被吹跑了。最小的羊羔突然紧靠母羊，两只雪羊都变得僵直起来。它们寻找着我的身影，但是它们是不会找到的。我没有动，没有任何形状。我只是地面上发出恼人气味的无生命的土丘。

风很快便转到了另一个方向。即便没有了我的气味，两只雪羊仍僵直不动。它们的鼻子伸到空中，然后快速向湖泊走去，追上另外两只。这两只虽没闻到什么，但已经明白周围有令人不安的因素。我埋怨着自己，低头看着苔原。我就知道自己不该靠这么近。这一小群雪羊稍微围作一圈，停顿了一下，向我这边望着。警报解除了，几分钟的时间后它们就忘记了。一只较老的雪羊径自走开，来到苔原上休息，而我也该撤退了。找到一片干燥的雪原形成的凹地后，我起身向后爬回岩石处。从那里我弯身撤出，离开了湖边的雪羊。

命名方面，这种动物经历了众多更迭。它曾是 Aplocerus montanus，Antilope americana，Mazama sericea，Haplocerus montanus，以及 Capra montana[1]。通称羚羊、野牛、雪鹿，甚至是矮野牛。持续时间最长的种属名称是 Oreamnos，于 1817 年由康斯坦丁·塞缪尔·拉凡内斯克[2]命名（物种的名字一年后由另一位自然主义者确定）。Oreamnos 来自希腊语"oreos"（山），以及"amnos"（羊羔）。

拉凡内斯克对这种羊的命名远比他作为自然主义者的事业要成功。当时他在约翰·詹姆斯·奥杜邦家做客，正巧有只蝙蝠从窗户飞进卧室。拉凡内斯克认为这是蝙蝠的一个新物种，于是抓过奥杜邦的小提琴，追着那只蝙蝠，想将其弄死以便进一步观察。奥杜邦对发生在自己屋檐下的这种鲁莽行为感到震惊与反感，随之对拉凡内斯克产生了满带嘲讽的厌恶之情。后来他寄给拉凡内斯克几张鱼类插图，这些鱼并不存在，是"创造性绘制"的。拉凡内斯克为奥杜邦命名了这些鱼。然后奥杜邦便将这一错误展示给了世界。拉凡内斯克在同行中极为尴尬，他的整个研究的可信度也分崩瓦解。在为雪羊确定拉丁文学名（Oreamnos americanus）这一点上，拉凡内斯克的技能确实比奥杜邦恶意的玩笑流传得更为长远。

我找到背包，沿着湖水靠近深渊的边沿悄悄走开，在均匀分布的砾石中跋涉，这样我就在雪羊下方了。这条路伸向一片陡峭的雪原，瀑布从那里像木偶提线一样降落到峡谷中。我没有冰镐，而这正是冰镐派上用场的好地方。落差悬殊。它让人产生的恐惧仿佛吞下一口灰

---

1. 都曾是雪羊的拉丁文学名。
2. Constantine Samuel Rafinesque, 1783—1840, 19 世纪欧洲博物学家。

烬的滋味，尤其是那一条条飘带般的冰面，连脚印都不会留下。我迅速离开了那里，继而向西行走。在一块块砾石中，我再次闻到了雪羊的气味，浓重的、麝香般的气流从东边刮过来。我的步子慢下来，直到看到一只一岁大的小羊。我立刻蹲到一块相当大的岩石后，后背靠着石头。小羊慢慢地向我这边走过来，低下头吃着草。一只成年雪羊在它的右边。我向岩石靠得更近了。

从北面来了另一只雪羊，在砾石间跳跃着下了山脊。如果人掉到这些砾石洞里，脊柱便会扭成几块，而这只雪羊几乎是雀跃着跳下来的，并且，我发誓，一次没停下。它扑向了下面的苔原。另一只一岁大小的雪羊从砾石中的一个冲沟里出现。现在我紧贴着石头，处在一群雪羊之中。我无法在不让任何一只发现我的情况下从石头后面离开。如果一只羊发现我，那它僵硬的站姿会把信息传给整个羊群。在羊群中你没有隐伏一说。

我不能因为失去耐心而烦躁不安，为了分散注意力，从背包里掏出一本简装书。书的名字叫《秋野拾零》，艾温·威·蒂尔[1]写的，很多人读过，里面还有铅笔写上去的"$2.95"。我翻开折起的页脚，开始从第三段往下看。最近的一只雪羊在10多米远的地方，我承诺自己不再抬头看。不知道若是发现了我它们会怎么办。雌性偶尔会发怒。我记起一项针对这一山区雪羊的研究，里面使用了诸如"极富攻击性，带有高强度的武器和奔跑产生的威胁性"这样的描述。被捕获的雌性

---

[1] Edwin Way Teale，1899—1980，美国博物学家、摄影师、作家。

雪羊倾向于扑打和攻击，被捕获的雄性则软弱下来，陷入呆滞恍惚中。

但是我不会过多地去想如何被大怒的母羊践踏和抵触。我担心我对它们的影响要比它们对我的影响更显著。我只是不想被看到。蒂尔在西北地区采集蕨类植物。我想跟随这位作者，和他一起去采蕨类植物。不想成为雪羊"圣所"中一个可憎的异类，不想在溜过花园时被抓住。倒不是说我是毒药，但也许我就是。倒不是说我会打破一种神圣的信任感，但也许就会打破。我无法再翻书页了，因为其中一只雪羊离我只有七八米。是那只一岁大的小羊。我头靠在石头旁，闭上了眼睛。书从指间滑落，我感觉到书合上时书页的摆动。我静听着它咀嚼苔原野草的声音，没有动。

我一定是睡着了，雷声从空阔的地方传来。我靠着岩石蜷着身子，眼睛睁开时，冰雹正砸下来。我还能够闻到雪羊的气味，但是窥探一番后，发现它们不见了。我把身子蜷得更紧些，以抵挡冰雹。闪电带着白色的电光打到石头间。又是一阵闪电，天空的中央劈出了惊人的裂缝。太阳很低，在连珠般串起的云层里模糊不清。暴风雨夹杂的冰块聚集到衣服的凹陷处。我等待着暴雨结束，不知道刚才雪羊是否发现了我，不知道它们有没有走上前来，在我睡着的时候嗅我的脖颈。

暴雨向东滚滚而去，我走出来，甩掉身上的冰雹。最后几次闪电仍然很近，我又在岩石中趴了几次以求庇护。看不到雪羊了，即便用望远镜也看不到。我从地上捡起几撮羊毛，将它们揉捏到一起，塞到口袋里，好让手感觉暖和些。

一脉山脊围住了其中一个深邃的峡谷，我沿着山脊走上去。太阳已落到了大地的表面，长长的影子从太阳的方向伸出来，有时我能看到自己的影子蔓延到下一个山脊的积雪上。弯曲的高山树种彼此折叠聚拢，摇曳着，仿佛它们自己便是风，在阳光下呈现出惊人的红艳色彩。感觉像是多日以来我一直在一个洞中行走，现在它把我带到了另一端，这里的世界如同茴香的味道一样动人。灰色的岩石映衬着雪崩的最后一片飞檐。这里你可以呼吸着整片天空。我走在高山苔原上，鼻子伸入拳头大小的一团羊毛。气味愉悦而清新，就像是新生的小猫的气味。

— Oreamnos americanus —

叉 角 羚

这份工作的报酬是 700 美元,还不提供胶卷、汽油和食物。当时我十六岁,这些钱大大超过了我的预期。我要在怀俄明州贫瘠的土地上走一圈,找到石油钻井平台,并把它拍下来。

雇我的石油公司也是我母亲的雇主。是她牵的线:在地质学家和管理层的会议上,有人提议年报可以配上漂亮的图片,母亲便说她儿子可以去怀俄明州,而且他有照相机。"他知道怎么用吗?"管理层问。"他很小的时候就开始用了。"她对大家说。这样我便带着一架照相机去了怀俄明州。我在一条土路上开着车,比以前行驶的路程都要长。快到隆特里城了,接近罗伯逊了。尤因塔县[1],怀俄明的一片不毛之地,

---

1. 隆特里和罗伯逊属于尤因塔县。

有蜡笔淡彩的土山，淡紫色的孤丘和紫红色的干河床。它位于怀俄明西南部。

石油钻井平台在一片空地上。红白相间，有塔架、管道和两个活动房屋，储油池的四周露着黑色塑料。停在一边的卡车上挂着怀俄明州的车牌，一道道泥浆都迸溅到了车窗上，下面的轮胎上有狗尿的痕迹。晚上的时候，钢铁碰撞着钢铁。那是在换接头，穿着连体工装的人吊上链条，把套管升到位。照明灯的光束让钻油平台如舞台一般耀眼。泥浆飞溅，打在这些人脸上。他们面不改色，下颌紧锁，身体全部重量都倾注在机器上。机器吱呀作响，转出针头插到地下。链条脱开，泥浆向四面八方飞溅开。嘟哝声、指令声传来，连抹泥浆或汗水的时间都没有。我在这些人中间，拍下照片，和链条保持着距离。

到了二十七岁的年纪，绝大多数钻油工人的名字便都下了工资名单。手进了链条。胳膊让钻头拆了下来。金属爆裂夺去了他们的眼睛。他们每个人都有自己的故事，在后来揉脖子、脱工服的时候对我讲着。钻油的故事。有个女人摇铰链时失掉了一根手指，直到链条固定好她才吭声。有个男人头离钻头过近了。他们和我开着玩笑，给我表演绳子戏法，那是老钻油工会用钉子和麻线表演的魔术。

我离开钻井平台，走进了土地黝黑的群山中。肩上背着的三脚架，是用那700美元在凯马特[1]买的。我将其插在松软的干土中，拍下了那圣诞树一般的灯塔。那是唯一的光源。一个溢满灯光的岛屿，上面

---

1. 美国最大的打折零售商。

是无数的繁星。郊狼在漫无边际的河床上嗥叫。黑暗中一阵风吹来，我听到了 800 米外石油钻井平台低沉的隆隆声，声音很陌生。地球不是机器，它不会发出这样的噪声，这是在繁荣的背后轰隆作响的声音。这是工作的声音，一千个工人、频繁的生意、无数的汽车、众多的会议融于一个石油钻井平台，五人一组，一天二十四小时工作的声音。星期天也不例外。

我平躺在这个星球的外壳上休息。头枕着双手，看着蓝天，听着钻井平台钢铁的呜咽。黎明来临，我醒着，动起来。彩色的光带透射到地面，我所走过的土地有着天空的色彩。光线变化很快，曝光表都跟不上它的速度，任何测光仪器都无法跟上。光线改变着自己的形状。从第一抹光线出现到日出，时间在中间发生了加速的形变。

一群叉角羚站在钻井平台北面，一共十四只。它们身体油亮，脖子和胸部的颜色一圈棕褐、一圈黑、一圈白，宛如挂着项链。它们像瞪羚一样，肌肉的每一个细部都极为标致，轮廓映衬着地平线。它们朝着同一个方向，仿佛是风暂时把它们留在了这里。每一只，不管是雄性还是雌性，都有一对不长的黑犄角，雄性头上的更绚丽些。这些犄角形状各异，有的向里弯，有的向两侧弯，有的向头盖骨弯，从眼窝的上方长出来，在两只耳朵前面，骨头的中心部分包在光滑的黑色角质素中。

这个景很好，我想。纤弱的叉角羚站在石油钻井台塔架旁，远处是白雪皑皑的瓦沙奇山。我调整相机时，叉角羚观察着我。它们即便在休息时也很机警。我尽量挨近地面，脚下不出声音。我动作幅度大起来，蹲在河床里面或外面，寻找短短的一秒钟，看我们是否在一条直线上，钻井平台、叉角羚群、瓦沙奇山，还有我。它们改变了位置观察着，跟随着我的踪迹。我躲进河床中。它们知道我在哪里。叉角羚的眼睛比起大多数猎物，位置更靠头盖骨外侧，在这样开阔的地势里视域更广。它们的眼睛足有驮马眼睛那么大，而身体却不足小纯种马的一半。这样的眼睛就是单为生活在旷野中的动物而配的，在这种地方你能够从一边的地平线看到另一边。

我慢慢地举起相机，举到头顶，调整快门速度和光圈，将那些动物和钻井平台置于取景框内。突然，它们动起来。没有什么诱因。只是在原本静止的地方有了响动。白色的毛皮随着尾巴上短毛卷出的花结一闪一闪。这个惊慌的信号隔着很远都能看到，同时腺体发红，向空气中释放出一种气味，意思是快跑。

它们跑起来不像梅花鹿那样，犹豫地提高速度，回头看着，在树林间跳跃、迂回而行；也不像驼鹿，轰隆隆地疾驰，沉重而结实，消失在森林中；叉角羚带着优雅跑开，全速冲到空地当中。它们像鸟一样，一起转身，朝着同一个地点跑去。它们擅于长跑，是世界上跑得最快的陆地生物之一，速度接近每小时 100 千米。它们以 9 米不着地而闻名。

我放下相机，看着它们在地面上四散跑开。只受到一点惊吓，它们就以每小时 50 千米的速度跑开。地面用来产生推动力，就像是一块跳板。大多数的时间里，它们都在腾空。它们身体下垂，一直垂得低低的，重心在奔跑时根本就不用转移。这样更多的能量就可以用在四肢的运动上。氧气输送至血液和肌肉的这个速度，要是人的话，会立刻晕厥过去。叉角羚一般体重相当于一个较轻的人，但是它的肺、心脏和气管大小是人的两倍。你很少看到一只叉角羚在奔跑结束时上气不接下气。

跑出不到 400 米，它们由疾驰减为大步慢跑，随后又肩并着肩地聚在一起。我走回来。这次我绕圈约 1600 米，消失在小山之后，来到可以将我和钻井平台之间的叉角羚群拍下来的地方。我走出河床，弓起背部，慢慢地抬起头，以避免被它们注意到。钻井平台轰隆地响起来，他们又在换接头了。

当我可以看到外面，眼睛和地面齐平时，叉角羚已经在注视着我了。我蹲下，移过来移过去，把相机从盒子中拿出来。相机握在手里后，我眼睛看向一边，看看是否能让它们镇定下来。它们又跑开了。这次它们沿着刚才的路线，在先前站立的地方围成一圈，回到了 400 米远的地方。我把相机垂到腰部，叹了口气。

它们浑身上下都是推动力。即便是脊柱也可以运动，让跑动的步幅呈流线型。奔跑迅速的食肉动物首先具备了这样的功能，演化出富于弹性的脊髓，这样它们便会比其他动物跑得快以及智胜一筹。大多数猎物都需要直挺的脊柱支持身体的重量，这让它们显得有些笨重，但至少在格斗时显得块头很大。柔韧的脊柱可以在奔跑时让身体收缩、扩张，将腿部的重负发散到身体的其他部位。到达极限时，叉角羚脊柱的柔韧度更接近猎豹而不是马。然而，这种构造有些过了。叉角羚跑得过快，比任何食肉动物都快，因此追逐没有任何意义。叉角羚曾经让北美猎豹在整个怀俄明州追着跑，这也说明为什么叉角羚跑起来更像猎豹而不像梅花鹿。叉角羚和猎豹的速度几乎不相上下。十二万年前，猎豹曾经在地球的这一边消失，而叉角羚却活了下来。叉角羚之所以能有异乎寻常的奔跑速度，是因为它们的记忆中印刻着从前的猎豹。

它们身体的每一部分无不适应着这整片的土地，适合在一望无际的地形上以最高的速度奔跑。叉角羚只栖息于这里，北美西部，这在一个满是梅花鹿、驼鹿、野牛之类欧洲和亚洲动物后裔的陆地上是件稀罕事。它们长期在这里生活，身体进化得完全适应了这里，扩展开的眼睛、风洞般的器官、奔跑的方式可以让它们远离任何食肉动物。

动物学家乔治·奥德是第一个将叉角羚进行归类的人。19世纪初，路易斯和克拉克探险队一行人将这种动物带到奥德面前，此前还没有欧洲人在美洲新大陆见过类似的动物。其学名 Antilocapra americana[1] 的意思是"介于羚羊和山羊间的美洲动物"，因为奥德观察到，标本有羚羊和山羊的特征，但却不是其中任何一种。这种动物的属种 Antilocapra，除了叉角羚之外，不属于世界上任何其他物种，是北美本土所特有的。既然它们在生物学意义上不是羚羊，而且它们的属种下又只有它一种动物，叉角羚便成为唯一一种属种只归它自己的动物。

一千万年前，叉角羚的小家族相对多样。现已发现了四角、六角、旋转角的北美叉角羚化石。其中一种早期的只有半米多高。这一系列复杂的基因在过去的千百万年间逐渐消减成现在唯一的一种：北美叉角羚。

---

1. 叉角羚的拉丁文学名。

我走得更远了些，向山里走了几千米。有一个小时我迷了路。众山簇拥在一起，我不得不爬上几个山尖向四周察看。晒得发黑的小山扇子一样在四面八方展开。我寻找着钻井平台的声音，但什么也没听到。没有叉角羚的踪迹，没有任何活物，碎土上连野草都不冒。

我及时找到了排水道，跟着它回到原来的路上，回到刚才我猫着腰拖着脚的地方。叉角羚已经在注视着我了。有一个时刻出现了均势的状态。我没有动，它们体内的运动能量似乎处于一触即发的状态。我舔了舔嘴唇，将手伸进相机包中。

能量猝然释放，它们飞快地跑开。我朝它们瞪起眼睛。后来钻油工人告诉我，他们当时放下了手里的活儿，走到钻井平台边上看我。五个人站在那里，双手按在屁股上，脸上淌着泥浆，看一个小子在那儿赶着叉角羚到处跑。"我们纳闷儿你到底在那儿干吗呢？"其中一个说道。

我边走边研究着它们的路径，忽然看到离它们所在位置不远的地面上有一个弱小的身影。我的步子慢了下来。那个身影是一只小叉角羚。它平卧着，鼻子触着地面。那双黑亮的圆眼睛是我首先注意到的。我立刻双膝着地，让自己看上去小一些。叉角羚群聚缩成一圈，观察着我。

那只小叉角羚刚出生不久，可能只有几天。它一动也不动。这是新生儿的防御方式，唯一的防御方式。在这样一个年纪，以奔跑来求生是不可能的，所以小叉角羚会保持静止，贴近地面。叉角羚群中一定有某种希望，在它们彼此紧挨着等待的过程中，一定有种愿望。

9米开外,我把小叉角羚拍了下来。我手脚着地向前爬行。在约6米远的地方,我肚子贴到了地面,相机推到一边。身体周围扬起土,我靠靴子尖推动自己,一寸寸向前挪。小叉角羚的眼睛一眨也不眨,这和屏住呼吸一动不动不一样。这种身体所处的状态,如冬眠一样。它的身体平摊在地面,仿佛骨头都碎掉、关节都散架一般。

小叉角羚大多数时间都自己待着,迟钝呆滞,直到它们可以以每小时50千米的短距离速跑。它们也许仅用三天便可以发展出那种速度,那时便可以跟上略带恐慌的成年叉角羚。不过,在严峻的猎捕形势中它们仍不够快,所以,有八个星期,它们会趴在地面上。出生后几小时内,有时甚至是几分钟内,它们便会寻找到一块隐蔽的地方,趴下,然后等待。这一技能很管用。野生动物研究者曾远距离观察过幼年叉角羚,但当他们走近,受惊的小叉角羚躲藏起来后,研究人员便无法再找到它们。曾有一支由三名研究者组成的队伍在山艾丛中找了两个小时,也没找到他们最初观察过的那只小叉角羚。我曾经看过一组照片,一只拉布拉多猎狗几乎是从一只隐匿中的小叉角羚身上跨过,却根本没有发现它。

一般来讲,雌性叉角羚会离开自己的孩子千米左右,力求不暴露它隐匿的位置。它每隔几小时便来到小叉角羚身边喂奶。小叉角羚吃完奶后便蜷在地面上,母亲则迅速离开那片区域。对于隐藏的小叉角羚来说,困难在于无法充分寻找食料,因为它必须保持静止。生长并达到每小时50千米的速度,这其中所需的能量全靠母乳来提供。叉角羚乳汁的脂肪含量超过了任何其他北美反刍动物,包括梅花鹿,而梅花鹿的幼仔一般都会跟随鹿群，不会藏匿。叉角羚乳汁的蛋白质含量是牛奶的两到三倍，脂肪含量则接近牛奶的四倍。从营养含量上来看，它相当于蒸发过的牛奶。

由于成年叉角羚奔跑的速度快得简直有悖常理，对它们来说真正的威胁便只有疾病和大火力的猎枪了。种群数量的控制主要体现在幼年叉角羚上，一季里出生的小叉角羚，有一半到下一个秋天会被吃掉。郊狼对此颇为在行。它们大概是找到了反攻藏匿计划的方法，从雌性叉角羚身上窃取了幼仔的信息。

第一种猎捕方法是，郊狼坐在一边，等着雌性叉角羚走过去喂奶，继而便会找到小叉角羚的位置。不管这一策略听上去多么简单，它完全没有效果。小叉角羚对高营养的母乳需求量很小，因此哺乳的时段非常分散。若是郊狼计划在小叉角羚吃完奶后迅速冲上前去，那它需要等的时间太久了，这些时间都可以用来搜寻老鼠。考虑到能量消耗，一只18千克重的郊狼要吃掉一只4千克重的小叉角羚，它坐着等待所消耗的能量最终比小跑进入叉角羚群，胡乱用鼻子在山艾丛中搜索所消耗的能量还要多。

第二种方法让郊狼显得颇具独创性和观察力，这种方法还没有很全面的记录。卡伦·拜尔斯和约翰·拜尔斯两位研究者去了蒙大拿州的国家野牛保护区，观察了那里的雌性叉角羚及小叉角羚。他们把车停在路上，在前座上做观察记录。他们发现雌性叉角羚常常会把头或身体朝向其幼仔隐匿的地方，也许是为了记住位置，将自己的身体作为一个指南针。郊狼因擅长利用这种细微的暗示而臭名昭著，它们可以搜索相关区域，直到最后发现小叉角羚。一个围着雌性叉角羚360度的猎捕便减为90度了。

一般来讲，郊狼需要离小叉角羚两米之内才能发现它，所以这一策略便排除了很多不必要的搜捕。拜尔斯夫妇计算得出，这样郊狼只需消耗1/4的能量便可以捕到一餐。他们进一步建立理论，认为雌性叉角羚不经意间出卖了自己的幼仔。这种猎捕策略着实不错，但是没有人可以确定大量郊狼都在使用此法。

这只伏于地面的小叉角羚熟练地遵从着隐蔽的规则。它在竭尽所能存活下来，也就是说什么也没做。它的脊柱几乎都贴到了地面上。四肢展开平摊着，耳朵耷拉到脖颈，仿佛没有了耳朵一样。它头上的毛发卷成小小的、波浪状的小圈，好像从胎盘里出来不久，身体刚刚干透。雌性叉角羚会快速吃掉胎盘，这样气味就不会招来郊狼。我又拍了几张照片，然后继续匍匐前进。照相机随后丢在了身后，这样我便可以用手向前移动。仅有一臂之遥了，我的呼吸特别小心，肺都有些疼。在能到达最近距离时，我屏住了呼吸。它的眼睛很湿润，群山从它的眼眸里反射出来。我能够在其中看到自己的脸，我咽了口唾沫。

我的右手不由自主地向前伸去，手指张开，伸到前面。我想自己不该这么做，我已经离得够近了，但是手已经伸了出去。我完全被其吸引。我触到了它后腿的毛皮。那里的毛硬硬的，像是粗糙的刷子上的鬃毛。我的指尖几乎还没碰到里面的皮肤。

就在那一刻，小叉角羚惊诧地叫了一声，蹿起来跑开了。它拖着枯瘦、不稳的四肢飞奔到叉角羚群中。它的速度还未及父母，但是已经显出潜势了，在它的骨头里，力量正蓄势待发。叉角羚群收容了小叉角羚，将它围在当中。我一个人趴在地上，手仍旧擎在刚才我们接触的地方。

_ Antilocapra americana _

马 鹿

  外祖父有双大而苍老的手。当他坐下看起当地的报纸，或是在印着西班牙语的 10 号瓶罐里捏起新鲜的墨西哥胡椒粉，我总会看着他手上的青筋，仿佛它们是文字。我帮外祖父劈柴时发现，他的手可以一把握住截面长 10 厘米，宽 5 厘米的木料，这让我不由得看着自己的手，真希望它能再大点。

  我从小就很了解外祖父。吃饭时如果胳膊撑在桌子上[1]，他会打我的胳膊肘。他有那种能探测出你每一句谎言的声音。他养育了两个孩子，都是女孩，所以他性情里的有些地方变得很温和。我的母亲是他的大女儿，在我生下来后，他唱歌给我听，累了我就睡在他的大肚子

---

1. 很多英语国家的餐桌礼仪中，将胳膊撑在餐桌上是失礼的。

上。作为一个贤明而俭朴的人,他不明白为什么我要在科罗拉多搭建一个圆锥形帐篷。在他看来,在一个生产力发达的时代,一个人退回到艰苦而不便的环境,这没有意义。我也不多费口舌,只是说这很重要。然后他就把自己的外套给了我。他在新墨西哥州的法明顿以及丹佛市[1]过冬也需要这件外套。现在他住在埃尔帕索[2],说我住帐篷穿这个更好。

这是一件巨大的毛皮外套,我从外祖父手中接过来时,手都遮在了褶层里。这件庞然大物在我身上耷拉着,我像个幼儿园的小朋友笨拙地套着外祖父的衣服。穿着它就像一个人穿着野牛皮大氅。它几乎到了我的脚踝,当外祖父把宽大的领子竖起来示范给我看时,绝大多数能将我辨认出来的体征都被吞没了。腰带缝得很紧,上面有一个坚固的金属带扣,不系的时候晃来晃去的。

从帐篷的帆布门向雪地挺进之前,我像外祖父示范的那样把领子竖起,仔细掖好,盖住头的后部。每天都有大片积雪从帐篷上塌下来,这次积雪被外套领子挡到了一边,落在我的靴子旁,散成一摊纯净的雪。

傍晚,我将劈好的杜松投到木柴炉的炭火中。外套挂在摇椅的后背上,从背后挡住寒气。冰冷的寒夜凝固到早上便只有零下 23 到 26 摄氏度,而且寒气渗透到帐篷的内部。外套完全摊开后盖住了整张床,存留住从被子里漏散的一切热量。我一晚上的呼吸让外套的毛皮结了冰。我和猫蜷在厚重的外套下,几乎动弹不得。

---

1. 美国中北部城市,科罗拉多州首府。
2. 美国得克萨斯州西部城市。

外祖父身上最显著的是那双劳动的大手。它们很容易握起工具。外祖父是密苏里州干农活的一把好手。每当外套从我身上耷拉下去，我总会记着这一点。和外祖父一样，外套保护着我。没有奢华或不必要的绳带和纽扣，只有最寒冷的季节时所必需的温度。外祖父出生于大萧条时期，生来没有什么浮夸之态。

出门行走时，外套的重量减慢了我的速度。我没有一刻不意识到它的重量。随后我放慢了脚步，步伐很小心。倘若裹在轻便、高科技的冬装里，我便可以在树林中跳跃着前进，撞上雪丘，把脚下脆弱的小树枝踩得"啪啪"响。合成纤维会像砂纸一样摩擦，发出脆响。可是，穿着外祖父的外套，我只能以一只动物所具有的娴静款款移动。它央求着这份对待。

在一个没有月亮的夜晚，外面飘着雪，我跟着帐篷外一串熟悉的脚印来到一片开阔的草地上，基本上什么也看不到。我陷在齐膝的雪里，知道自己跟丢了脚印，准备撤退。突然，马鹿搜集食料的声音让我停住。我踏入了一个马鹿群，有四十只左右。声音是因鹿蹄扒开雪地、鹿嘴扫着地面的冻土而发出的。这个鹿群每个冬天都在这里度过，两群随之光顾的当地郊狼的数量逐年增多。鹿群朝着马蝇山的正西方以及东南的矮松林挺进。春天的时候我曾穿过湿润的白杨林中绚烂的鸢尾，跟随这群马鹿到达马蝇山。当时我还被一只藏在森林中一动不动的牛犊绊倒。每年这时节马鹿的活动范围离帐篷总不太远。

现在对马鹿来说是一个艰难的时节，正值冬天，食料都在深雪下面。它们能吃到的冻草一点也不好消化，而且所含的营养远不及夏天的草。出生较晚的小马鹿现在生存极为艰难。为了保持温暖，五个月大的马鹿所要消耗的能量，大约是八个月大马鹿的两倍。捕食者来临之时，或是在1月惨烈的夜晚，这种能量耗损起着决定性的作用。冬季是一个漫长而开阔的季节。夜晚如同世界末日一样黑暗。

你在夏季所瞥见的马鹿，那些站在森林边上的，是冬季过后的幸存者，是所剩最强壮的一群。在夏天，临近黄昏，你可能会看到一只马鹿正站在草地的边缘，这样它便可以很快转身跑入森林，消失在你面前。你情不自禁地会想象着它身后那死寂而冰封的冬夜，那样寒冷，以至于最微小的动作都意义重大。我曾发现它们的尸体，半埋在雪中，没有被动物攻击或受伤的迹象。只是在一个夜晚，随着寒冰封住了肺部而砰然倒下。在那样的冬季，几分钟后你就受不了了。如果你像这只马鹿一样度过若干个冬季中的其中一季，你一定能就此写很多书。你会变成一个"萨满巫师"。你会从此而改变。那只经过了寒冬，站在夏日黄昏中的马鹿，静静地看着身旁的森林。它的故事只有它自己知晓。

这个冬夜，我裹紧外套，聆听着马鹿的声音。外套架在我的身上，我感受着它的积淀。雪在领子上堆积起来，我在静谧中等待着。今夜如此寒冷而静寂，我的嗅觉都冻掉了，埋在了地里。马鹿喷着鼻子发出啸声呼唤着彼此，我意识到自己闯入了一场对话之中。终于，我听到了呼吸的声音，马鹿在白雪中呼着热气。鹿蹄在结冰的草地上来回拖动。我一动，它们便惊逃开。黑暗中出现模糊的轮廓，快速击打着雪地。那些轮廓向我跑来，围在我的周围，而后跑开。最后只剩下我一个。

　　古老的传统很容易在瞬息万变的生活中被忘却，正如我们容易忘却以前冬季避寒穿的厚重衣物。传承物件是一个古老的传统，过去人们常常传承一把好用的刀子、一个精致的烟斗或一件厚重的袍子。传统成了瞬息万变的牺牲品，创造力转而受到敬重，以至于过去成了一种只能去瞻仰的遗迹。然而穿着这件外套，我又被它的重量拉到过去，置身于大地中。

　　几个晚上过去了，我在帐篷里写着这个故事。煤油玻璃灯在手工制作的书桌上燃烧着，一圈明亮、摇曳的黄晕投在日记本上。成堆的书投下暗影，木柴炉里发出一道道温暖的火光。我在写马鹿和外祖父的外套。我写着这些文字，写他握住木柴的手，我睡在他肚子上的那些时光，写他给我外套的那天，写着草地里和马鹿在一起的那一夜。猫蜷在地板上，仿佛一片灰黑相间的羽毛。木柴炉通风口照射出跳动的火光，在它身上映出斑斑点点。

　　我记得八九岁时外出，在亚利桑那州东部的山林中行走时，发现一对马鹿鹿角，是那个秋天马鹿换下来的。在那个年纪，有那样的发现，不禁会认为自己发现了其他人从未见过的东西。鹿角很大，竖起来的话能到我的额头。搬动这样的物件需要很大的力气，我使出了吃奶的劲儿也只能拖动一只。马鹿立刻由田园家畜变成了强壮的森林野兽，它们头上有这么沉、这么大的东西，怎么可能是无足轻重的动物呢？鹿角的末端并不像我想的那样锋利。它们随着与树枝咯噔咯噔的碰撞，随着与苔藓枝脉的缠绕而变得光滑、发亮。分叉的鹿角末端攥起来很费劲，上面因为血肉和破裂的血脉而显出粉红的颜色。发现破损的动物骨骼是一回事，而像这样发现一个动物的踪迹则完全是另外一回事。要知道它还活着，还在进食，在午后斑驳的树影里散着步。触摸着这样的鹿角，你不得不抬头仰望，知道那只动物就在那里。

当时我的身旁还有一个邻家女孩儿，叫佩吉。佩吉和我一起把鹿角运回了家，就像在森林中拖着鲸。绝大多数力气是我出的，所以当佩吉要把其中一只鹿角留在她家时，我噘起了嘴。对于分享这对鹿角我抱怨了很久。毕竟，当你知道鹿角有一对，而自己只拥有一只时，感觉不太好。

很多年以来，老鼠噬咬着我所珍视的鹿角。这让我在小的时候就知道了为什么旧的骨头和鹿角的尖端会有细小的摩擦痕迹，也知道了啮齿动物需要补钙。从那以后，老鼠刮擦过的每一块骨头都让我惊奇不已，并且一定要指给周围的人看。我把那只鹿角挂在车库的房椽上。从此再也没有发现过一对那样的鹿角。再没有那样新鲜的鹿角，体积巨大，高过了我的个子，在森林中并排在一起，仿佛就是在等待我的到来。

我在摇椅中坐了一小会儿，离炉子很近，背上烤得暖和起来。现在想想那只鹿角，竟然想不起后来怎样了。它可能被谁拿了去，或是老鼠将其磨成了灰烬。也许挂在车库里我不再喜欢，便把它放回了森林。我把钢笔放进日记本的扣栓。我想出去，到卡车那里，里面有一整袋背包装不下的食品杂货，还有一本书，我想在睡前读一读。

我合上日记本，用一根皮带拴好。把炉子通风口关上，存住火，穿上外套，戴上一副从军需用品店里买来的绝缘皮革手套。从外面看去，帐篷像一个炽烧着的圆锥。帐篷的支柱在屋内投下阴影，带着光亮湮没在星群中，仿佛底部有灯光。我离开帐篷，穿着索雷尔防寒靴，走进森林。

马鹿又到草地来了，用鼻子嗅着雪堆中间较低的地方。一弯新月刚离开考特浩斯山的山脊，挂在锯齿山的山尖。雪地被月亮的清光染成了淡蓝色。我蜷成一团，谛听着马鹿的声音。外套抹去了我的外形，让我可以偷偷溜到鹿群的中央。它们越来越近了，蹄子扒着地，呼哧呼哧地喘着。

我常常觉得马鹿是一种笨重的动物。它们跑过森林时，总会有树枝断裂的噼啪声以及蹄子重击地面的声音。而梅花鹿跳着跑开时你只能听到轻微的踩踏声，它们的前腿多用肌肉而不是骨骼来支撑身体。马鹿是粗壮的，它们的脖子又沉又厚。高速路上梅花鹿比马鹿更容易受到撞击，因为梅花鹿总是易于跳跃。它们在无人注意的情况下会突然出现在路面。马鹿更倾向于慢慢走到路中，抬起头来看着你，仿佛在重要的沉思中受到了惊吓。

我曾于凌晨两点在550高速公路上开车前往乌雷，浑身疲惫，无精打采地看着收音机和里程计之间的某个位置。有什么东西以每小时约110千米的速度超过我的后视镜。我抬眼看去，公路成了一张满是马鹿的棋盘。我以整个身体的重量猛踩刹车。卡车在它们中间向前滑去，车轮发出尖锐刺耳的响声，而且冒出了烟。我能够看到每只鹿的面孔，有的离我只有大概30厘米。一个接着一个，没有一只动弹。如果是梅花鹿，整个鹿群早就立刻四散逃窜了——虽然能发现二十只梅花鹿一起聚在马路上的机会也很小——随后便会出现流血和死伤，我的卡车也会被撞得稀巴烂，车底朝天躺在河床里。马鹿则不然。虽然它们也会跑，而且有时候也很突然，但它们的小步跑很有特点，有点笨拙，奔跑时头抬得很高。梅花鹿是水晶器具，马鹿是镀锌钢午餐盒。

今晚，马鹿再次走到我身旁，围在我的周围，丝毫不知一个猎食者正在它们中间。它们走上前来，我畏缩在其中，甚至闭上了眼睛。

情况立即有变。其中一只发现了我。它嗅出或是看出了我，而后莫名其妙地，每一只鹿都紧张起来。信息在鹿群中传递的速度比一声尖叫来得都要快。它们突然的举动啪地蹿入我的血液，我和它们一起跑起来。我跑过雪地，外套上的腰带扣系得紧紧的，在昏暗的月光下追逐着那些冲锋的轮廓。

我全速奔跑，抬得很高的双膝在皮革中来回伸缩，脑袋里一片空白。我奋力跑着，使出肌肉的最后一点气力，排开齐腰的积雪。我能够看到它们在身旁全速飞跑的蓝色形象。它们离我太近了，我无法停下来。鹿腿咔嗒咔嗒地穿梭而过，要超过我的速度。我翘起脚尖，踢飞了深深的积雪。

马鹿潜在雪堆中，身体猛烈抽动，一跳接着一跳。在柔软的雪中，马鹿以它们有力的蹄子和干瘦的四肢在齐腰的雪中大举向前。猎物在积雪表面奔跑，这是猎食者最容易得手的时刻。然而马鹿的速度并不慢。我把它们赶到了更深的雪中，我们都要跳跃着在很深的积雪中行进。至此我转向左边，将它们截住。我的脚几乎无法着地。

四只马鹿被迫立起身，后腿撑地，其他的则开始转变方向。黑色的鹿腿纷纷伸出来控制着突然的转向。白雪溅飞到空中，落在我身上。我看到了那些鹿角，那些张大的鼻孔中喷出的水汽。我猛掷长矛，拉弓放箭，完成了动作。

当喧嚣停止，它们重新聚在一起，我跪下来，大喘着气，外套的下摆堆到了雪地上。隔着草地我能听到它们吃力的呼吸。大多数马鹿都成功跑进了林中，那些被截住的仍在外面。它们交错踏步，组成一个防护圈，头高贵地抬向天空。

我把戴着露指手套的手放到膝盖上，竭力避免着呼吸的刺痛感。马鹿们挨在一起，脸和鹿角都对准了我。即使在这边，我也能看到它们周围厚重而强烈的呼吸所聚起的水雾。

_ Cervus elaphus _

大 角 羊

一

巨石后有三只。像窗户一样,里面是空的,边沿方方正正。你可以清楚地看透它们。和身体相比,它们的脑袋便不算什么了,腿则像木棍一样。偶像、神灵、记忆、愿望:一千年前它们被刻在这个峡谷的岩壁上,身体比例失调,形状古怪而空洞,一定曾有特殊的意义。阿纳萨齐[1]的大角羊猎手绘出这些身躯要多大有多大的图案后,把矛尖和箭头留在了沙漠中,仿佛在说"够了"。七百年前,人们从峡谷

---

1. 北美的一个印第安部落。

中消失，留下了沙漠大角羊，有的留在了雕刻里，有的还活着。

从这里向任意方向画一条160千米长的线穿过犹他州东南部。沿着这条线走，路过玻璃般光滑的悬崖，穿过阵列般的一堆堆巨石，而后便会发现这些雕刻。慢慢学会辨认这些适宜凿刻的岩壁以及那些保护性的悬岩后，你会发现成百上千的大角羊雕刻。人们曾聚集在一起，绘制那些岩顶。在只有岩壁和尖塔状岩石的户外，在地平线可及的范围内再没有任何生物的地方，会有一块刻着一只大角羊的巨石，然后几千米内便没有什么了。一些刻在扇贝型悬崖上，很惹眼，还有少数谨慎地画在石头背部，等着一个内行去发现。

我见过成群的雕刻，那里刻有十只、十五只或是二十只大角羊。岩石面弯转时，就算是有90度的转角，大角羊的雕像也会跟着弯转，并在转角的地方分成两半。它们的角总是向后卷曲，标志着年长、智慧和健康。有时会有一些精确的细节显示出细致入微的观察，比如错综复杂的分趾蹄，或是耳朵的形状。也会有些怪异的大角羊形象，两端各有一个脑袋，背着箭的猎人披着大角羊的羊皮，戴着羊角。一条线代表箭穿过石头的轨迹，从猎人那里径直射向大角羊的心脏。还有更古老的大角羊，有六千年的历史，用一种红色氧化铁绘出，颜色非常鲜艳，简直与鲜血无异。

像岩画和壁画一样，现实中的大角羊也只存在于石头的世界。如果这片土地条件不是那么恶劣，如果没有隆起的峡谷和难以应付的峰回路转，那就不可能有大角羊。从北极圈到墨西哥都有它们的身影，这表明生物环境和气候并不是它们选择栖息地的首要条件。相反，它们会在险峻的地形上茁壮发展起来。你会看到它们在你头顶上两百米高的峭壁凸岩上走着。在你困在峡谷中苦于没有出路，或是寻找了半天全身都要散架的时候，你会遇到大角羊的脚印。跟着它们的脚印走。它们自古便了解这片土地。大角羊是不会耍花招的。

　　它们是严肃的动物。沙漠大角羊之间的行为差别要比山地大角羊少得多，很可能是因为在沙漠峡谷中随意闲逛会带来诸多危险。这里几乎没有安全的玩耍场地，没有表现自我的空间。沙漠中的大角羊幼仔不像落基山的大角羊那样玩得那么疯或频繁。沙漠大角羊生育时间早，开始攀爬的时间也早，准备开始独自生存的年龄也更靠前。在这种环境下长大的大角羊更倾向于静处而不是运动，少了很多轻浮，知道从水源到安全地带并再次返回的路。它们是沙漠中武装起来的苦行僧。虽然它们比山地羊显得更具攻击性，但是在物种整体的一系列行为上，还是非常谨慎的。

　　我循着大角羊岩画中的一条路线，越过科罗拉多河，来到更远的裂缝中。莫恩科皮地层的红色岩石形似枕头和灯泡，上面是布满砾石的秦里地层和温盖特地层的宏伟岩壁。莫恩科皮地层在温盖特地层的脚底组成了一个个迷宫。

　　在这些通道的一个弯曲处画有四个手印，它们是阿纳萨齐人留下的，离靠岩壁而建的住所和散落在沙漠的陶器碎片都不太远。手印旁边有一个白色手绘大角羊，将近1米高。它的腹部滚圆，显得很吉利。这一面岩画之上是更高的阶地和峡谷。凸岩纵横交错，连着砂岩光滑的陡坡。这是为大角羊严谨而朴实的活动而存在的地域。不要以为这些峡谷不停地向上伸展便会有顶峰，如果爬上几周，那可以从900多米的高度开始向上爬，一直爬到3600米的高度结束。我在一个圆丘尖顶停下来，脚下是一圈峡谷。这是11月温暖的一天，夜晚零下6摄氏度，白天15摄氏度。我是坐着独木舟顺河而下的，从几千米远的地方来到了营地。我倚在一个很舒服的大石头旁，向远方望去。

不到一小时，大角羊便来了。那是一只老公羊，一位孤独的长老，巡游着周围的环境。它带着一种漠不关心的神态走着，有着动物独自行走所具有的安详。它没有警惕性，这很让人惊讶。公羊在下面经过，我能够看到它的毛上蒙着一层灰尘，不久前，它曾在沙滩浴上打过滚。随着它迈步向前，身上的肌肉便沿着背部来回晃动，在脊柱周围跳起了华尔兹。

它围着圆丘走到另一边，我悄悄潜到它上方的凸岩上。它的羊角老了，大概有十年了，向后卷成螺旋状，完全卷成了圈。战斗的印迹留在了角片和角环上。它们颜色暗黑，颇有分量，像是战争时期的手工制品，某种世代都引以为荣、寸步不离的武器。因为一场场领地之争而顶头，头骨两角之间的那个点，变得又硬又圆。

我肚子贴地沿凸岩边缘爬着，在一堆砾石后站起身。有时你会看到由母羊和小羊们组成的羊群，有时则只看到一群公羊。大多数时候公羊形单影只，在交配的季节它漫步于峡谷，让自己再熟悉一遍地形走向。

大多数大角羊的踪迹都会指向水源。科罗拉多河离这里只有几千米。保守的统计数字显示，冬季它们每十到十四天返回水源一次，夏季每五到八天返回一次。有人曾看到一只莫哈韦沙漠[1]中的大公羊一次喝下了19升水。有报告显示,大角羊可以持续六个月远离永久性水源,还有一些研究者认为,某些环境下的大角羊在没有水源的条件下也有可能存活下来。夏天,游离水或许会被食料代谢出的水分,甚至是机体自身代谢出的水分所代替。从机体自身代谢水分是一个少见而又复杂的过程,在这一过程里,身体中贮藏的蛋白质、碳水化合物和脂肪燃烧后形成氢气,而呼吸作用又带进来氧气,氢原子和氧原子在体内结合生成水。

只要附近有河流,冬季水源几乎不是什么问题。公羊用鼻子嗅着岩石裂缝中伸出的一丛丛干枯的密叶滨藜和黑毛槐。密叶滨藜的进化是专门针对大角羊的。树枝的末端长得很锋利,这样它们便可以刺到靠近的嘴巴,让进食者的牙齿远离它椭圆的小叶子。公羊从密叶滨藜上抬起头,继续向前走。我左右为难起来。我想藏在这里,看着这只公羊自然地走出视线但不被它发现,这其中有一种深深的满足感。但我又有一个孩子般的渴望,我想做个无礼的干预者,我想让它知道我在这里,我想让它转过头来,这样我们便可以同时看到彼此。

我内心挣扎了好一会儿。那种背地里隐姓埋名所产生的满足感是纯洁、神圣而谦虚的。然而我想反其道而行之。耳朵里有个"魔鬼"。我清了清嗓子。

它停下,头摆动起来,身体立刻绷紧。它环视了一遍岩石,发现

---

1. 美国加利福尼亚州南部的沙漠。

我蹲在6米高的地方。它先是跳着跑开，蹄子在砂岩上发出"咔嗒咔嗒"的响声。随后它回过头来凝视着，并不惧怕，但满怀疑虑。

我不知道这意味着什么。它跺了跺前蹄，我什么也没做。它低下脑袋，用角向前戳了戳。我呆呆地望着它，它变得有些不耐烦了，又跺了跺蹄子。它等待着，我从岩石后面走出来，我们现在可以完全看到彼此。它跺着蹄子，再次等待着，似乎我应该要做些什么。

最好是待在那里观察。然而，我也跺了跺脚，用头向前戳了戳。它重复了一遍自己的动作，鼻孔喷气的力量更大了。我做着和它一样的动作。随后它坐了下来。就坐在那里，仿佛心血来潮一般。它坐在那儿面对着我。我应该把这视为挑战，还是如一记耳光般地示意我的存在让人厌倦？我又跺了几次脚。它眨眨眼睛，一直向西方看着。

像受了侮辱一般，同时又感到好奇，我从岩石上向下爬。我想离得更近些，好好看看这只动物。有些时候，我离一些东西太近，而我根本就不该靠过去。我无法解释这意味着什么。这种错误的愚蠢行为像一根狗骨头一样埋在我的脑袋里。

我来到公羊所在的高度，它再次站起来。我的肚子突然变软，就像要到学校后面去见高二的橄榄球队员，他要打一架，而且他说会等着我去。可是，这场架不会公平，不会有约束行为的规则。我想观望，而他想打架。我仍在岩石中，随时准备向上蹿。大角羊的力量当然不可低估。它鼻子喷着气，低下头，展示出醒目的弯角。我们又冲着彼此做起动作。也许它只是迁就着我，诱使我走近，以便用头把我的肋骨撞开。

1984年，有人在拱门国家公园外靠近阿特拉斯铀水冶厂的地方拍一只雄性大角羊。在大约3米远的地方，公羊发起进攻，撞倒了拍摄者，他摔伤了他的胳膊。这个人慢慢站起，大声呼救。公羊从他的背后再次攻击，撞到他的后背正处撤退。两个目击者跑过来，朝公羊挥动胳膊，那个人一瘸一拐地向他停在一旁的旅行轿车处撤退。公羊站在地面上看着。旁观的人试图帮他做些医疗救护，他拒绝了，爬到车中，他的妻子和孩子在车里面都吓坏了。有目击者说，那人明显受伤了，瘀伤已经扩散开来。他团坐到方向盘前，开着车走了。

它鼻孔出气越来越重，多次低下头。我站到赤裸的红色砂岩上，来到了明处，与大角羊呈一条直线。我离凸岩太远，已经无法倒退，离悬崖边也太远，无法跳向下面的深渊。因为可笑的认知而单枪匹马地走出来，就是为了要看一只羊。它和我之间有一种奇怪的"符咒"。它把大角擎向空中，啪地把头转过来。我要对付的是自己几乎无法理解的动物行为语言。

一系列特定的行为通常会导致冲突。首先，之前我也参与了的，便是展示羊角，摇晃脑袋，跺蹄子，大声喷气。之后便是踢后腿，蹦跳。一个威胁性的蹦跳——公羊身体悬在半空，后腿着地——常常是冲突的前奏。通常结束一场战争，这样一个动作就够了。但是鉴于大角羊细致的行为语言，冲突在什么阶段停下却很难破译。

大角羊没有真正的领地，至少它们的领地不是以土地来定义的。羊群和羊群中的一只大角羊所占据的土地可被视为是公共的。既然没有具体要戍守的疆域，那么进攻，尤其是雄性之间的进攻，便围绕着羊群的统治地位而展开。羊角的大小常常是解决争端的关键。羊角完全卷起的公羊，通常都在七岁以上，在羊群中是首要的繁育者，这没有什么问题。几乎所有求爱的表示，都靠公羊卷起3/4或更多的犄角（偶尔也包括顶头）。更小的和更年轻的公羊被晾在一边，连耍弄一下也不可以。它们身处战争之外的其中一个原因便是，羊角大小不同的公羊之间一旦发生冲突，始终是第一回合就定了输赢。幼小的头骨也许无法忍受大型公羊羊角的撞击。对手不相称的格斗会轻易地随着一方丧命或是残废而结束。

犄角大小相似的公羊，不打架的时候，倾向于聚集在一起。这让我想到了高中。即便是列队而行，它们也会分出等级，无论是雄性还是雌性，都会排挤同类，争相向队伍前面跑。这个物种非常热衷于取得领先地位，那些年老的大公羊比其他羊都更在意自己在种群里的地位。

我曾见过一辆林肯大陆的侧面被落基山雄性大角羊撞到。副驾驶座旁边的车门被顶了进去，后视镜耷拉了下来。在大角羊再次发起攻击之前，驾驶员猛踩油门，车门掉下来，他死里逃生。

现在我可以看到大角羊棕色的眼睛中锁眼般的深色瞳孔。它们那种眼睛，草食动物的眼睛，似乎并未集中到什么上，但却对某些事物非常专心。我又跺了几次脚，大声从鼻孔出气，让彼此都保持着注意力，同时我爬向另一边，看看能否跳下去离开。落差大约12米。夹在自杀式的一跳和一只大角羊中间，不知道从岩石后面走出来时，我究竟是怎么想的。

我们一起摆着姿势不动，朝彼此瞪着眼，发出不满的嘟哝声。瞬间有了结果，公羊啪嗒一声站起来走开了。仿佛我从来不曾在这里待过，仿佛这里从来没有火药味儿。没有任何焦虑感或是仓促感，它就那么离开了。

我呆住了，叫它回来。我发出威胁的信号，它不予理睬。我不是对手。它的耳朵甚至都没有扭过来听我讲话。我感到一阵突然的踌躇与耻辱。我刚刚结束一次完整的对话，却几乎不知道都说了些什么。

当一只动物（尤其是大角羊或是骡鹿）被吓跑时，它会跑一段距离，然后转过头来看看入侵者。这只公羊一次头也没回，非常肯定我是个无关痛痒的生物，这里没有我的立足之地，而我却使用它的语言，仿佛知道自己在说什么一样。

它又回到了随意漫步的状态。我看着它，形单影只。它消失在岩石中，而我则站在砂岩上目瞪口呆，完全明白了这峡谷并不属于我。

二

我们节节向上，攀入了大峡谷[1]。没有用绳索或安全带，只靠手和靴尖。我们背着行李，摇摆于巨石的顶端，走过不足一枚戒指宽的凸岩。

我们二人开始了为期数周的旅程，两个好友在大峡谷灰色岩壁间

---

1. 美国亚利桑那州西北部科罗拉多河的深谷。

漫游，一路上都没有好走的小路。任务很艰巨，几天下来我已经慢慢感到累了。感觉骨骼有很强的拉力，肌腱紧得像吊桥的钢缆。我爬过一扇摸上去像砖墙的岩面，试探着寻找可以扒住的裂缝，这时行李变得过于沉重起来，慢慢地我开始向下滑，渐渐同岩面分开，就像是在轻柔地吻别。

时间放慢了脚步。我隔着肩膀看着9米之下石灰岩峡谷幽暗的谷底，估摸着自己会掉进一池冰冷的雨水中，也许会掉到水面下的砾石上，摔断一两根骨头，不过我应该不会丧命。

我吃力地呼出一口气，这是我所剩下的一切。那一刻，比我快十五秒的同伴向我喊道："你必须极想向上才行。"

听到他声音里坚定的语气，知道他刚刚爬过这个地方——而且爬了上去——我记起了自己为什么会在这里。我记起自己渴望要行走、要飞跃这片艰险重重的地势，要变成一个灵活、能干的动物。我让自己吸附在岩石上，指尖弯起，把自己拉回刚才的位置，脸紧贴着冰冷的灰色石灰岩。

我极想向上。

我们没有停下来歇气，甚至也没有看对方一眼，没再集合。我们不停地爬，长路漫漫，日复一日，峡谷一重又一重。

大峡谷内部不像从边缘看去的那样。从顶上看，所有恢宏壮观的景象都跌落为成百上千个分峡谷的裂缝。水平的宽广变作了垂直的斜坡，冰箱般大小的岩石阻塞了狭窄的通道。有两个城市街区高的崖石断成了碎块，像是坍塌的寺庙的围墙。我们在这样的地质剧变中停下来休息，坐在一块石灰岩边上，那块岩石经过洪水的冲刷，呈现出银白色，光滑得就像海豚的皮肤。我捡起一块石头，在手指间把玩着，欣赏着指头上关节相连的区域。我为自己的手感到骄傲。只要给予它们专心的呵护，它们便可以带我到很远的地方。我的脚做了大量的工作，而手则控制着更缜密的细节，找到微小但至关重要的据点，指肚儿常常用来支撑整个身体和行李的重量。在大峡谷内部是用手来旅行的。我攥起拳头再摊开，思考着它们是如何成了一样区分人类和所有其他等级、秩序和界域的具有决定性的东西。用来制造机器、穿针引线的手。顶起拇指以便握住钢笔和画笔，数硬币，心不在焉地玩着石子、感受着每一个刻面的手。

在所有没有手的生物当中——至少是没有我这样大小的手——只有大角羊可以爬到这里。作为陡峭而多石的偏僻地区中的另一个旅行者，大角羊是一个忠诚的旅伴，总是留下脚印和粪便指向这条或那条路，指出大峡谷中难以摸透的通道。四条腿、偶蹄类的它们，为这个地方标出了地图。然而，地形相同的条件下，我估计人类会比大角羊略胜一筹。胜算在我们手上。我们可以垂挂，大角羊却不可以。我相信，如果大角羊也下来攀岩的话，我能比它爬得更高。对我来说这是一个比赛，看看自己是否能抵达大角羊所达不到的高度。但是我必须承认，有时我会迷路，认为自己会在悬崖上山穷水尽，而大角羊最细微的迹象——岩石上蹬蹄的痕迹，一块坚果大小的粪便——都是受人欢迎的一种安慰，证明有人在我之前找到了路。当然，我打赌，如果真要比的话，我能胜过它们。

我们来到一个峡谷的谷底，这个峡谷很窄，处在峭壁里面。空间几乎不够我们两个人并排前行。两边相对的峭壁并不像玻璃一样平滑，而是受侵蚀的影响呈波浪状——弯成弓形的、倒挂形的、下突形的，分裂成褶皱和危岩，有些已经掉了下来，在地面上留下倾斜的石块。这个峡谷将近300米深，岩壁将我们挤到了中间。透过层层阴影，我们都感觉有点像患上了幽闭恐惧症，一种被关在某处的眩晕感，就像是从井底向上看的感觉。我们踩着潮湿的沙子和洪水冲下来的零散卵石，脚步声在通道中回响着。

　　我们转过一个拐角，看到在15到20米远的前方有一只雄性大角羊，在地面中间，身体紧绷着。一双大角盘绕在头上，像古代打仗用的头盔。它像个战士，看着我们，带着令人恐惧的自信。它早就知道我们要来了。

　　我们两人不约而同地摆出了下蹲的姿势，手按住脚边冰冷的石头。我们希望将惊吓程度降到最低，但是我们已经惊吓到它了。它的脑袋前后晃着，审视着各个选择，然后突然向我们冲来，蹄子踢飞了石头。我们跪在地上，简直要惊呆了。不该是这样啊。到底是怎么了？公羊加快了速度，从石洞另一边向我们发起进攻。我们无路可逃。

　　还有五秒钟的距离，公羊低下了头，将注意力完全集中在速度上。我一生遇到过那么多大角羊，知道这并不合情理。它没有理由攻击我们。所以，意识里最前端的部分相信，自己所看到的并没有发生。

　　意识里剩余的部分却紧张起来。我将要被践踏、被顶翻。有三秒钟的距离，公羊意志坚定。即便它想停下，也没有空间或时间转弯了。它将会以汽车相撞的力量冲向我的左肩、同伴的右肩。我们仍丝毫未动。

我们知道应该有其他结果，但是我们不知道那究竟是什么。

两秒钟的距离，大角羊疾驰于一阵乱石和沙砾之间，我能够清楚地看到它的大角上坚硬而粗大的绕环，暗黑的表面，尖利得像一把古代的战斧。警报从我的身体中响起。可是我能做什么呢？我当然无法从这里一跃而起，除非我长出了翅膀，或是可以像蜥蜴一样爬行。它不会撞上我们的，是不是？我看到了它脑袋两侧的眼睛，在峡谷的阴影中像两个暗色的玻璃球。我开始质疑起自己。同伴和我的锁骨将要被撞碎，像保龄球瓶一样飞散开。

还有一秒钟，公羊突然转向右侧的悬崖。然后，它飞了起来。借着冲力，借着悬崖中的裂缝和落差，跑上了岩壁。它的身体一张一屈，带着仪器般的精确，在我们头顶升空，蹄子几乎都不碰到岩石。它一口气跳跃了大概30米的高度，身体像个弹珠，在岩石的弯曲处和看不到的构造之间反弹、之字状行进。纯粹的推力将它带到了一块高高的凸岩上，它在那里停了下来。

公羊让自己站稳，然后向下方的我们投来确定的目光。我们向上凝视着，脖子完全仰到后面，嘴大张着。我看着从这里到那里的路线，但就是看不到什么路。不管我给自己的双手多大的活动余地也没有用，我无法爬到大角羊那里去。这是它从峡谷离开的一个出口，一个印刻在它记忆地图中可以逃离的地方。它看到我们的那一刻，便知道该怎么做了。它只需要超过我们，与我们隔绝，一口气的工夫，它便到了游戏的另一个级别，遥不可及。我们这两个可怜的傻瓜被落在了洞底。公羊观望了我们一会儿，抬起头，再没有瞥我们一眼。它确信我们无法跟上它。它转过身,沿着凸岩走去,消失在我们永远无法看到的通路网中。

我们最终站起来,掸去膝盖上的尘土,继续走路。除了继续做人这样的生物外,我们还能做什么呢?慢慢地,我们开始走入砾石和岩石露头起起落落的节奏中,双手再次活用起来。我们滑到更深的峡谷中,对自己所在的位置有了新的感触:人漫游在大角羊的房子中。

_ *Ovis canadensis* _

骆 驼

工作的声音封死在了山洞里。锄头和一些小工具当啷当啷地敲向夜晚一般黑暗的地下。钢铁对抗着白云石。头灯转来转去，将光线散落到那些晦暗的通道，照亮通向另外一百个堤道的小入口，宛如洞穴的一个"弥诺陶洛斯迷宫"。我们在洞穴深处。要到这样的地方来，你必须向下爬，背部贴地，从如同烤面包机插口般的狭缝挤入到王宫一样大的洞室。然后你要走过一些塌下的石板，来到一个叫作"潮湿洞室"的地方，这里堆满了成箱的器械和尚未整理的标本。这个洞室的底部有一架比人类还古老的骆驼骨架。

很少有说话的声音。挖掘工作进展平稳，我们逐渐深入到这块大陆最重要的一个地下洞穴。大约在两百万年前，这里是露天的，经过冰期的数个特殊阶段，羚羊以及比灰熊还要高出很多的短面熊交替出现后，这里聚集起死亡动物的尸骨。三十万年前，这个岩洞自然封存。直到20世纪的转折点上，一群矿工进到这里，在此之前再没有其他动物进来过。这是一个时光宝盒，夹在岩壁之中，诸多发现都在重新定义着北美洲的历史。我们来到这里，带着滤网，带着真空装置，带着计划，带着理论，来寻找过去。

我发现它正好在一个巨大的白云石上方，有10厘米埋在了紧实的泥土里——骨头，一块有我半个手掌大小的大块碎片。"有骨头。"我说。顿时所有的声音都停了下来。四只头灯朝我的位置晃过来，这里靠近去往另一洞室的通道。我把它举到亮光里。这是什么骨头？一块头盖骨，还是一块肩胛骨？它看上去并不明显。要等去博物馆拿着放大镜用小刷子处理过才知道。不过，能判断出它来自一只巨大的动物。

这块骨头在我们中间传递着，仿佛那是一只瓷杯子。每只手接过它，而后在指间翻转着。清晰的脊髓仍像海绵一样贴在后部。骨头新鲜得好似上周的，但是实际上久远得多了。这是一块骆驼的骨头，一百万年前它在科罗拉多的山中掉进了这个岩洞。

大多数洞穴都能挖出一小把骨头，然而关于谁在外面生活，却仅有少量线索。这个洞穴在2895米下，我们每小时能带着几百块碎骨进进出出。地球上很少有地方能发掘出这么多更新世的食肉动物。大多数骨头都是林鼠捡来的，它们用狼和缟臭鼬的脑袋以及獾的牙齿堆起自己的窝。现今已知的最古老的白鼬就沉积在这个洞中（其历史超过三十五万年，其次是距今将近一万五千年的）。我们在这里挖出了地獭的一部分，一只切喉鳟，多只郊狼，多只狐狸，已经灭绝的马种，还有一只现已灭绝的狼獾，它以前从未在这一地区出现过。几千只兔子的样本被挖出，连带着的还有二十四只虱子、二十条蛇、青蛙、蝾螈、蟾蜍，还有一只雪鸮，这种雪鸮现在很少出现在加拿大南部以外的地区。从这个洞里还挖出了猎豹幼仔，同时还有水貂和长尾鼬。一个羞赧的西班牙女学生，刚学英语不久，发现了獾的阴茎骨，由于从前没遇到过这种东西，便拿着去问几个男士，害得他们只能结结巴巴、十分费力地解释着骨头的来历。

我继续发掘骆驼。它的头盖骨就在我的左肩上，包在白石膏里，是一只单峰骆驼。头盖骨太大，林鼠搬运不动，所以可以得出结论，骆驼掉进洞里，而后死在了这里，骨骼的其他部分也应该在这里。很可能其他大型动物从一个古老的排水口掉进来，它们的骨头杂乱地堆在我每天工作的这个地方。我们尚未发现剑齿虎、乳齿象或是短面熊，这是我们所关注的。这些都可能沉没在面前这块大石头后面，我已经用长柄大锤和凿子砸了很多天了，一直想把它凿开。它是这个室中最大的一块石头，我倾注全力，直到没了力气。

孩子们是洞中最认真的人，比成年人还要认真，虽然成人们已经等了很长时间，为此筹备、研究了很久。孩子们什么都不漏掉。他们的父母在这里工作，都是丹佛自然与科学博物馆和西部内陆古生物协会的研究人员。孩子们跟随着父母，在泥土、黑暗以及一个个小而易碎的考古发现中长大。有些孩子喜欢恐龙时代的浪漫而不喜欢这些死去的哺乳动物。有个男孩儿特别喜欢地质学，只要一接触岩石，便对处理这些骨头不怎么感兴趣了。

凯特·约翰逊今年十二岁。她又瘦又高，在丹佛的学校里是个篮球队员。她在后面的一个洞室干活儿，由于她十分专心好学，第二天便受命负责发掘她所发现的一个洞室，这个洞室将以她的名字命名。她眼睛眨都不眨一下。"我至少需要三个人，"她说，"一个跟我到洞里，两个在上面。"

一天午饭时间，我们坐在岩洞入口外的阳光下。凯特最后出来，她摘下安全帽，心不在焉地在洞口登了记。她径直走到我面前，向我敞开口的午餐盒里倒了一堆尘土飞扬的小骨头。"这是我今天上午找到的。"她告诉我。她拨弄着每一块骨头，讲着自己是怎么找到的。其中有兔子的椎骨和一些中空的长骨头，有一块鸟爪子上的短骨，还有半块猛禽喙骨，是一只小鹰或小隼的骨头。她把骨头都收回去，放在一个铁罐里，对我说为卫生起见下次用午餐盒之前要清洗干净。

她最为人称道的发现是一只年轻短尾猫的犬齿。那颗犬齿如瓷器一般光滑。因为出自年轻的动物，上面几乎没有任何磨损。它有三十多万年的历史。凯特像捧着宝石一样把它带过来，再三打开给我看。因为要送到博物馆，她很失望，因为要过很多年这颗犬牙才有可能被展示出来。"我觉得不该他们拿着，"她沮丧地说，"应该我拿着。我会仔细照管好，你知道我会照管好的。"

我告诉她这颗犬齿很重要，告诉她每块骨头都是一条线索，而这个——一颗食肉动物的牙齿，是最为重要的东西之一。我结结巴巴不知说什么好，寻找着合乎逻辑的道理让她感觉不那么糟。但是我相信她。博物馆到现在为止已经有很多牙齿骨骼了。这颗犬牙要交给一个叫伊莱恩·安德森的女士，她是丹佛博物馆的研究助理，有时兼任馆长的职务。她应该是凯特上交犬齿的一个很好理由。

"伊莱恩会代你照管这颗犬齿。"我说。

凯特看着那颗牙齿，嘴噘了起来。

伊莱恩和凯特几乎没什么区别，只不过伊莱恩四十四岁，年龄令她显得更柔和、更丰满些。她的身体从脊椎中部开始略微弓起，对于一个大半生都在洞中挖掘、一丝不苟地挑拣碎小骨头的人来说，身体便是这样弯下去的。伊莱恩和我坐在野外营地，就在帆布棚外。已是黄昏，亮光将北边的乌云围出一圈花边。她打开一个标着"包起来的好东西"的铁罐。她要绕开博物馆，把里面的东西带回家。她会在自己的厨房里把它们洗干净，放在桌子上晾干。她的猫，她说，会看管着这些骨头。她从铁罐里掏出一个白色薄绢包着的东西，慢慢地打开。是一只雪貂的下颌，保存得异常完好。她笑着递给我。裂齿摸上去仍很锋利，像山脊一样排列着，有着锯齿状的突起和洼陷。

"它们与啮齿动物非常不同，"她说，"食肉动物是一类很独特的动物，你可以很清楚地看出来。"

她是个食肉动物专家。在世界级的专家中，她代表着食肉动物考古学方面的顶尖智慧。作为富布赖特奖学金的获得者，她在芬兰首都赫尔辛基拿到博士学位，博士论文题为《貂属的第四纪进化》。她与现今已故的比约恩·库尔登[1]共同撰写了《北美的更新世哺乳动物》，

---

1. Björn Kurtén，1924—1988，芬兰人，脊椎动物古生物学家。

恐怕她是研究此类课题的人中最博学的了。谈起那些没有多少食肉动物骸骨的洞室，她说："太可怕了，那些啮齿动物。"然后几乎都要噘起嘴来。她在黄石公园夏季班教授熊和狼的知识，在科罗拉多教授哺乳动物骨科学。

伊莱恩温柔的声音能够让你从狂乱的恐慌中安静下来。她悉心对待每一样东西。给她一颗牙齿，一颗啮齿动物的牙齿，即便她对啮齿动物不怎么感兴趣，即便看过更多这类他人都无法计数的牙齿，她还是会用两只手指夹起，举到眼睛前方的某个位置。她会微笑起来，仿佛发现了一样新东西。"嗯。土拨鼠的门牙。上齿。"她会这么说。我本以为这样有经验的女性不用放下自己手头的工作，凭感觉，快速捏一下，大体判断出来即可。而伊莱恩总有时间分给每一样事物，即便那是啮齿动物的牙齿。她不是那种忙碌不堪的科学家。她会举起最微小的碎片（3毫米的长度），然后精确地判断出那是什么。那也许是一只幼年豪猪断裂的尺骨。她会看得出来。这个山洞中七千个类别的标本，一个类别有时有一百个肢骨都经过了她的双手。

在这里她受到大家的尊敬，威信很高，所有未知的文物都会拿给她看。在岩洞工作的地质学家和考古学家中，她是个有名望的人，然而她却总是带着老祖母的慈祥神态。她带来几大包自己做的甜饼干，每次午饭歇息时都和大家一起分享。在户外的细分筛旁，她戴着宽边帽子，穿着一件淡色的格子衬衫，袖口扣着。当我们聊天，向彼此展示骨头的时候，都会坐在地上。她跟我说起墨西哥西南部的一个地方，在那里最近出土了一颗人类的牙齿，有同事对上面的珐琅质进行了年代推断，认为这颗牙齿有一万八千年之久。看我投来质疑的目光，她只是带着那模糊而秘密的微笑点点头，似乎在对我说，她也满心类似的惊讶。这个新的日期，在官方公布出来以后，将会对北美的人类学历史产生重大影响。

很多人带来了折叠椅，便于在空闲的晚上交谈、吃饭。他们经过我们身边，会主动让出自己的座椅。"您怎么能在地上坐那么久？"有人问伊莱恩。"来，还是坐我的椅子吧。"有人这样劝她。伊莱恩用眼角的余光看看我，偷偷笑了笑。"大家应该学着经常在地上坐坐。"她小声说。她的童年是在科罗拉多莱德维尔以外的田纳西山口度过的，她的父亲在那里开了个伐木场。她早已学会如何坐在地上。她说古生物学者们变得越来越娇弱了。

这时凯特带着她的短尾猫牙齿来了，她把那颗犬齿攥了一整天。她要尽可能长时间地攥在手里。把那颗精心包装在纸巾中的牙齿递给伊莱恩时，凯特的眼睛盯着地面。伊莱恩慢慢地点点头，明白这个女孩子所做出的牺牲。"谢谢你。"她说，不是说给其他任何人，不是针对那只短尾猫、山洞，或是听力范围内的我们，而只是说给凯特。

在身后的营火旁，有人在铁质的汤罐里煮着负鼠头。他用一根树枝拨弄着，让它在水中来回地翻动。他在出东海岸的路上发现了这个生物，让他的两个孩子失望的是，他一直把负鼠拴在车顶。在死亡那种湿热而腐坏的气味散尽后，他便可以有一个干净的头盖骨。这就是科学家。

第二天下午我在洞外，置身于滤网和筛子扬起的尘土中。我从洞内出来晒会儿太阳，帮着做些整理出土碎物的单调工作。挖出的东西经过大小各异的滤网，筛掉表面的尘土，让它们的细节得以显露。我从中挑出骨头，一小时能挑出上百块。剩下的会装进口袋里，在上面标上：**1.6毫米滤网，天鹅绒室**。这些会在山下1600米左右的野外营地再次分整。我在其中一个滤网中发现一块骨头，差点当石头扔掉。我把它递给伊莱恩。我们戴着防尘面罩，系紧大头巾，还戴着护目镜。伊莱恩接过骨头，摘下护目镜。一抹黑泥像个强盗标志一样挂在她的脸上。她笑笑，从滤网另一边探身过来，紧紧地拥抱了我一下。新发现对每个人都意义重大，他们都从工作中抬起头来。那块骨头是麝牛的脚趾骨。

在岩洞里，我开始认为，巨石要比骆驼重要。我使出浑身力气要把那块大石头劈开。越是用力，露出的石头越多。现在已经露出了5米多长，略微斜向没入地面的地方。三天前它还完全不为人所知，我把它的顶部挖出来时，还以为用手就可以搬开。要是一块普通石头当然没问题，可现在它是一块巨型岩石。

在数千年前的一场大规模塌陷中，它随另一洞室的顶部坍塌下来，沿着通道滚落，压在了埋于地下的骆驼和其他动物上，从此便在这里停了下来。地层状况非常清楚。通过铲掉紧实的土壤，挖到这块巨石和它周围的大块石头，直到蓬松的填土（骆驼被压在另一层坍塌的石块下），你便可以历数岩洞里的变化。在这里我发现了土拨鼠的牙齿和腿骨。我顺着土层找到了骆驼的骨头，发现它们在同一水平线上。土拨鼠和骆驼是一起落到这里的。更多的土拨鼠骨头露了出来，我们挖出了它们那珠宝般弯曲的牙齿。四只土拨鼠……六只土拨鼠。

我们在巨石旁开了个会，讨论土拨鼠牙齿的问题。那个手里转着土拨鼠牙齿的人是唐·拉斯缪森，他是挖掘工作的组织者之一。1981年，发掘山洞后近一个世纪，他的儿子在这里发现了第一批骨头。唐擦去脸上的细尘，轻轻地摇着那些土拨鼠的牙，仿佛它们是骰子，在对他讲述着什么。他裹在自己的工作服里，兴奋中透着智慧。每当他发现什么，便会变得紧张起来，一边检查尸骨和周围落石的情况，一边讲着那种动物的故事。"这只骆驼是在寒冷的天气里落到这里的。"他说着，换换姿势找到一堆碎屑坐下。头灯的光束在洞室里起起落落，聚集到他拿着牙齿的双手上。

"土拨鼠完全是高海拔、寒冷山区动物。所以那应该是一只冰期的骆驼，长毛骆驼。那边有一个开口，这个开口至少有一万年了。骆驼很可能是在冰面上滑倒，而后跌到这里，死去。毫无疑问是冰期。"他说。

"哪个冰期？"我问。

"十七个冰期以前。其中一个。"

在岩洞时代掉进来的动物，绝大多数现在仍生活于北美洲的某些地区，在不断变化的气候间来回迁移。如果它们已经灭绝，有可能会随着时间的推移变成其他物种，把原来的躯壳留在这个洞中作为证据。北美的骆驼已经在这里灭绝了。在这个岩洞二百万年的时间跨度里，大约有九十个物种和骆驼一起在北美洲灭绝。它们中的大多数消失于两万五千年至一万一千年前。

骆驼骸骨首先出现于加利福尼亚，然后在艾伯塔[1]、亚利桑那州、怀俄明州、爱达荷州、墨西哥、内华达州、俄勒冈州、萨斯喀彻温[1]、犹他州、得克萨斯州和育空地区相继被发现。这种动物遍及西部，现在也出现在了科罗拉多州。

它的腿比现在的骆驼长20%，是高大的动物才有的。它上唇宽大，而且能活动，起着手的作用，用来获取食物。在过去一万到一万一千年间，它存活于这个地区。

骆驼洞室太小了，容不下所有人。大多数人在天鹅绒洞室和马克渗水坑处干活，这是骆驼洞室旁约8米外的另一个洞室，在一个竖坑之上，一片穹顶之下。从马克坑出土的骨头将那里变成了一个生产线。为了抑制飞尘，他们装了真空泵，外面连着一台发电机，一天不间断地进行滤筛操作。木头柱撑起新的洞室。在骆驼洞室，却很安静。即使只有近8米的距离，声音在各洞室传绕后到这里便几乎消失。巨石周围只能容下两个人，丹尼斯·霍普金斯和我。我们有一半的时间在某个位置上工作，彼此对着，空间只够我们趴在地上，头不能抬过肩胛骨，另一半的时间专门用来对付这块巨石。遭天谴的，我们有个工具，给它起名叫作"老大妈"。是一个两米长的铁棍，一端可以当大锤敲，另一端是刀刃。丹尼斯无法进到石头中间去。"递给我'老大妈'。"他说。

---

1. 加拿大西南部省份。
2. 加拿大西部省份。

丹尼斯是个天才，这一点毋庸置疑。当时他只有十七岁。两年前，在一场西部古代脊椎动物学家协会的会议上，他就化石鱼所谈的观点惊动了在场的绝大多数科学家。在野外营地上，他一直抱着一个胀鼓鼓的资料夹，里面的资料是关于科罗拉多城堡岩石附近植物化石的。晚饭后他便钻研起来，一直到光线渐暗，最后不得不放到一边。他不是随父母或朋友过来的。他是以丹佛自然与科学博物馆的雇员和志愿者的身份来的。我试着回忆自己十七岁的时候在做什么。中学。在沙漠中搭着一辆福特的便车坐在后座上。除此之外，几乎没了。

丹尼斯高个子，宽肩膀，笑起来很爽朗。实际上，他常常大笑，以至于究竟有多聪明倒显得不重要了。我们两个都自愿在营地做饭，每天一早便出发，沿着长而窄的沟渠一路走去，一起徒步回来。我们做炖菜，并品尝味道，给对方意见。我们一致认为炖菜味道不错，不需要再加什么了。我们在大锅旁用破纸板写上：**辣，但不太辣**。每天早上，丹尼斯和我一起走进岩洞。他问起我的生活，我便侃侃谈起有关河流和沙漠的故事。和他相比，我觉得自己像个荒野里的傻子，不过这一点我没有对他讲。有些人很出色，有些人更耀眼，没有办法。

我们一前一后进入岩洞，有时我们并不停在挖掘处，而是爬到里边的通道，穿过岩洞进入满是水晶的洞室，还有顶部呈拱形的一间，上面有钟乳石垂下来。我们一寸寸地进入越来越小的甬道，最后不得不有一个人退出来，头朝前挤到岩洞的尽头。在一个洞室里，我们停下来，关上头灯。那时我们都没说话。比睡梦还要黑暗。那里有一些虫子洞般的甬道，彼此交错，将岩壁弄得像个蜂窝，降至12米下凹凸不平的坑里，接着又通向相反方向的隧道。我们以胎儿一样的姿势转过弯道，膝盖磕碰着下巴，走出了洞穴。

最后丹尼斯和我回到骆驼洞室继续工作。我们用"老大妈"撬开石头，挖出很多土拨鼠的小骨头。这些骨头从我们手中送出后，要加工数次，然后清洗、整理，按物种识别出来，在标签上用墨汁写明相关信息。每一块骨头在博物馆都有一个归宿，绝大多数都会进入小型骨骼室，那是一个挤满小隔间的地下拱顶室，这三万三千件标本当中的一部分会聚集到密室里，在那里，男人和女人们默默地做着烦琐的工作。这些骨头偶尔会从贮藏处被取下，接受查阅和比较。博士生们来到这里，重新整理出线索，直到山洞中又揭开知识的另一篇章。

伊莱恩·安德森的办公桌夹在博物馆的木质陈列柜中。桌子在狭长房间的尽头，桌子上面每个裂缝都插着骨头，如马鹿茸角、大角羊犄角，还有巨大的股骨。桌子不远处有一个相当大的科迪亚克棕熊颅骨，来自阿拉斯加东南部，大小和装牛奶的板条箱一样。

我在一个星期三去了那里，收集一些信息。她的办公桌上堆满一堆堆纸张、罐子、书籍、颅骨，以及用塑料袋装着的动物下颌。唯一能看到的一块桌面便是她写字时用来放右手的那个狭小地方。

这些地方安静得出奇，是博物馆中谢绝参观的房间。它们有一股甲虫和破棉布的味道。抽屉里盛满了危地马拉大咬鹃，带着艳丽的羽毛；柜子里有一整只大象的骨架；食蚁兽的头骨、棕榈鬼鸮、海象象牙、鲸的椎骨、大猩猩眉毛浓重的头骨。一个个高4.5米的陈列柜，成排摆放开来。我在那里的时候，有两个年纪稍大的女人坐在桌子边，将标签系在麻雀腿上，有上百只填塞过的麻雀，非常多。像在岩洞中一样，外面的声音——千百个参观者的说话声、婴儿的哭闹声、来去的脚步声——都不会渗透进来。在几个角落里，偶尔会传来镊子在脊椎骨间翻找的当啷声和铅笔滑过纸面的沙沙声。

伊莱恩带我来到一个僻静的角落，打开一扇小铁门。她从里面拉出一个托板，朝一块颅骨示意了一下。我小心谨慎地把它拿起。这是一块中等大小的灰熊颅骨，年代久远。是一只雌性灰熊，头盖线不像雄性的那样明显。我看了一眼下方的身份卡，上面的字是手动打字机敲出的。

灰熊（Ursus arctos）

6840 F SN 1979 年 9 月 科内霍斯；纳瓦霍河上游

缺一只肩胛骨

最下面的检索卡上是一行用铅笔手写的字：
科罗拉多州最后一只被射杀的灰熊

我手握着头骨，凝视了片刻。然后我看着伊莱恩，她微微点点头。它在 1979 年被一伙玩弓猎的人猎杀，一个男人说他遭到了攻击，如果不射杀那只熊自己便会丧命。那只熊已经老了。一颗上犬牙正好从颌骨上露出了牙根，刺穿了头盖骨。它的身体已经进入关节炎晚期，那番情景都让人心痛得不忍心去看。脊柱已经长出钙质侧凸和骨刺，这在慢性关节炎中很常见。整个骨架都已经开始变形。

"这只熊没有攻击任何人,"伊莱恩说,她的声音听上去柔和而伤感,"它老了,行动慢了下来。"

弓猎手的故事也许不尽真实。他声称有激烈的攻击,而伊莱恩对我说,若干年后有人承认,那伙聚在一起玩弓猎的人遇到灰熊的时候,那只熊正在一片高秆草中搜寻食物。没有任何预示,它便被射杀了。它的牙齿已经磨成了光滑的球状。爪子已经变平。

我尽可能长时间地抱着这块颅骨,为杀死这只熊的人感到惋惜。不管哪种说法是真的,我为他深重的罪过感到惋惜。一个人关键的一个举动,便夺去了落基山南部的又一个物种。

然而,我要来看的,是一只狼的颅骨。那块颅骨在小型骨骼室。这里有从山洞中挖出的狼的最好标本:Canis edwardii[1],现已灭绝。像他们以前对我说的那样,颅骨眼窝后面有两个小洞,大小一样,差不多可以插进两根缝衣针。握在手上,可以清楚地看到那两个洞。丈量后发现,这两个洞的宽度是猎豹两个犬齿间的距离。几十万年前,这只狼和一只猎豹交锋过,从这两个洞愈合的情况来看,狼存活了下来。两个样本合而为一,故事就这样结束了。其他的一切都只是猜测和故事。

这只狼所留下的唯一有生命的东西便是它的种属。它的后继者是Canis rufus[2],现代红狼,一种在过去的几十年几近灭绝的动物,数量

---

1. 一种史前狼的拉丁文学名。
2. 红狼的拉丁文学名。

一度跌到了十七只。红狼现在仍处于物种消失的危险边缘，有近三百只。也许 Canis edwardii 进化成了红狼，然而如果红狼至此消失的话，那么五十万年的进化脉络便会至此结束。

咬到这只狼的猎豹，其宗系现在分散在世界各地。这种猫科动物，不仅是非洲大草原的一部分，也证明了自己是山洞周围地域的一分子，是科罗拉多的土著。

新大陆[1]上已知的最古老的猎豹出自得克萨斯州，有二百五十万年的历史，几乎比我们从山洞挖掘的猎豹还古老。那种猎豹的构造像是长着牙齿和肌肉的羽毛：又长又细的四肢骨骼，很轻的身体，小脑袋。同现代非洲猎豹相比，体格稍有不同，后部更强大。它的爪子可以完全缩回去，这一特点在如今的猎豹身上已经没有了。它是捕捉和追跑的混合型猫科动物，介于美洲狮和非洲猎豹之间。

最初，美洲猎豹的消失被认为只同美洲狮有关，然而美洲狮的化石显示，它从未超出过西半球。20 世纪 70 年代晚期，伯克利的考古学家丹尼尔·亚当斯坐在一堆骨骼中仔细察看，发现非洲猎豹和美洲猎豹的相似性并不是两个大陆上并行进化的巧合。实际上，它们确实是同一种动物。美洲猎豹和现存的美洲狮不过是现代猎豹的原始要素。在彻底察看了所有的骨骼、研究和一袋袋挖掘的泥土后，亚当斯得出结论说，美洲狮、美洲猎豹和非洲猎豹都来自同一地区。非洲猎豹的祖先宗系在北美洲。

---

1. 指美洲，位于西半球。

每天早上和丹尼斯一起走进山洞，似乎我应该寻找一下猎豹的踪迹。当我真的这么做了，当我想象着美洲猎豹瘦长的身体冲向四角的羚羊，当我摒弃掉长着黑色斑点的非洲猎豹形象，为它换上一袭虚构出来的皮毛，也许是像郊狼或美洲狮那样颜色更深、更单一的皮毛，我所看到的便是冰川的演化和迅速迁移的畜群和森林。这里的气候像它们所生成的天气那样笨重地掠过。在山洞自然封闭的三十万年前，各种气候止步交锋，阿拉斯加的草地被森林和沼泽吞没。五大湖区变得干燥起来，带来松树和硬木材的扩展，挤走了云杉林。科罗拉多的夏季变得更为干燥，冬季更为寒冷。在那漫长的进化之曲中，另一乐章开始了。

我们回到白云石处，那是一块古代海床的巨石，在哺乳动物以及恐龙出现之前就已经存在了。鹦鹉螺化石和角状珊瑚从洞顶垂下来。更新世相比之下并不算太久远。另外两个人从另一个角度进入这里，开始在骆驼洞室的上一层工作。他们也发现了土拨鼠的牙齿。在土拨鼠牙齿下面，他们挖出骆驼的部分脊柱，我们都挤到那个狭小的洞室去，把头灯打到脊柱上。洞室只有80厘米的高度，我们四个人在那里，蜷着，挤着，都挤歪了。你能听到每一次呼吸，感觉到每一次身体的挪动。仍然很静。骨骸在这里已经待了一百万年了。

我很早便离开了山洞，准备回营地吃饭，将器具堆在山洞入口，拍掉衣服上的尘土。丹尼斯加入一群地质学家中，顺着地层之间的界限，和他们一起沿着林木线向东南方向走去。我独自走下山，穿过一小片白杨林。狭长而荒凉的小山耸立在群山之上。我寻找着猎豹的踪迹，留意着骆驼跨越冰川的长腿步态。

我沿着一条流向营地的小溪走着。那是一条迂回低语的细小水流，在弯弯曲曲的栅栏下朝东蜿蜒前进，最终汇入阿肯色河。手伸到里面才15厘米便摸到了底部的卵石，快可以躺进去了。这条小溪曾经是一条大河，现在一步就可以跨过。巨大的水獭曾在这里游泳，比今天哪一条河里的水獭都要大，而现在这条小溪几乎没有一个名字。

我想象着这里的生命，想象着它们像风一样迎面向我吹来，摇曳着前方大概6米远的野草，将我的头发吹到背后，在我身后吹着，没有一丝停歇。以目的论来思考，认为此刻便是时间的终点，是完全错误的。风不会停止。地獭会变成红尾鹰，人会变成狼，冰川会消融，长满开着繁复黄花的干树丛。一只麻雀啪地从草地中飞起，吓了我一跳，我离它太近了。它在北边不足30厘米的地面落下，穿过委陵菜的花丛，落到了看不见的地方。

— Camelops hesternus —

骡 鹿

10月，猎手都进了深山。营火的炊烟从绿色峡谷中升起。一年中的这个时节，鹿群会因为冬天即将到来而去往地势较低的地区，开始迎接第一场霜冻，第一次飘雪，第一声步枪的回响。它们下山飘游，在山下的田野里成群结队，用潮湿的鼻子触碰着彼此，这些来自远方山谷的邻居聚在了寒冷的暮色中。

较年幼的雄鹿待在一起，像少年一样肩并肩地走着，茸角几乎碰上了，不过实际并没有。它们无法在秋季牧场的开阔地域掩盖自己，它们所做的一切都一目了然。发现大一点的雄鹿独自待着，我便觉得它们老了，也许，它们所获得的统治地位使它们除了扩张自己的领域外，就几乎不再留意其他事了。它们似乎偏执而易怒，咬着雌鹿的后臀让它们别挡道，而年轻的雄鹿则满怀期待地看着。

秋天是发情的季节,格斗时常爆发。有时茸角刚分枝的年轻雄鹿会突然离开,以挑战那些有两层甚至三层分枝的老雄鹿。它们在有雌鹿的田野里彼此挑衅。摆出战斗的架势,喘着粗气,用茸角将对方顶倒在地。我曾在10月一个没有月光的夜晚看到过这样一幕。当时我正驾车向南,突然两只雄鹿闯进了前照灯的灯光里。它们鹿角相扣,两头相抵,几乎触到了地面,推搡着彼此到了路中间。它们的蹄子砰砰地扬起尘土。我猛踩刹车,它们甚至都没看车头灯一眼。我的小儿子坐在后排车座上,我对他说,看,那两只雄鹿在打架呢。他把身体尽可能地从扣着安全带的车座上前倾,问我它们为什么要这么做。我说,这是一个叫作秋天的季节。两只鹿在这个时候打架是要看谁更强壮。儿子们想推倒父亲们。儿子隔着我的肩膀瞪着眼睛看着,惊住了。

那两只雄鹿移动得很快,将彼此一会儿向这儿推,一会儿向那儿推,像被弹弓射出一样越过马路,从前车灯灯光里消失了。它们继续在漆黑的夜晚格斗,在我的想象中,它们一直撕扯、搏斗着,像神一样,直到时间的尽头。

临近冬天,在清冷的傍晚,你会看到这样一幕。鹿群来到开阔的场地上生活后,在层层叠叠的山峦下睡觉、进食、格斗、交配。它们的数量发生了变化,有些被汽车撞死,在路面留下腐肉和一道道血痕;有些死在沟渠里,成堆的鹿腿露在外面;还有一些僵死在路当中。它们被卡车撞倒,司机下车来,看到前车灯被撞破,血迹斑斑,然后回到车中驾车离开,绕过那具还有体温的尸体。这些被撞死的鹿,眼睛看起来像蒙了灰的玻璃,天亮的时候,它们那洁白、富于曲线的体表便结满了霜。

在土路上开了二十年的车,我从没有撞到过骡鹿。当然,有些时候擦到过它们,不过是车门把手削去鹿尾巴上的一点毛,或是蹭伤了一只假蹄,但是我从未撞死过一只骡鹿。我的母亲撞死过一只,妻子也撞过。我所认识的每个人都撞到过骡鹿,有些人还撞过不止一次。我想也许是我比较幸运。鹿的"魔咒"。蹄类动物的运气。当我看到骡鹿接近路边时,我便透过风挡玻璃与它们说话,一只手离开方向盘,告诉它们先停下来,指引它们向左或是向右。这些没被察觉的手势每次都起了作用,鹿群躲开了我,而我则开始觉得自己战无不胜,是个会鹿语的人。

随着一只年轻雄鹿的出现,我的这种幸运消失了。在收割时日金灿灿的夕阳里,它从篱笆的另一边跳了出来。我用力急踩刹车,急迫地低声喊:"停下。"

雄鹿没有停下。车速太快,无法避开。我一路拉下刹车,卡车打着滑,摆尾横过碎石路。它不偏不倚就在我车头正中央,我看着它跃向空中。它正在逃跑,把自己全部的生命注入了这一跃,全身的肌肉为了逃命而紧缩。距离非常近,我想它的蹄子都能踹到引擎盖上了。有半秒钟的时间,我稍感宽慰,觉得我们只是轻轻擦过,差一点撞上。

随后是一声沉闷的重击。四只纤瘦的黑蹄子在空中回转,我的卡车猛地停止了。黄铜色的尘土在路面腾起。我的双手紧握着方向盘。我向前看看引擎盖,骡鹿曾在那个地方向后退开。继而它俯冲过路面,越过带刺钩的栅栏,落到另一边的草地上。同样,我仍感到宽慰,长吁了一口气。我想,那只鹿应该没事儿。

但是鹿倒在栅栏另一边后，只能羸弱地跛行。我闭上嘴，抿着双唇。离土路大约12米远的地方，它跌倒在齐肩高的草丛中。我的心沉了下去。从倒下的样子可以看出，它的身体损伤得相当严重，碎掉的骨头戳刺着内部的器官。刚才的应激反应是它最后的自卫，仅够支持它离开路面。

从卡车中我能看到雄鹿的呼吸很吃力，它几乎是在抽搐。我打开车门走出来。接下来的一星期，我想，草丛中的那个地方会聚满乌鸦，喜鹊也会落到那具尸体上，披着黑白相间的羽毛，翘着长长的尾巴，小丑一样。这只雄鹿到了冬天只剩下尸骨，郊狼会把它的肋骨撕成碎片，鹿角会裸露在白雪中。

我感到尴尬，不知道是应该回到车中开车离开还是应该正式道歉。我是否应该跳过栅栏，慢慢走过田野，将手靠近雄鹿起伏的心脏，解释说夕阳光线太刺眼了，自己想要匆忙赶到城里？雄鹿回过头朝向我。它挺着头的样子，那样警觉，仿佛是在告诫我用不着带着歉意。它会重整旗鼓，竭尽最后一口气到另外一个可以安宁地死去的地方。

我没有越过栅栏，站在那里，看着雄鹿费力地呼吸。

一小群雌鹿经过那里。其中一只从鹿群里离开，来到这只倒下的雄鹿身边，站在它身旁。雌鹿低下头，黑鼻子几乎碰到了雄鹿的身体。而后雌鹿抬起头，在那里静静地站了很久，雄鹿的茸角在雌鹿身边抬起。它们两个都凝固在夕阳下，生与死的一切都在这个秋季的田野赤裸着。这太私密了。我回到车中，开车离开。

_ Odocoileus hemionus _

| 其他 |

海 公 鱼

加里早上打电话来,问我是否愿意与他一起去捕海公鱼,我说好。他说潮水大约会在中午退去,然后问我穿多大的鞋。我说十码,他说他有一条捕鱼穿的防水连靴裤应该合适,又说会在十一点钟来接我。

十一点半,我在加里家。他朝猪圈泼去一桶残羹剩饭,而后在车库里翻找捕鱼用具。"这个应该合适。"他说着把橡胶连靴裤抛到我的肩上。他从敞开的车窗将抄网塞进车内,抄网从两边的车窗各冒出近1米。我们开车时不得不偏到一边,以防撞上其他车辆、路标或是护栏。

我们来到胡安·德富卡海峡岸边,这里的海水夹在温哥华岛和华盛顿州之间。在海峡中捕海公鱼远不如在开阔的海洋里。不过没关系。我们坐在车中,面朝海峡,我的两膝间夹着白色提桶,后座上的连靴裤发散出什么东西死亡的味道。我们喝着啤酒，对着海水比画着。你在海边，总要说点关于海的什么，哪怕只是一句感叹的粗话。

加里有着深沉而游离的嗓音。他三十四五岁，目光深邃而机敏，身穿背带裤。他总是挂着吊裤带。孩子们在他身边时会抱住他，脸蛋儿紧贴着他，仿佛他是个熊妈妈。加里这个人，同他说话总会感到欣慰，就像终于吸入了一大口氧气。有一次我与他在电话里聊，在那之前已经好几个月没同他谈天了。谈的内容主要是他那只刚买不久重达200千克的母猪，以及它如何生下了六只健康的小猪。不，是七只。第七只，加里只给它起了名字的那只（具体是什么我忘了），被它的母亲压死了，或者说是憋死了，或者两者皆有。加里说那只母猪在自己最喜欢的就寝处休息。"我想要是你有200千克，坐到一个小猪仔上根本感觉不到什么。"他这么说。

加里看着我，啤酒搁在方向盘上，而后坚定地说："好吧……"

这表示我们应该放下啤酒，打开车门，取出渔网，去捕海公鱼了。潮汐在东双子河[1]汇入海峡的地方有一个缓慢的回转。由奥林匹克山渗出的水，从2400米的高处奔泻而下，流至此地，海公鱼会来此产卵。这里，河流将泥沙带至狭长的平原，海公鱼们会跳着"精子-鱼卵之舞"大量涌入，直到让我们抓住。我们走到岸边，身上系着肥大的橡胶连靴裤，像穿着睡裤。

潮汐在回转处迟迟不退。我们等待着，向前走几步，又被大浪打

---

1. 发源于美国华盛顿州奥林匹克山的一条河流。

回来。我们只好站在岸上，浑身湿透，喝着啤酒，看着一只带条纹的翠鸟。那只鸟在水面上盘旋。它离水面有6米高，正寻觅着游鱼。它在上空一定得做算术，减去因光的折射而造成的15度视差，测算出鱼闪动的点和实际位置之间的差距。它冲入水中，水面除了被钻出一个洞，其他什么迹象都没有。两分钟的时间内，那只翠鸟便拍着翅膀从水中飞出，用喙衔着鱼，而后飞进了森林。那是条海公鱼。

"出发！"加里喊着，肩上扛着抄网。他大步跨入水中，走到那只翠鸟扎下去的地方。我在他身后跟跄地跟着。他转回身，在飞溅的浪花中咧嘴笑笑。"它们一定会在这儿。潮水退了，它们随时都会游到这儿来。"

我们肩并肩地站着，把渔网浸入水中。渔网上有一根手工雕刻的雪松木杆，两边各有一个长方形的网。木杆用来把持，网用来进鱼。加里的祖父二十五年前做了这样一个东西，用单丝打出一个个结，这样海公鱼来产卵的时候便会挤进网中。

"这不像在大海里，"加里说着，吐了口唾沫，"在大海里它们发狂地往里钻。赶得巧了，捕鱼都能捕疯了。海鸥到处都是，紧跟着你和海公鱼。这里一点都不像在大海里。"

我没有在大海中捕过海公鱼，所以我相信他说的。他是两个儿子的父亲。他还是一个木匠，一个伐木工，一个法国殖民者的后裔，一个爱尔兰、德国、英国移民的后裔，一个斯科克米希印第安部落的后裔。关于海公鱼、海鸥和胡安·德富卡海峡，他比我知道得多。

两个小时，没有一条海公鱼。翠鸟在我们北边扎入水中，又在南边扎入水中,每次都带着海公鱼上来,每次我们都拖着肥大的连靴裤跟过去。"别管翠鸟了。"加里最后说,于是我们就把渔网留在原处。

我们站在那儿,一只海獭从水面露出脑袋后又翻了个跟头。隔着几丈远的距离,它观察着我们,硬硬的胡须从脸上弯下去。它卷起滑溜溜的尾巴扫了扫肚子。我把海獭指给加里看,加里把胳膊伸到水中脚边。他拿出一块圆石头,然后向海獭砸去。这让我很惊讶,但我什么也没说。他更了解这里。

"似乎我不该那么做。"加里看着我,知道我很惊讶。

我有些犹豫,几乎要说,我不会朝海獭扔石头的,但是我没说。

加里知道我在想什么。"我们在争同样的食物,"他说,"它会把海公鱼吓跑。它们看到海獭就不会到我们这儿来了。就是这样。"他用眼角的余光看我有什么样的反应。

加里是对的,或者他是错的。我们是动物。我们像海獭一样,会在肠胃里消化海公鱼肉,会翻跟头,会双手叉在胸前。我们像海公鱼一样,来到海边生存,受到惊吓便会四散逃开。我们把手指舔干净,困的时候睡觉,睡觉的时候做梦,和其他任何动物都一样。我们这种动物还占据着难以置信的巨大空间,比其他任何动物扔的石头都要多。有一刻我想加里已经不再想这事了。然后他耸耸肩,双手将木杆压得更低,好好握紧,说:"我也不知道。很难讲。"

我们都看着海,等待着海公鱼。

一阵波浪涌过来,和每一阵波浪一样。我站在那里,已经可以很熟练地将一阵波浪同下一阵波浪分开,冰凉的海水都溅入了连靴裤里。

渔网抽动了一下，在水中我看到了鱼的抽搐。加里把渔网拽出了水面。"来喽！"他在浪尖里喊着，我们把渔网拖到岸上。

路上丢了六条海公鱼，网上有个大洞，大概刚开始就失掉了十条。我们最终捕到了五条。它们很细，像尺子戳入了渔网，不超过18厘米长。瘦长的银色小鱼像圣诞节的装饰。它们挣扎着，带着电击般的痛苦拍打着。仅仅将手放在一条鱼身上，都像是触到了一根带电的、抽动的电线。它们并不是想跳出渔网逃生，而是拍击着沙滩生殖繁衍。在沙滩中，精子和卵子混合成了充足而丰饶的浓汤。海公鱼的精子乳白而富于黏性，随着海浪的冲刷滋润着闪闪发光的卵子。

雌海公鱼一次能产三万个卵子。同大多数海洋鱼类有浮力的卵子不同，海公鱼的卵子会沉到水底。十天的时间里，它们孵化出来后，幼鱼立即漂浮起来。它们赛跑着游向开阔的水面。肉眼几乎无法看到的幼鱼源源不断地向大海挺进，此时成年海公鱼则源源不断地向沙滩挺进。这是一个数字游戏。食物链远端上的大多数动物都参与其中。很少一部分会幸存下来，大约不到孵化总数的1/10，而孵化出的数量又只有受精数量的1/10。海公鱼逼着自己在这个世界上生存下来，以绝对的数量来克服进化过程中的困难。

那发狂般繁衍的天性牢牢地置于它们的身体之中。它们在从渔网落入海水的途中，繁衍也没有中断。被撒到岸边的也继续繁衍。加里、我及加里祖父的抄网，此刻都消失了。这里只有性。我抓起几条漏网的握在手里。它们的身体几近透明。你能看到里面那些发挥着作用的器官。从头盖骨往下到肋骨到连接头部和下颌的肌肉。晶莹的背部，嵌着泛绿的亮光。经水的折射，发散的光更远，这样翠鸟在潜水捕捉时就要三思一下。

我们把鱼倒进白色的提桶。它们将在木炭上被烧烤，和上玉米粉和柠檬汁油炸。最后被制成裹着卷心菜、辣椒酱和酸橙汁的墨西哥玉米鱼肉卷。我们的美食还包括硕大、多肉的太平洋牡蛎，礁石里撬出的贻贝，挖穴机从沙滩中拖出的象拔蚌。

既然我们已经捕到了海公鱼，嘴巴几乎都尝到了美味，我愿意再走远点，让冰凉的海水灌进连靴裤中。即便是牛仔裤湿透，水漫到连靴裤的膝盖处。我把渔网浸入波涛汹涌的大海。拉出一网鱼后，我像加里第一次示范给我的那样剥开渔网把鱼倒入桶中，然后向海峡深处走去。浪头高起来，将我击退，我奋力前进，双腿向波浪倾斜。加里身材比我魁梧，大浪打来时，他站在我的前面挡住浪头。海水在他身上击散，他向后退了几步。

在前浪退去后浪来临之前，沙滩上的交配乱成一团。主要靠的是运气。海公鱼争相游向岸边，在几秒钟的时间里身上带着什么就卸下什么，而后趁着还没搁浅迅速游回海中。这是所知的最为快速的性交。谁的卵子由谁的精子受精并不十分清楚，而且有时候雄海公鱼的数量大大超过雌海公鱼，以至于只有精子没有卵子。精子完全自由地同黏在沙滩上的任何卵子结合。雄性海公鱼游到陆地上的次数越多，繁衍后代的机会就越多，也就有越多的机会进入渔网。雌性海公鱼个头比雄性大出将近1厘米，这足以影响加里的渔网。很多雌海公鱼无法进入渔网，因此它们弹跳回去，而紧跟其后的雄海公鱼则突然陷入了网中。

捕鱼结束之际，五点半。我们的桶里装了二十五条鱼，绝大多数都是雄海公鱼。够好几餐的了，加里再次说这全然不像在大海中捕鱼。所以第二天我们就沿着泥路而下，走了16千米，来到大海边。加里在那里有一所住房，摇摇欲坠的屋子里，到处丢着渔网和从日本漂来的彩色玻璃球。房子在阿拉瓦海角和太平洋上的拱门点之间，那里有条小溪流入大海，是个捕鱼的好地方。

这次我当时的女朋友也去了。加里邀请了他弟弟，还有孩子们一路同行。到了路的尽头，我们买了野餐带到海滩。我们有两个网，一个在加里祖父的雪松木杆上，另一个在加里二十年前雕刻的紫杉木杆上。如加里所说，在海洋里捕鱼就是不一样。鱼群直冲向网中，在我的双腿间乱缠成一团。海鸥遍布沙滩，有的扑到水里。我们把鱼拉出来时，我不得不停下来，蹲下身重新结起加里祖父那个渔网的网结，把漏鱼的地方补好。

在浪潮碎成浪花之前，我能够看到琉璃般的潮水的里面，上百条鱼在舞动。浪潮带动着我，让我的双腿陷入沙中，抄网里满是海公鱼，不停地抖动着。鸟一样的海公鱼，闪着银光，向前猛冲。

我带着满满一网鱼上岸时，有几条扭动着滑落了出去。它们落进水中，游过我的双腿。它们像利刀一般攻向岸上。我把海公鱼从网里拾出，身上被喷满了鱼精和鱼卵。成千上万的鱼卵，珍珠白的颜色，针头般的大小。鱼卵挂到了胡子上，鱼精射到了胳膊肘。

几个小学四年级的男孩子在提桶边等着。他们是伐木工的儿子。他们庄严地走到渔网旁，攥住鱼头，将它们从网中摘出。那些不愿意出来的则被掰成两半。这些孩子像是加油站的员工，带着职业人员的认真劲儿。仿佛捞鱼会改变整个世界，仿佛是在做心脏搭桥手术，或是要砍倒一棵参天的古树。对他们来说是非常重要的工作。有些鱼跳到了沙滩上，孩子们便忙乱地把它们捡回桶中。

渔网里的鱼都倒出来后，孩子们拍拍我的腿，以激动而急躁的声音说，去吧。他们说得很快，语气坚定，而后将我推向大海。我转过身，把渔网扛在肩膀上，缓慢地向海浪走去。海公鱼猛击着我的腿，拍着跳着上了岸。

随后有人开口，语气痛苦而迟疑，嗓子几乎压到了最低。谁说的并不重要。

"我们要把所有这些鱼捯饬一遍啊。"

朝桶里瞥一眼，你便不想再多要一条海公鱼。你希望渔网空着，你只想站在海中，听凭浪潮的力量扭摆着你的腰。

桶已经满了三分之二，大概有200条海公鱼。与胡安·德富卡海峡的25条完全不同，一旦你想到要捯饬200条海公鱼，就该罢手了。你想到要剪掉它们的头，胳膊上沾满血，流到卷起的袖子上。想到磨石，想到要在上面把小刀磨上多次才能捯饬完所有鱼，想到要除去内脏，满桶的鱼头和肠子，熏得你不得不在干活儿的几个小时里不停地去开内脏的玩笑，免得自己呕吐出来。这些内脏会被倒进猪圈，那些猪会像吃蛋糕一样狼吞虎咽地吃起来。

也许可以再捕几网，等完全满了再把渔网从海中拖出。然而，有人说出了那句话后，算是捕完了。孩子们在桶边，他们很累了，但已经从渔网里捞出了足够多的海公鱼。

　　加里不停地对我说他必须要停下了,但是他再次走向海中。我发现他只是站在那儿。他的渔网已被鱼撑破,都兜不住鱼了。他也不想再走入大海。他站在潮水中,直直地看着大海,双手握着雪松木杆。在他的腿间游动的是来来往往穿梭着的生殖与繁衍的一群。海公鱼抽打着我们的腿肚子,我们立身于生命的创造之中。这是一场无法退减的潮汐,完美而极致。

　　"每天都适合干一件事,"加里隔着老远冲我喊,"今天捕鱼不赖。"

— Hypomesus pretiosus —

豪 猪

我两只手在狗嘴里,扒着让它一直张开。它的牙抵着我的指关节。我的膝盖抵着它的侧腹,将它按在地上。

这只狗很小,只有几个月大,不过它正在长大起来。它有一处咬伤,肌肉很结实。那个人,狗的主人,手完全伸进狗嘴里,用手指在狗的舌头后面摸索着。

"该死的,在那儿,"他呻吟了一声,"我能摸到。"

狗尖叫起来。有四只手在嘴里,它也只能这样了。它呜咽着,狂吠着,哭喊着,我用膝盖将它按住。

"摸到了,摸到了,"他说,"摸到了,就要……"他猛地一拔,那根豪猪的刚毛终于从狗嘴的顶部取出来了,就像把鱼钩从你的手掌里取出一样。狗浑身痉挛,尖叫不已。

我们放开它，我把手指从它的牙齿间退出，狗坐立起来。它伸出腿，呜咽着，用舌头舔着。是个顺从的姿势，是在寻找安慰。我们揉揉它的肚子，挠挠它的耳朵。七根刚毛最终都拔了出来。小狗都不知道发生了什么。

不仅仅是小狗，狗都想咬豪猪，即便是那些年老的狗也一样，尤其是如果它们从前没见过豪猪的话。豪猪是绝好的目标，行动缓慢，目标明显，只是浑身长满了刚毛。如果狗见到豪猪，咬在了它的刚毛上，那么他们从此便会对豪猪完全改观。豪猪的背上，有约三万根刚毛。每一根都带着倒刺，受害者的肌肉一收缩，刚毛便会扎得更深。又进15厘米，再进3厘米。随后进攻的动物便因为心脏和肺部扎入的"利剑"而死。

刚毛又被称为针毛，布满了网状的海绵，因此坚硬而轻便，并且一点也不绝缘。白色的毛杆，黑色的毛尖。曾经有豪猪研究者在抓豪猪的时候不慎让一根刚毛扎到了胳膊肘上。刚毛嵌入他的胳膊不见了。两天后，那根刚毛从他的前臂露出，离最初扎进去的地方很远，而且他发现这个东西挂在了夹克衫的袖子上。

豪猪杀死的远不仅仅是森林动物。1934年，有人吃下了豪猪肉。十二天后，他死在了医院里，因为一根刚毛从他胃内部戳穿了出来。

摸一摸刚毛，你就会发现，沿着一个方向它很顺滑，而沿着另一个方向则很粗糙。在电子显微镜下，它呈现出很多层叠的、向下的薄片，尖头稍微上翘，这足以让它成为强大的可憎之物。

而豪猪自身，温柔的眼睛，短粗的鼻子，扬扬自得，镇定自若，仿佛自己背上没有那么凶猛，那么暴力。这是性格中的一种矛盾。我很少见有豪猪因激动而改变自己步速的。它转过身信步走去，刚毛竖了起来。再简单不过，离豪猪远一点，就没什么可担心的了。

我住在这森林中，追着豪猪到处跑只是想满足看着它们跑的愿望。让它们加快速度很难，但是一旦它们最后快起来了，便会呈现出径直的步态，让它们看上去像又矮又胖的人在竭力慢跑。当它们沿着最近的树向上爬时，针毛便嘎啦啦地刮擦着树皮，像是软百叶窗在敞开的、有风的窗口抖动。它们尽管行动迟缓、垂头丧气，却是出色的攀爬者。它们用与海狸一样扁平的尾巴撑住树干，用那矮小的、钝钝的尾巴针毛所产生的摩擦力支撑住自己，向上爬去。它们的脚掌的质地类似塑料防滑鞋底。

春天，住在我帐篷附近的豪猪生活在白杨林中，每年那里的蓝莓都长得很好。豪猪啃咬着白杨的嫩树皮，用它那尖利、弯曲的爪子侍弄着树枝。每次我靠近它，四肢着地爬到它面前，鼻子凑过去，都快碰上了，它仍然很镇定。

它看上去像个拖把，像一捆黄松松针，像一个移动的发型。要找到有两只黑眼睛的前端，着实需要点时间。泰迪熊的眼睛，短鼻子。一点都不在乎的样子，就那么待在那儿，看着我一点点爬近。它们不会像有些人担心的那样射出刚毛来。刚毛在冲突中会松动，粘到进攻者的皮肤上，但这些刚毛不会隔着森林朝你射过来。我进一步靠近，双手托着下巴，看着豪猪。如果我能够永远这么镇定，我想，如果我能够永远趴在一棵倒下的白杨树旁，永远这么安静，那我会了解到些东西的。彼得·布鲁·克劳德[1]曾写道:"豪猪夜间行动时,不会转过头看看而后说:'啊,没错,我身上有刚毛。'它知道自己有什么。"

有食肉动物已经同眼前这只豪猪较量过,已经进行过唯一可能的一种攻击。豪猪的面部没有刚毛,有动物在它鼻子部位咬了一口。时间不是很长,也许只有一个星期。它的鼻子旁边有一道伤疤,几乎伸到眼睛,正在慢慢地恢复,有少量坏疽的皮肤耷拉着。通常应该是个小型食肉动物——也许是只郊狼,能够避过刚毛攻击,袭击到豪猪的面部。大型食肉动物,像美洲狮和熊,一定会和刚毛斗成一团,它们体积太大,无法攻击那么小的区域。

不管是什么动物,总之咬得豪猪不轻。不过豪猪的背上有一片裸露。也许有一百根刚毛脱落了。那只食肉动物可能已经死了,或者现在仍在森林中,无情地咀嚼着自己身上的肉。

豪猪低着头,靠在爪子上休息。我忽然很想给它起个名字:"伤疤脸",或是类似这样的名字。不过我在它面前估计已经够打扰的了,所以就不再给它添什么蠢名字了。它一定对我很不放心。这里的人开枪打豪猪主要是因为它们乱吃东西。它们能吃掉你留在外面的任何东西,汽车轮胎、胶合板、帆布罩、前门。它们那长得不同寻常的消化道几乎能消化任何东西。我每天都会去看它,有时只是走过白杨林,看看它的外形。

风自西方吹来,一直很猛烈。春天的风就是这样。很多白杨被吹倒,

---

1. Peter Blue Cloud,1935—2011,莫霍克诗人、民俗学家。

我必须将其中一棵从乡村土路上拖开，好开车进城。每天西风吹得白杨林混乱不堪，像一株株野芦苇，弯曲，摇摆，竖起。我在下午来到树林，那时正是风最大的时候。豪猪不在那里。它走了，也许是去了另一个树林。我想它大概厌倦了我每日的造访，或者它去找配偶了。

我总以为豪猪的交配会是一番凌乱的场景，充满了危险和疼痛。相反，它们的交配很雅致。豪猪可以轻易地将性交姿势保持一整天，不像大多数动物，几分钟就完成了期盼已久的交配。首先是一个摩擦鼻子而后求爱的过程，它们立起前腿，碰着鼻子。雄性随后上前，倚在雌性尾巴下面，雌性的尾巴翘起，下面非常柔软，而后会有呜咽声和柔和的啸叫声。这种状态会在整整一天内接连反复。它们做什么事都耗时漫长。妊娠期超过二百天，跟它的体积相比，这个时间很长。这一持久的孕期最终带来了一只小豪猪。小豪猪的刚毛在出生的第二天便硬直起来。接下来的四个月用以哺乳，又是一个异常漫长的时期。

我往回走去，尽力想象一对针垫交配的样子，忽然抬头看到那只豪猪悬在我的头上。在白杨树上约9米高的地方，它楔在树杈之间。杨树枝叶翻飞，像风中的风筝。白杨生长起来就容易弯曲。它们修长而敏感的枝干有硬质橡胶一样的稠度，树皮如同皮肤一样柔韧。这次，豪猪同样无所畏惧。它稳稳倚在树枝间，在风中，它的腿甚至还在无动于衷地荡来荡去。分开的爪子像婴儿的手指。它在上方摇摆着向我致意。它眨眼了。

我向上喊它，对它说你好，问它今天过得怎么样。豪猪摇摆着，和大树缠在一起。它没有回答。一只豪猪一生的大部分时间都在树上度过。有一次，我滑雪到偏僻的地区，看到一棵树的树干上有一圈树皮被剥成碎屑。我在接下来的一分钟顺着被嚼碎的树枝和一些动物粪便向里摸进半米，然后看到一只豪猪正在上面过冬呢。

豪猪的身体对两件事特别在行：爬树和消化这些树。它身体将近 1/3 的重量都在消化器官上，这些器官能够分解树叶和树皮这样复杂的食物成分。豪猪大量时间都用以休息，或者处理它爬到树枝的末端采食到的树叶，这说明它明显缺乏动力。豪猪总是——至少是夏天——在花工夫填满肚皮。

我想到豪猪那儿去，看看在白杨树顶会是个什么样子。这个树林里的白杨有很多树杈，所以爬起来不是很困难。趁着树枝在风中弯下来，我的身体跟了上去。

我爬到了豪猪所在的高度，离它四五米。我隔着树枝喊它，问它有没有恐高症。"天哪，风很大，是不是？"豪猪没有动，因此我继续冲它说话。我不得不大喊，因为风让每一片树叶以最大的幅度拍动着，这里听上去如同瀑布。

西风长时间地吹着，整个树林都倒向东方。随后它松开爪子，树枝弹了回去。我不得不紧紧地抓着树，随着枝条在地面上勾勒出细长而平滑的弧线。虽然有刚才的动作和阵阵强风，但它在上面仍然姿态优美。大树不会突然动起来，牢牢固定在地面之上。我们前前后后摆来摆去——豪猪和我。现在那只动物躺在那儿，被完好地托在树杈之间。它的右前腿懒散地挂着，随树而动。我松开手，让指头放松，像一只豪猪一样思考。不去沉思，不要幻境。只是一动不动，一声不吭。我在那里待了一个小时。手一直握着很难受，我必须不停地换手。

不要被它们悠然地待在高高的树上这种假象所迷惑，它们可不是不怕死。豪猪确实会掉下树来，有的还会因此而摔死，有的则在树下落了一堆刚毛。对豪猪的尸体解剖表明，因为从树上坠落而受伤的现象很普遍，包括有一只豪猪身体里面永久性地扎入一根10厘米长的松树枝，树枝一直在它体内直至它死去。关于豪猪，真实的情况是，它们从树上摔落的次数比你想象的要多。这个恼人的习性由尤迪斯·洛兹发现，他对豪猪的了解恐怕比任何人都要多。

洛兹就是那个刚毛扎进了胳膊肘的研究者，一根刚毛从体内穿过，这种恐怖的外伤却没有引起任何感染，对此他禁不住感到好奇。事实上，刚毛在他皮肤里面时，他完全忘记了这回事，直到刚毛从另一个地方冒出来。之后他仔细察看豪猪的刚毛，发现刚毛表面覆盖着一层滑腻的脂肪酸。将脂肪酸放入气相色谱仪后，他进一步发现，刚毛表面大多地方裹着软脂酸，这种软脂酸是一种像盘尼西林一样有效的抗生素。通过典型的科学和假设逻辑，他推论：豪猪常从树上掉下。

为什么是含有抗生素的刚毛呢？你要刺杀敌人，但要先给刀消毒，这并不符合情理。答案并不在于扎入了豪猪刚毛的郊狼口鼻是否会感染。洛兹知道豪猪很擅长脱掉刚毛，于是他便要开始搞明白，意外的自我伤残在豪猪中是否常见。他去了博物馆，研究了豪猪的骨骼标本。

洛兹在大约35%的豪猪骨骼中发现了痊愈的骨骼损伤情况。为了确定这一点，他察看了其他动物。10%的浣熊有类似的损伤，7%的土拨鼠有类似状况。豪猪，看来很擅长让自己受伤。作为著名的爬树专家，同时又是著名的傻瓜，它们一定会在跌落的时候摔裂自己的骨头，因此刚毛裹有抗生素。如果你从 9 米高的树上摔下来，必然问题多多。如果你幸存下来，当然不希望因为扎到自己的刚毛感染而死。

大树弯得像大提琴的琴弦。豪猪时不时地动一动，抓抓自己的左眼。它几乎要四肢摊开，不过幅度不大。它把下巴倚在树枝的另一边。很多鸟雀飞来，一对蓝色知更鸟，一只扑动鴷，一只刘氏啄木鸟，还有一只红翅黑鹂。

太阳开始落下。风现在已冰冷，那只基本上丝毫未动的豪猪，我观察得也够久了。我差点要喊些什么，但是没有。豪猪继续待在树枝上。并非为了那可爱的生命。它只是待在那里，确信树枝不会让它掉下来。

我走回帐篷。红翅黑鹂朝我喋喋地叫着，在风中闪避开。野草刺着我的腿肚子。我的脚步现在非常慢，要到天黑以后才能到家，虽然帐篷就在旁边一个森林里。不过没关系。我继续慢慢走在风中，这恰好是我从豪猪那里学到的。

— Erethizon dorsatum —

螳 螂

和朋友、邻居们在一起聚餐,餐桌设在一片紫色苜蓿地中。这是一次史诗般的野餐,落基山脚下,夏日的阳光里,白色的餐巾,一瓶瓶葡萄酒。我们边吃边谈笑,一盘盘菜肴在我们中间串换,鸡油菌蘑菇、山羊奶酪拌薄荷叶、嫩羊羔。黑鹂以旋转的队形飞过。苍鹭在头顶上翱翔,下面的土地上,我们喝着霞多丽,继而是雷司令,之后是赤霞珠。[1] 我从未感到如此繁盛,大家在一起如此愉快。突然,我瞥见自己衬衫袖子上令人泄气的一幕。

一只螳螂停在我的胳膊肘上,长着钩刺的绿色镰刀向我伸过来。它侧过头来让脸正好对着我,仿佛是在对我进行快速评估,机械的昆

---

1. 霞多丽、雷司令和赤霞珠是几种葡萄酒的名字。

虫身体在四只纤细的腿上摇晃着。银质餐具的叮当声和旁人的说笑声在我的头脑中沉静下来，我转头窥视着那个手指般长度的食肉昆虫：一个死神派遣来的使者。

它那眼睛凸圆的绿色脑袋旋转着，像是装上了回转仪，不管我怎么移动胳膊，它总可以看着我，甚至盯着我的眼睛。所有的螳螂种类都有这种神秘的移动能力。它们可以将头旋转180度，从一侧歪到另一侧，这给它们增添了一层令人迷惑的幻象，似曾相识一般。它们带有一种怪异的熟悉感。

"你好。"我对袖子上的昆虫说。

螳螂鞠躬一样低了低脑袋，用它那由上千个小眼组成的复眼注视着我，不管它看到的是怎样一个我，至少是一个比它大几百倍的生物。拥有两只复眼，再加上与两只触角在位置上构成三角形的第三只单眼，它便可以区分形状和颜色。它能从蓝天下未修剪的苜蓿中辨认出我的形状、身上的电荷和信息素。至少在苍蝇身上，有人发现它的大脑可以将"注意力"集中到某一点。某种形式的知觉集中力让大脑可以处理一条狭小的信息，所以研究者能够精确地得知一只苍蝇在看什么。

昆虫左右对称的大脑，无论是从外形还是从功能上看，都像是海马体的微缩版，而海马体是人脑处理空间导航和记忆信息的中心。人脑的脑细胞数量是昆虫脑细胞数量的几十万倍，但是关键并不在于大小。昆虫脑细胞的设计同人脑不同，它能够压缩信息，同一时间内可以有更多数据传输。这些昆虫大脑功能的研究者近来发现了更高认知功能的迹象。昆虫纲，地球上最为多样化的一类生物，其大量反馈回路里都有复杂的神经系统参与,这一点是从前未曾预料的。发现这一点后,有研究者称自己以后再也不杀灭任何昆虫了。

螳螂可没有这种内疚。作为一个无脊椎下层社会的常住居民,外骨骼的螳螂从结构上讲是个真正的杀手。它依靠速度、刺钩和镰刀,而不是毒液或黏性网来制服并吞食猎物。它以绝大多数昆虫为食,也会捕食蝙蝠或小型啮齿类动物。在一个有记录的案例中,一只普通的螳螂从花下发起攻击,刺钩深深插入蜂鸟的胸膛,当即杀死了蜂鸟。它探身出来时仅用一只前腿的刺钩钩着蜂鸟,而后用剪刀般的大颚将猎物开膛破肚。

我从来不会把一只螳螂在几何形体上的效率不当回事,也从来不会把它像苍蝇、蚂蚁一样赶开。眼前的这只将我锁定在对视中。它眼睛的那层光泽没有透露任何信息,像一层面具。看着空中它那带着倒钩的前腿,我感到或多或少处于其控制之下,大脑中最原始部分里的刺痛感告诉我要保持绝对的静止。我不知道自己这么做是因为对它的机械构造着迷还是因为实际上内心感到害怕。我瞪回去,被它无情的凝视、识别的神态所镇住。

希腊语中,"mantes"——螳螂的词源——意思是"先知"或"占卜者",考虑到有些研究者相信昆虫的大脑处于我们所知意识的根源,这很能说明问题。螳螂夹紧的前腿一般都竖起合拢,仿佛是在祈祷,这让它成为神圣的雇佣兵,一个捕食生物的"神谕使者"。螳螂的种类超过两千种,无论哪种,都是瘦长的食肉者,大的有手掌大小,小的还没订书钉大。绿巨螳螂的"头巾"像眼镜蛇,"披风"是绿色的,带着纹路,有树叶一样的光泽,所以捕食它的动物无法将它辨别出来——"披风"还可以在它享受自己的猎物时打消鸟雀或爬行动物对可疑动静的注意。美国中部的枯叶螳螂看上去像干枯的树皮或落叶,钉头锤一样的脑袋高高抬起,眼睛形似长钉。它们什么都捕杀。雌性螳螂更是以在交配过程中扭断并吞下雄性而出名。一只断掉脑袋、身体被吃到腹部的雄螳螂会继续大无畏地受精,它的神经中枢仍旧传递着大脑断掉的点上发出的最后一点信息。这让我想起《叶隐》[1]中提及的——"即使武士的头颅被突然砍下,他也应该能够把握住余下的一个动作。如果变得像一个复仇的鬼魂,表现出极大的决断力,就算头被砍掉了,他也没有死。"

这个从头到脚如青草和树叶一样绿的小战士,追踪着我的每一个举动。我伸出手让它爬上来。它这么做了,很迅速,身体策略性地保持住平衡。它迅速离开我的手指,穿过手掌,来到我竖起的腕关节,这样它就离我的脸更近了。动作像快速进行的象棋比赛一样沉稳,每一步都精确权衡过。它离我的眼睛如此之近,我不得不屏住呼吸,害怕它突然向前猛刺,将我从椅子上翻倒,餐具哗啦落下,酒杯飞溅摔碎。

我的妻子坐在餐桌的另一侧,她伸过手来要看螳螂。我递给她。螳螂跑上她的胳膊,越过她的肩膀,钻进她的头发。周围的人都向后退缩,仿佛她身上爬了一只耗子。

她笑笑:"只是一只虫子而已。"

— Mantodea —

---

1. 日本武士道的经典著作。

响 尾 蛇

　　谁都可能被响尾蛇咬到。在科罗拉多河的下游，一个响尾蛇很多的地区，作为向导和野外教练，我们都是潜在的目标。穿着溯溪短裤和凉鞋，我们背起设备，扯开防水衣，频繁地暴露着自己的皮肤。从某种意义上讲，我倒是希望被咬的是自己，只是为了让响尾蛇不挡道，并且满足自己的好奇心。

　　然而，被咬的不是我，而是一个在几千米以外河流上游工作的朋友。他在夜间踩到了一条响尾蛇，那时沙漠很温暖，唯一的光线来自周围群星间微蓝的弱光。他穿着溯溪凉鞋，半秒的警告后，一条响尾蛇将指关节长的毒牙和大概 40 毫克毒液刺进他的脚背。毒液迅速流入他的细胞，立即开始从里向外侵蚀脚和腿。几分钟内，随着心跳将毒素带至全身，他的血管开始出现故障。那个时候我没有听到他的声音。

我只听到一只船在夜晚的河上独自驶过。消息在营地的帐篷和锅碗瓢盆间沸沸扬扬地传开，一支救援队迅速组成，我的朋友被迅速送到下游的接应处。在去最近医院的五小时路程中，我站着听那静谧而蜿蜒的河流。眺望着夜的穹隆，不知道在那艘离别的船上正发生着什么。

和其他向导一样，我总是在户外。我在沙漠中休假，将前一次漂流旅行剩下的水和食物带到这里，在高耸的仙人掌下搭起帐篷。有几次我差点踩上响尾蛇，脚下一有咝咝的声响身体便会立即跳开，还有几次差点坐到响尾蛇身上。另一次，在一个凉爽的清晨我尿在了一条响尾蛇上，当我注意到它盘在我脚边尘土中那带有保护色的身体时，已经太晚了。没有一条蛇曾震动空气警告我离开。似乎响尾蛇和我之间建立起了心照不宣的休战协定。我从未用石头砸过它们的脑袋，相应地，它们也没有神不知鬼不觉地冒出来咬我。有时它们甚至还显得彬彬有礼，发着很大的声响离开我脚下的路，将自己长长的、镶着马赛克一般的身体拖到最近的洞里或是岩缝中。我则慢慢避开，不跟随它们，在它们离开时也不会去试着触摸它们吱吱作响的尾巴——虽然有时候那确实很有诱惑力，躲躲闪闪，然后去感觉一条响尾蛇在手指间的拍打。我从未这么做过，最好还是离它们远远的。

无论我多么恭敬，仍然感觉自己是在沙漠的等候室中踱步，等着被叫到。总觉得早上穿起裤子时，一条裤腿的外面会突然冒出一个矛头形状的脑袋，拇指和食指之间的皮肤骤然剧痛起来，或是在泉水边俯身喝水时，后膝盖或是脖子旁侧猛然剧痛，没有注意到旁边还躺着一条毒蛇。那种恐惧不像是被灰熊撕成两半，或是被美洲豹拽上大树。

这是面对狙击手的恐惧，不知道什么地方会冒出一颗子弹，而响尾蛇发出的声响传来时，就已经太迟了。

被蛇咬到的朋友保住了性命。毒液不足以让他的心脏停止跳动，或是将他置于昏迷的状态，所以他一直保持清醒，在驶向接应处的船底躺着时紧咬着牙。手头上没有匹配的抗蛇毒素，没有办法，只能在伤口上方绑一块布条，寄希望于他不会在路上就死去。然后他被抬下船，经过颠簸的路途穿过沙漠，到达亚利桑那州的尤马，终于他躺在了医院的病床上，等待着毒液消退。使用抗蛇毒素是一个危险的程序，抗蛇毒素本身也会致命，所以医生们决定静坐观察，确保他的喉咙不会卡住。他只能等着毒素流出。

响尾蛇带来的远不止死亡。它的毒液是一堆高度进化的药物性蛋白质，这些蛋白质有很多滋补能力。响尾蛇的蛇毒因能够治疗某些癌症而出名，它穿透细胞壁的方法——像利牙一样使用锌原子透过细胞膜——同癌细胞在人体中游走的过程完全一样。使用这样的毒液所制造出的药物可以减少血液凝块，有效地刺激病人，使病人能够在短短几小时内恢复肢体和精神方面的能力。据说，有人将响尾蛇的毒液用于保健。但是这种东西不可轻视，剂量是个极易叛逆的平衡点，死亡随时都在等待。

几天后我见到了朋友，当然我想知道每一个细节。他告诉我，被蛇咬就像灼热的冰镐尖完全插进了骨头。他描述出毒液进入血管时那种沸烧的感觉，一层层的疼痛如何将他整个人摊开。他说我可以掀开盖在他身上的被单。我掀开一看，他的腿和脚都肿得可怕，像煤球一样黑。他的皮肤布满了爆竹般鼓胀的血管,看上去像是要从这样的肿胀里爆裂开。我看到他的眼睛斜向一边,隐藏起频繁的面部肌肉抽搐。

我冲他微笑着,盖上他面目全非的腿。我想这会让他成为一个更坚强的人。我满怀崇敬地说:"蛇做的药物。"

他明白我的意思,明白一条响尾蛇存于体内的滋味,他不自然地点点头,重复道:"蛇做的药物。"

…

多年以后我们都离开了那条河,转而做起了不同的工作,但是有几个又回到了这片沙漠中来。我们回到这里,在野地里组织起期盼已久的聚会。离我们一起工作的那段日子已经十年了,我们中的三个人又一起向墨西哥的索诺兰沙漠挺进。一天晚上,我们搭一个爬虫学家的车走了60多千米,经过满是沙砾的双向车道,进入没有月光的一片漆黑中。我们的计划是让爬虫学家把我们放在沙漠里,带上足够的水,然后自己走出沙漠。这么做纯粹就是为了放松娱乐。我们将要花上近两周的时间,走到沙漠另一边的一个小镇。

正当我们开着车的时候,一条盘卷的响尾蛇出现在前车灯的光线中,爬虫学家猛踩下刹车。他跳出车门,挥着一根长杆子,杆子的一头上有个网。我都不知道这网是从哪儿来的,好像一下子就从他胳膊下冒出来了。他没有丝毫停顿,立即把网撒在地上,单手麻利地伸了进去。握起的手上一块肌肉扭动了一下。像是从帽子里拽出一只兔子,他将科罗拉多沙漠角响尾蛇举到了前车灯下。他的拇指顶着蛇的头骨，食指铲在它的颌下。蛇的身子向后轻打，而后缠在了他的胳膊上。这条蛇不长，不到1米，但是活生生的。

看到这一切我一点准备也没有。我曾经从卡车里爬下来，观察过地上的蛇，在它面前蹲下来，隔着一段安全的距离看它的舌头在空气中甩动着。可是突然这个人手里就攥着一条响尾蛇，正从不足1米远的地方直视着它的眼睛。就像是直视着湿婆神[1]那钢铁般的凝视，一般人是不会这么做的。我向后退步，差点被自己的脚绊倒。

"哦。"我急促地说，这是我唯一能说出的词。

那条蛇已经开始发怒了。在它的尾巴尖上，一个琥珀色的振动器快速摇动着，发出了嗖嗖的响声。响环闪着光泽，一堆干燥的分节鳞片以每秒钟约六十次的速度震动着。它发出简单而醒目的消息：别碰我。

仿佛是在狂喜之中，爬虫学家陶醉地笑着自语："啊，它真漂亮。"

我不愿靠近，不敢相信没有危险，过了一会儿，走得近了些。我一动也不敢动，心脏在汗衫下怦怦直跳。

爬虫学家兴奋地转过响尾蛇矛头形状的脸，推到我面前。"看看它。"他说。

我把头缩回肩膀里。

"不了，谢谢。"我咕哝着。

"你看一看吧。"他坚持说。

---

1. 印度教的三大主神之一。

我整个身子都退到一旁，不过我还是照他说的盯着蛇看着。"没关系，"爬虫学家说，"我控制着它呢。"

握着就已经很不得了了，我这样想着。"控制着它"又意味着什么？我慢慢抬起头，一眼扫过角响尾蛇那愤怒的眼神。它的眼睛在剧烈地冒火，像玻璃球一样，里面点缀着粉尘的颜色，还有和身体相搭配的花纹。整条蛇是贫瘠乡土的颜色和质地。它的表情无法界定，那种一动不动的凝视下无法眨眼或是微笑。

角响尾蛇的头在爬虫学家的手中扭出了3毫米，足以让它张开嘴。我看着它嘴里粉红色枕头般柔软多肉的内壁，针孔般粗细却能吞下鸟蛋、蜥蜴和啮齿类动物的喉咙。作为一种本能反应，响尾蛇的那对毒牙向外龇着，细长，呈半透明状，如同玻璃做的缝衣针。它们看上去像是"小型外科武器"。我盯着那对尖牙，既说不出话，也动弹不得。

我们即将要在响尾蛇的国度开始一段漫长的征程，而眼前发生的这一幕让我感到很不舒服。在墨西哥的野外被响尾蛇咬到会是一件极悲惨的事情，直升机不会来这里救援。虽然我想成为有科学头脑的人，可我仍觉得我们是在给附近所有角响尾蛇传播恶意，这增加了我们的危险。我想让爬虫学家把蛇放下，但我无法这么做。我被"咒符"所镇住。那条蛇合上了嘴巴，我尽可能近地看着它沙砾色的眼睛。它的身体猛烈地扭动，尾巴吱吱地响，无法让自己获得自由。过了一分钟，爬虫学家从我面前退开，在我们之间找到一块空地，双手一推，把角响尾蛇释放到地面，不是把它扔出去，而是非常麻利地将它放开。蛇飞一样地跑开了。从我身边滑过时几乎都没碰着地面，动作优雅而迅速。

如此的运动力让其得名，它用身体在地面侧向滑行，像一根水做的绳子一样跑开。

除了只有一个肺以外，响尾蛇的身体构造差不多和所有脊椎动物一样，这其中也包括人类，只不过它们身体拉长了，红色圆珠状的心脏在香烟状的肝脏之上，接下来便是一团肠子和一对狭长的肾。蛇有几百对肋骨，而人只有十二对。肋骨和同等数量的椎骨相连，彼此之间有球窝式的关节，使得蛇能够自由地连接起整个身体。

那条蛇爬过沙漠，朝着我的一个同伴爬去——它并非有意，这一点我确信。它只是想摆脱握住它的人。我的同伴穿着凉鞋，没有动，虽然他很清楚，这种动物会通过面部的孔穴来感知热量，不会被静止的动物所欺骗。作为一个沙漠行者，同伴足够了解响尾蛇，像他这样赤着脚，跳着躲开会是一个更好的办法。但他像石头一样站在那里，就这样看着蛇爬过他的脚，快速滑过的鳞片擦过他的脚趾。运动的每一份增量都在它的控制之下，这条角响尾蛇飞快地穿过，从我们的白色头灯光下爬到了黑暗的沙漠中。

每个人都明显地松了一口气，肩膀放松下来，拳头松开。有人竟莫名地笑了起来。

我半开玩笑半认真地说："希望它不会来纠缠我们。"

...

爬虫学家在那里告别了我们。随着车尾灯光逐渐在远处暗淡下来，我们留下来的三人在星光中起程。没有人用头灯，我们让眼睛适应起黑暗。沙漠在面前展开，我们注视着地球的表层和远方的天空，数着落下去的星星。

被大风磨尖的黑色砾石躺在此起彼伏的沙丘上。我拖着脚向前走，肩上的水压得我头昏脑涨。我们各自埋头走路，肩膀引着我们向前，大口地呼气吸气，目光在星群中游离。一条响尾蛇的声音在我们之间的地面响起，突然我们都清醒过来，身体马上有了反应。我们看不到蛇，但是很清楚它在什么地方，于是围了上去。听起来是条小蛇，一条年轻的角响尾蛇。我们朝地面看着，什么也看不到，只有漆黑的土地发着咝咝的盛怒。

有人对它说："我们刚开始走，没什么可激动的。我们知道你在这儿。"

蛇的声响逐渐变小，然后停了下来。也许它是累了或是渴了，不愿意再耗费更多的能量，或者它仅仅是完成了自己的工作，现在安全了，已经镇住了那些踩到它身上行动迟缓的庞大动物。

我低头看着脚下安静下来的漆黑土地，我想它与周围每一块安静而漆黑的土地没有什么不同。它看上去就像一整片沙漠。谁知道这里有多少条响尾蛇呢？对此感到焦虑的话就不值了。我们转过身，继续前行，走进繁星中。

···

　　拂晓的最后一个小时,我从沙漠中一场长长的睡梦中醒来,从睡袋里爬出。晚上某个时候我们把淡水卸下时我把睡袋拿了出来。我们的营地看上去像是一堆瓦砾,废弃在绵延起伏的黄褐色沙丘中。一种空虚萦绕着我,占据了每一条地平线。现在没有风,只有一片静谧而苍白的天空。我站起身,光脚踩在细如食盐的沙子上。还没走三步,我便停在一片新鲜的脚印前,那是角响尾蛇留下的。我随着脚印看到身后的行李,发觉熟睡时一条响尾蛇从我脑袋旁边爬过。它留下了一片优雅而富有韵律的印迹,像是手写的什么东西。沙漠非常柔软,甚至显露出蛇腹上每一片光滑而宽阔的鳞片。我跨过痕迹,避免将它擦掉。随后又遇到了第二条角响尾蛇的印迹,然后是旁边的第三条,接着第四条和第五条交叉起来。

　　当第一抹光线出现时,响尾蛇们便会在沙丘间的洞孔和硬土层寻找庇护所,在那里它们躲避白天的高温。看上去好像它们整晚都不睡觉,把整个世界描画得鲜活起来,让大地平抹出各种形状,准备迎接太阳。我觉得它们的痕迹很美,但同时知道睡梦中有多少响尾蛇在忙碌后,内心也隐隐不安。我必须要小心才行。

　　太阳还未升起,我们收拾起东西,继续赶路,每个人都带了45千克重的淡水。光着脚是最省事儿的。没有靴子,我们可以更方便地在沙丘上滑行,不过大多数时候我们根本滑不动,而只能在行李的重压下缓慢行进。我们常常弯下身来休息,手掌按在膝盖上。白昼来临,太阳打破了地平线。

我们继续走着，直到高温将我们赶到唯一一片灌木树丛的阴凉处。我们静静地躺在那儿，我觉得我们是几只笨拙且辛酸的动物，而响尾蛇却可以在周围自由来去，不被察觉，行动起来只有摩擦的窃窃声响，脊椎骨彼此滚动，像碗里的玻璃弹子。角响尾蛇吃蜥蜴和更格卢鼠，尽可能地从自己的身体中汲取水分，而我们则要永无休止地苦苦驮着每一滴宝贵的水源。

风吹起。它开始灼烧着脸颊，我们举起双手，遮住薄纱一般的沙尘。风不停地吹，不捂住鼻子和嘴的话几乎无法呼吸。我们站起身，背上行李继续走。角响尾蛇的轨迹从沙丘间升起，飞绕在我们周围。

...

不同种类的响尾蛇会喷出不同的毒液。我知道一个在热带荒岛上被蛇咬到的人。他说他并没有感到意识清醒下的疼痛，而是饱受了二十四小时狂乱的噩梦般的幻觉之苦。在那些几乎遥无止境的时段中，他在脑海中看到自己的身体被撕裂开，仿佛陷入了一个囚禁身心的监狱。几乎无法与搭救他的同伴沟通，他只能听到话语的回声，这种情况一直持续到毒液消退下去。

很多被响尾蛇咬过的人都谈起过类似的梦，即便是在恢复健康很久以后。尤其是那些从严重咬伤中生还的人说，像是迷幻药物引起的幻觉重现，神秘而恐怖的幻象会持续几年，几十年，甚至是一生。这的确取决于响尾蛇的种类和毒液的剂量。

多数响尾蛇的血毒素都具有破坏组织血液的功能,它能够迅速破坏细胞机能,导致内出血;有些含有的主要是神经毒素,这种毒素能够渗入神经网,将重要器官一个接一个关闭;绝大多数响尾蛇既含有溶血毒素又含有神经毒素。100毫克西部菱斑响尾蛇的毒液可以置人于死地,而莫哈韦沙漠响尾蛇仅需要10毫克,角响尾蛇介于两者之间,第一口咬下去并不总是致命,但非常危险,并有致命的可能,而咬伤发生在几千米外没有道路的沙漠中时尤其如此。

我们赤着双脚在沙漠中跋涉,在行进的过程中,我思考着毒液的问题,打发着空闲。黄昏的时候,我思索着毒液进入体内可能产生的感觉,不知道那会不会封杀我的喉咙,我问自己——像从前无数次那样——我是否会紧张,还是会随口默念祷文让自己受惊的意识镇定下来。第二天黎明,我在大脑中排演着这一幕,想象着自己被蛇咬到,坐在地上,在沙漠中连续一两天扭曲、干呕。我想,经历过这些,自己会成为一个更坚强的人。但是我更希望在没有遭蛇咬的情况下成为一个更坚强的人。

午夜的时候,什么也看不到,只有繁星和同伴在远处走动的模糊轮廓,我感觉自己在方圆几千米的沙漠中散开。对响尾蛇的认知变成了一首歌,一阵鼓点。它变作了周围的每一样事物,与靛蓝的天空、如洗的沙漠、呼吸的律动无法分开。半是醒着,半是梦中,我听着自己仓促的脚步所发出的祷文。我不再害怕响尾蛇了,因为恐惧需要凝思,而此刻,后者已完全脱离了我的范畴。慢慢地,我感觉自己像要飞起来一样。双脚离开沙漠浮了起来。虽然行李仍像一块大石头一样绑在身上，我还是张开了双臂。它的重量逐渐从我身上滑落。我不再为重负而数星星。踏着沙地的双脚像是踩在空中的热气球上，将整个身体向上送。我几乎要笑起来，惊讶于这些年我从未学着像在梦里一样飞翔，每一步都毫不费力地滑行，像在月球上行走。

在纵深的沙漠中旅行时，我发现自己总时不时地期待有轻微的梦境般的幻觉。身上有给人以压迫感的重物，地形又绵延不绝，人会发现他清醒的意识悄悄地松弛下来。这种片段的唯一问题在于，事后我无法回想起到底哪一个才是幻觉：是我确实飞起来了的事实呢，还是我不可能飞的逻辑解释呢？

很像是沉入了那些被蛇咬的人所进入的类似梦境，我们向一个陡峭的沙丘爬去，三个人从沙丘侧面向上挺进，双手扎进沙砾堆起的小山，两脚扒着地面。呼吸急促，肺吃力地起伏着，我们一口气飞到了丘顶，落在了伸向星星的最高处。我们解下行李，随它们滚到一边。很长一段时间我们平躺着大喘着气，现在所做的已经可以让我们变得更坚强了，这一点我确定。

· · ·

最终我们走进了沙漠旁的一个墨西哥小镇。我们像蓬头垢面的流浪者，从沙漠中走出来，有些旁观者走到门口，看着我们经过街道。小镇上唯一一名警察从一个门廊大步迈出，急切地传唤我们离开了纯净的晨光。他把我们的证件看了个遍。我们不怎么在乎,头发乱蓬蓬的,还沾着沙子。他用西班牙语问我们从哪里来,我们用西班牙语回答了他。他不相信我们,又问了一遍。我们指了指那褪了色的米黄色地平线,解释说我们是群傻瓜,是群喜欢在荒芜的不毛之地行走的旅行者。他说沙漠里没有水源,有很多响尾蛇,没有人会从那里出来。我们不去辩解什么。我们等着他在那煤渣砖砌成的小屋里打开无线电,慢慢地对着一个黑麦克风重复我们的名字。

那个警察走出来,问了更多的问题。我们告诉了他各自的出生日期和出生地,他又回到了无线电前。他似乎确定我们心怀诡计,但没有丝毫证据。他再次出来,还给我们证件。他估摸着我们讲的是实话,我们的确是群傻瓜。

我们将行李背到了尘土飞扬的街上。第一辆汽车驶来,远远地就能听到声音,这时我们竖起了拇指[1]。一辆卡车停在面前,我们带着行李爬进了车厢,现在行李已经很轻了,里面的水所剩无几。卡车在一条长长的单行道上驶出了小镇,我们倚着车轮罩,热风吹到嘴里。看着沙漠从眼前掠过,我想警察完全有理由怀疑我们。没错,确实有诡计,也很简单:让步。我们光着脚在蛇的海洋里穿行,像是神秘主义者在赤红的炭火上行走,展示出一层层的自我,变得虚无,无足轻重。我们不是傻瓜。说自己是傻瓜,那是谎话。我们很清楚自己在做什么,那便是长时间、定量地摄取着"蛇药"。

---

1. 在美国和欧洲部分地区,竖起拇指表示希望搭车。

但是不瞒你说，我仍然在等候室里踱步，准备迎接自己被蛇咬到的那一天。这一想法只会让我的眼睛更加锐利，坐不会坐稳，站只踮脚尖。比起从前，我的惧怕没有丝毫减少，只能双膝跪地，不断地祈求蛇再多宽限我一天。

_ Crotalus _

海 狮

哦,海神努莉雅尤克
当你还是个被人遗弃的女婴
我们看着你淹没
你掉入了水中
当你抱住独木舟哭泣
我们砍掉了你的手指
你沉入大海,你的手指
变作了无数个海豹

亲爱的弃婴努莉雅尤克

请赐予我礼物……

——奈茨里克人[1]猎海豹时的咒语

在一个出奇凉爽的夜晚，我徒步来到一个无人居住的小岛的尽头，这片岛屿在下加利福尼亚[2]海岸边的沙漠之海上。一轮满月挂在天空的中央，宛如桌子上方的灯光，照亮了下面的一切，光线亮到足够人在一旁阅读。海浪奋力冲向岛屿，在坚硬的灰色岩石上四散开来。羽毛般的海水瀑布一般一层层扬到月光下，继而退去。我和着海浪的节拍，在海浪打过来的间隙踩着湿漉漉的冒着泡沫的礁石，等着下一波浪涛打过来，再下一波，而后向前迈步。这样身上才不会被打湿。我走到岛屿尽头的一块岩石上，尽量站到最边上。站在那里，我就像是一个乐队指挥面对着巨大帐篷里由海浪组成的乐队，月光照亮了身旁每一抹翻腾冒泡的浪花。

这个小岛——总共50多平方千米——躺在我身后我的视线之外。从我所在的有利地势上看去，仿佛我在海上遇了难。仿佛我从船尾跌落，或是失掉了独木舟，划着桨在狂风大浪里游着。我想象自己大喘着粗气，胳膊和腿不停地摆动，让自己浮在水面上。我想着，什么样的歌曲会

---

1. 因纽特人的一支，常猎海豹。
2. 墨西哥最北部的州，北面与美国加州接壤。

在溺水时于脑海中响起呢?

我眺望着海面,水中有一抹闪烁的月光。有东西在水中。浪头卷起又落下,我又看到了那个东西。那是一张小脸。从水下冒出,又不见了踪影。浪潮再一次退去,我瞥见了一个滑溜溜的黑脑袋。距离更近了,有四五米远,而且它一直盯着我看。有一刻它看上去像一个人,又不大可能。我猜应该是只海狮。它消失在水中,又露出脑袋,距离更近了。一个浪头把它举到了视线的高度,那双亮晶晶的眼睛回应着我的凝视。这次它待得久了些,看着它,我再次变得如同在海上遇难一般,无法着陆。这时正好可以来一只海狮,我这么想着。它会用头顶起我的肚子,把我带到安全的地方吗?还是在远处好奇地围着我绕圈,看着我被淹死?

那只海狮溜出了我的视线。我再次寻找它,却找不到了。我从礁石边上退了回来。

我沿着一段裂开的礁石回到了岛上。海浪在两边铜钹一样撞击着礁石,我小心地跟着海浪的拍子,不想把自己弄湿。一阵无云的冷空气袭来,我,还有其他三个伙伴,困在了这里,离营地非常远。在岛上徒步一天后,我们几乎没剩下多少饮用水,也没有足够的衣物。我们由一条墨西哥渔船带到这个岛上,对方许诺说几周后来接我们。沙漠哄骗了我们。我们"宾至如归",在怡人的秋日夜晚挽起袖子。没料到沙漠的冬季来得如此迅速,冷飕飕的空气,猛烈的风,这个夜晚既没有睡袋,也没有暖和的帽子。面前长夜漫漫,身体有些轻微的低烧,恍恍惚惚,与其说是危险,倒不如说是不舒服。我出去散了会儿步,看看大海，消磨时间。

我回到我们临时的营地，那是紧挨在水面之上的一个岩洞，里面有一点摇曳的火光。岩洞在海湾旁的一弯峭壁之中，那里浪头柔和些，挡住了一些风。每个人都紧靠着漂流木生起的火堆，炭火铲成一堆。我走进岩洞，和他们蜷缩在一起，两个女性，一个男性。火堆周围是一堆蟹壳，刚才我们煮了一些小雪蟹吃了下去。

"海岬那边很壮观。"我说。

其他三个人抬头看看我。一整天的行走让他们眼神疲顿，准备面对今晚无法入眠的黑夜。我用手把木炭向火堆里凑了凑。

"我看到了一只海狮，"我说，"它离得很近。看上去很好奇。"

一阵静谧过后，一个人站了起来。他说要去海岬那边，然后便走了。一个小时后，他回到我们所堆的那个用以抵挡严寒的石洞。他说他也看到了，一个黑脑袋在月光中滑溜溜的。它没有发出任何声音，只是像个人似的盯着他看，就像刚才盯着我一样。

我们的火堆燃尽了，我出去多找些燃料，捡些树枝，在手中折断。我沿着高出一截的海岸线走着，下面是涨起的潮汐。海湾里的海水不是那么汹涌，但是浪仍然很大，冲刷着岸边坚硬的卵石。我搜寻着可以燃烧的碎屑，看着海水拍打着湾口的岬石。在那儿，我又看到了那只海狮。我刚发现它，它便从我的视线中消失，潜入了水中。几秒钟之后，它的脑袋在更近的位置冒了出来。海狮赶了一会儿海浪，然后潜入水中，只在水面留下一圈涟漪。当它再次出现时，与我不过一步之遥，注视着我。我站着没有动，手里拿着一些树枝木条，看向那双正盯着我的眼睛。

是同一只海狮，或者，至少我觉得应该是。圆圆的脑袋在海浪上方浮浮沉沉。它一副向往的模样，向前推进的方式仅够把头露出海面，观察着上面这另一番世界。它好奇的样子令我惊讶。我们似乎是彼此的镜子，一个长的是脚，另一个长的是鳍。

在地球所创造的一系列设计巧妙、肆无忌惮、麻烦棘手、内含胶质、机体脆弱的物种中，海狮和人类在身体方面的差别并不是那么显著。我们都是哺乳动物，在陆地上以胎生的方式繁殖后代，用乳汁养育幼仔。我们都有覆盖全身的毛发，即便这些毛发很短，变得更像是一层薄膜而非浓密的鬃毛。我们都无法在水下呼吸，潜水的话都必须屏住呼吸。不管是手脚还是鳍足，我们四肢的基本骨骼结构都一样。看到海狮的头盖骨，你会发现它像狗或熊之类的陆地动物那样有前凸的口鼻和压碎食物用的牙齿。

答案是，和它们共同拥有这种特征的是熊。追溯海狮的家系，生活于约两千五百万年前的它的祖先是一种类似于熊的动物。这种古代生活在沿海的食肉动物，自最早的哺乳动物出现以来就一直以各种形式居住在陆地上，后来转到了水中。它变成了捕鱼熊、潜水熊，也许起初是在潮水坑中寻找食物。它入水越来越深，演化出带蹼的爪子，附肢变短，陆地对它来说已退居其次，于是它需要减轻阻力，将身体驱入水中，头和脖子直挺向前，便于咬到鱼。它和陆地保持着联系，仍能够将自己拖到海岸上，在太阳下休息，在这里生育，不过，它基本上已经变为一种海洋动物。

在生物进化的神话里，我们倾向于认为动物都来自海洋，用粗短的鳍从水中爬上陆地，演变成更高级的生物。我们很少颠倒过来想。我们喜欢由左到右、由东向西地思考，而实际上物种会向任何可能的方向发展，分化至不同的种类和界域以适应环境。例如，有一群孤立生存的猪，最近便开始走上了水栖的道路。据观察，大约三百只生活在南太平洋托克劳群岛上的猪在浅珊瑚礁一带觅食。虽然这些猪尚未演化出任何明显的身体特征以适应这种活动，但它们看上去却是很出色的游泳健将。脑袋潜入水中，寻找着软体动物、海蜇蝓和鱼，如同圈养的猪在垃圾堆里拱寻一样，它们大部分时间都在潮水坑里蹚水。

另外一个陆地哺乳动物演化至水中的例子是"海绵羊"，它们在苏格兰海岸的褐藻生长区觅食。几个世纪以来，这些长脖颈、长腿的绵羊一直在冰冷的环礁和海湾中来回往返，从一片褐藻游到另一片褐藻时，散乱稀疏的皮毛看上去像是海上漂浮的碎屑。它们甚至还和灰海豹一起在海滩上休憩。

现在，在海中生活的所有哺乳动物最初都是从陆地上演化而来的。鲸很可能是从古新世时期有蹄的偶蹄目陆地哺乳动物演化而来，海牛类的海牛目哺乳动物和大象、土豚有着同样的祖先和陆栖根系，距今约有五千万年。海獭的演变距今时间最短，大约五百万年前由类似黄鼠狼的嫡亲转变而来，单独在水中捕食、交配。是什么促使了这样突然的转变呢？就鳍足类动物而言——鳍足的意思是"长着像鳍一样的脚"，适用于指称海狮、海豹和海象——很可能是由于三千六百万年前的气候变化令海洋变冷，改变了水流方向。冰冷而富含营养的海水开始沿着欧洲和北美的海岸涨起，在那里鳍足类动物首先出现在化石记录中。它们共同的类似熊的祖先一定是为了获取新的食料而开始游泳的，然后便待在了水中。

现在这只鳍足动物正在向后看，不知道这只孤独的海狮在浪涛中是否会记起几百万年前它与我（至少是我的一个早期版本）一起站在布满卵石的海边的情景。它在我面前逗留了一两分钟，盯着我的眼睛。我们做出了不同的选择，追寻起两种不同的生活。我再次觉得它像人，一个能够与我在这里相处融洽的人。

我认识你吗？我想着。你是我们中的一员，对不对？你是我们当中走进大海的那个。

我向前走了几步，那只海狮钻入了水下。连涟漪或水花都没有。

深夜里我们玩堆积游戏，我和同伴们都不让自己睡去，用最后的木柴耐心地拨弄着火堆。毕竟太冷了，没法睡。浪涛打上来，离我们仅有1米远，然后滚滚退去，拍打着卵石，让它们彼此碰撞。我们没想到浪潮来得如此之高，即便是在满月。

"它又出现了。"有人喊。

我从火堆上面抬眼看去，发现了那个脑袋和面庞，月光下的那只海狮。它离我们非常近，我能够辨出它的胡须，须尖上几滴海水闪闪发光。它的鼻孔张大又闭拢。前前后后它研究了我们一个多小时，总是瞬间出现又消失。

我仍蜷在火堆旁，远远地望着那只在水中敏捷而出色的海狮，游来游去，忽远忽近。我能够看到它的耳朵，脑袋两边回卷的那两圈肉皮。从动物学的角度来看，它完全没有必要在我们的火堆前停留这么久。它一定是好奇。我想它一定是像我们一样，受着热望的驱使。

　　我的思维在棉花般的睡与醒之间变得软绵绵的。每次我抬眼，总能看到那只海狮。我再次想象着自己是在海上遇难，船失事后漂流到一片布满岩石的无人居住的岛屿，而这只鳍足类动物对我来说是一条美人鱼，一个身披光滑海豹皮的塞尔克[1]少女。波浪把她带近，又带远，继而又更近，直到她来到岸边。海水从她的背上滚落，露出搁浅的身体。她待在岸上，胸部着地，鳍状肢伸出，像地面上的棕榈树一样。这不是体温过低所导致的幻觉，我看到的是真的。难怪我们会有居住在海里的人鱼故事。它们确实是真的。海狮的鼻子在两只月亮般闪亮的眼睛下朝我伸过来。

　　不过几个胳膊长的距离，它似乎因为我们中间那个小火焰架而呆立住。我想这只动物也许会摇摆到我们跟前，会把我们拱到一边，亲自看看那些燃烧的树枝，篝火灿烂的旋转舞，在一个每晚都漆黑一片的岛上，唯独今夜出现了这样一个费解的现象。我想象着如果这只动物是只甲虫或是蜥蜴，它早就会将我们归为他类，然后忙自己的事去了。然而，这只海狮却有着未解的疑问。愿意将自己暴露在礁石岸边，在这里逗留，在自己惊讶的边缘摇摆不定。一个浪涛在它身上打散，它像鳗鱼一样扭身转入退去的水层中。

---

1. 传说居住于苏格兰奥克尼郡和舍尔特兰岛附近海域中的海豹人，又称塞尔克人，他们外形与常人别无二致，但体外却长着一层光滑的海豹皮，使他们可以在水中自在地游泳。

我睡着了，脑袋向下点着，直到潮水灌进我们岩石间的避风所。水沫冲入灼烧着的火堆，将其变成一股股蒸汽和咝咝冒烟的灰烬。第二股潮水湮没了炭火，剩下黑乎乎的一团。我们带上随身器皿，趁着潮水还没有完全将我们挤到岩洞周围的峭壁上，沿着海岸跑出去。在黎明前空乏的暮色中，我们像野生的哺乳动物一样飞奔至沙漠，飞奔到它那干燥而坚硬的岩石上去。在岩洞从视线消失之前，我转过头寻找着黑脑袋和那双搜寻的眼睛。那只海狮不在那里，我怀疑自己是不是更高一级的动物，停留在自己所热爱的陆地上，而另外那一只却深吸一口气留在肺里，而后在海洋的穹隆中滑翔开去。

_ Pinnipedia _

红斑蟾蜍

夜是避难所。我赤裸着身子,这是这种高温下能睡觉的唯一办法。我平躺在一块砂岩土丘的腹地,没有月光的黑夜与这里相互呼应。头顶上是粉末一样的星星,还有红色的犹他岩,这是一整块岩石,有约 1500 米高,在我的背后一直延伸到远方的土地中。我的装备放在身边,里面是七天的储备。黑暗中没有风。我出着大汗。现在是凌晨三点,也许是四点。焦躁的梦断断续续地上演,随后我睁开眼爬起来,背着行李到沙漠更深处去。天空在东北方向有了呼吸,出现了光线。

黑暗中,我用手试探着,摸到了蝎子的巢穴,脆弱的沙土碎在了拳头里。为了避开白天 40 摄氏度以上的高温,我夜晚出发。通过砂岩中烟囱般紧窄的黑缝,拽着背上的行李,直到肌肉打战、大汗淋漓。随后我沿着尖塔般的砂岩的外沿行走,这在白天则不行,因为白天会看到垂直的深渊。我追随着一只豪猪夜间艰苦跋涉的抓痕。它向上爬到一个小峡谷中，然后把自己楔在了一个裂缝里。

现在我向着黎明走去，在太阳还没脱离地平线之前，我要尽可能走得远些。我挤过约120米高的鱼鳍状砂岩，爬到上面，穿过纳瓦霍砂岩柱之间的空地——这些砂岩是在约两亿年高龄的沙漠上酝酿出的沙丘，经过有约一千年历史的阿纳萨齐岩画，越过生长了约五百年的乱蓬蓬的杜松，还有郊狼在夜晚留下的脚印。

太阳出来了，我在空地上。现在气温已经到了三十七八摄氏度。我倚着行李坐下来，在阴凉里休息。身上没有汗，汗液在汇集到体表之前就已经蒸发完了。

一棵小三角叶杨出现在一个峡谷中。它的叶子分外鲜绿，有树便有水源。得来全不费工夫，此处的这个岩洞正好可以让祈祷灵验。我在地图上1372米的地方做上标记。这是一个深洞，一个月前的雨水聚集在这里。我仍记得那场雨，记得它如何让大峡谷水流一片，如何把泥沙冲到摩押城的街道。雨中的风很凉爽，像金缕梅的味道，我站在沙漠中张开双臂，让雨水落进嘴巴里。眼前的这片水池便是那一切过后剩下的东西，2.5米长，1米宽，半臂深。我把衣服放进去浸湿，然后把水拧在头上。我灌满了盛水的瓶子。这是一摊黑黝黝的水，水面聚满了水黾。沙漠的这部分地区很少有地点明确的蓄水池。下雨的时候没有较长的排水系统运送水源。峡谷地面沙子太多，雨水还没来得及聚集便渗到地下。只有这里，只有在这个裂隙里，才会有水存在。

太阳也来到了这里。我走开了，到东面去找一个可以待到夜晚的遮阳处。衣服早已干透。

我沿着悬崖和阶地走着，开始讨厌起自己来。开始看到实际上不存在的东西。关节因为高温和疲倦而极度紧张。我朝边缘外望去，看到那些峡谷的地面。沙漠明晃晃的，将一片片笔直的白光嵌入我的眼睛。天空没有美洲鹫的踪影，郊狼在隐蔽、阴凉的洞里睡着。这两种最顶尖的猎食者，捕食死去和将死的动物的清道夫，都在隐匿处。在一个峡谷的后部，我看到一道暗黑的地带，岩壁逐渐变窄，最后交织在一起。我走到边缘，斜着经过凹壁后便是阴凉。我拽出攀岩绳索，在腰间系牢，手指摸索着可以扒住的地方。我揉了揉眼睛，双眼因为盐渍而有些刺痛。

那棵独处的杜松可以做固定桩，我在它皮革般的树干上将扁带绕了一圈。用来固定扁带的水结打了很长时间。我必须一寸一寸地行进，同时不禁笑了一下，因为感觉这真是一个讽刺：水结。手指因为高温而肿胀，连扁带的绳环都很难握住。随着绳索穿过拉环，行李先下去，我也随着下去，打着旋进入峡谷中。我解下绳索后，热得无力再解身上的护具了。我沿着谷底走，装备在腰间发出铿锵的声响。一面墙靠着下一面墙。底部光线很暗。我的眼睛不再因为夏日的阳光而灼痛，清凉的空气聚集在这个地洞。我把头向后仰，这样下颌就可以下拉，空气便会让肺部的温度降下来。这是从渡鸦那里学来的小把戏，张开大嘴送出身体的热量。阳光不会照到这里，永远都不会。我一屁股坐在了沙子上，胳膊抵着清凉的岩石。

在我闭上眼睛，平稳地呼吸之时，听到有窸窣的声响。我把头背向沙漠。大概3米远的地方，在干枯的桃花心木树叶中间有一只小蟾蜍，正要从枯叶堆里出来。这里没有水,我知道。我看了一眼蟾蜍和我上方近百米的地方,直望到太阳下炽热的岩壁。这只蟾蜍一定是掉到了这里,或是从岩石中自然长成的。否则,这只动物不可能自己找到这个阴凉里来。

那只蟾蜍慢吞吞地向我走来。那是一只红斑蟾蜍,有我的拇指大小。我吃力地把头转过去,看着它的进程。那只蟾蜍像个爬行的婴儿,在落叶间笨拙地摸索着向前走。这个生来半在水中半在陆地的两栖动物,陆上行走并不灵活。

我很累,等不下去了。蟾蜍一个小时都到不了我这里。我闭着眼睛,听着那尖脆的、断断续续的树叶翻滚声,那是80千米内唯一的声音。我应该让自己起来,爬到它那里,仔细地观察一番。它找到这来似乎不太可能,但我实在动弹不得。我想到了地图,想着这片沙漠绵延辽阔,不管哪种形式的水都很少。在这里发现蟾蜍的概率很小。蟾蜍需要水,与大角羊或渡鸦的需求方式不太一样。一只爬行的蟾蜍附近必须有水。在悬崖和石头洼地的地形上,两个各储有半升水的水源之间会相距5千米到6千米。如果能在这里看到蟾蜍,那会是红斑蟾蜍,Bufo punctatus[1],这在西南部焦干的地域很常见。"Bufo"这个词本身听起来就像是蟾蜍,像手中一个又矮又胖的小东西。这便是眼前的,一只头等蟾蜍,在沙漠中懒散地闲逛着。

我说"在西南部很常见",是指数据平均值,即每25平方千米的

---

1. 红斑蟾蜍的拉丁文学名。

面积上约有一只14克重的蟾蜍。也就是说,这30千米内也许没有蟾蜍,但另外30千米内也许会有两只蟾蜍。蟾蜍不像蚬壳虾、划蟒或是蚊子等其他依赖水源的动物,它无法在两处相距甚远的水源间飞行或被风携带。它的脱水速度很快,一旦被困住,远离水源,则会在下午两三点变成一摊死去的皮袋。

如果它们行动及时,则会在皱缩之前挖洞钻入地下。在那里它们会进入干燥的夏眠状态,等待下一次雨水的到来,然后便可以钻出地面,生殖繁衍,继续挖洞。在地洞里一年后,它们的耐心便会耗竭,身体慢慢终止运转,然后便会死亡。如果它们没有及时接触到水源,便会变干,保存在沙子中,直到被暴露出来。一位北亚利桑那大学的考古学家说,他挖出过数只死去的蟾蜍,它们的洞穴就在废墟周围地下很浅的位置。

两个星期前的上一场雨将小型的洪水带到峡谷中,填满了相似的孔洞。或许是它们诱使这只蟾蜍爬出了地面。从那以后,到处都干涸了,只剩一些孤立的隐蔽处还有水源。我的头脑中出现了这样一幅地图,数千米的鳍状砂岩和绵延的沙丘,还有无水的峡谷。在那幅地图上有一只蟾蜍。我掰着指头算着可能性和概率,想着想着,慢慢睡着了。我最后想,一只蟾蜍如何能找到几千米内唯一可靠的阴凉。

黄昏时我找出器具,搭起一个帐篷,沿着过道走动。我找不到那只蟾蜍了。有很多翻移和堆砌的石头能把它藏起来。我在周围寻找着水源的迹象。有些岩缝中有一层薄薄的干苔藓。铁线蕨和小型碎米蕨从数个悬岩下伸出,湿气从岩石的底层渗出。一块巨石下面,生长着一种异常繁茂的鳞毛蕨。它是方圆几千米内最绿的东西，在这里出现很奇异。

即便是在受保护的沙漠泉眼边，你也看不到这么绿的蕨类植物。它的枝蔓像豌豆一样绿，醒目地从岩石上搭下来。这里没有水的踪迹，沙地上甚至没一点潮湿。当然，水在下面，由蕨类植物从砂岩深处吸收上来。这种蕨类植物是鳞毛蕨（俗名"绵马"），是一种和潮湿阴冷的森林，甚至沼泽联系在一起的植物，在半阴凉或是完全没有阳光的地方长势茂盛。顺着北方多山的沿线，它的生长地域拓展到犹他州，不会延伸至沙漠中。你很可能在峡谷深处发现浮夸的鹅膏菌菇，但是这里出现的是鳞毛蕨。

铁线蕨从岩缝里垂下来，像是对着众人招手的女人。它们适宜生长在干旱的地区。它们是 Adiantum capillus-veneris 和 A. modestum[1]，表皮呈蜡质，用来保存水分，它们的配子体可以在没有水源的情况下受精并生长，这是有性生殖物种难以企及的一种技能。绵马鳞毛蕨没有这种保护。要养绵马，你需要湿润的园艺护根以及少量光照。铁线蕨很难在家中生长，其岩质的生息场所加上一下一小时的倾盆大雨的生存条件远比一盆黑色仿沼泽的花土复杂得多。我让绵马的叶子从手指间拂过。它们像羽毛一样扫过，一片一片地垂下，直到整株又贴在了岩壁上。它的根扎入细腻的飞沙里。它不应该出现在这里。蟾蜍已经是"暗中黑枪"了，而这样的蕨类植物则完全违反了约定。把一百万

---

1. 两种铁线蕨类植物的拉丁文学名。

只猴子放在一百万台打字机前，它们也许能在这峡谷中打出一只蟾蜍。要是想再打出绵马，那按键都要交叉了。

在三百年前，科学会将蟾蜍和绵马的出现解释为自然发生。通过这种方法，那些突然或不可能出现的事例便得到了解释，比如蛆如何魔术般地扭动在切开的肉里，动物如何出现在偏僻的岛屿上。那是神的杰作。当遗传学、进化论、生殖和基本科学方法出现后，自然发生说作为一种理论便被抛弃。蟾蜍的存在本会归因为空气传播。重量很轻的蟾蜍卵随大雨降落。这种可能性，带有幻想色彩，已被断然否定。其他最有可能的理由（也是现代科学的关键），便是蟾蜍和蕨类植物的出现纯属偶然。它们来到这里，就像这片峡谷是个隐姓埋名的饲养箱。

我爬出峡谷，在岩石中一寸寸地向上挪移。热气毯子一般裹着沙漠，即便太阳已经落下，岩石仍然热得烫脚，它把太阳牢牢抓在自己贪婪的砂岩内室。大多数峡谷的地面在夜晚的第一时间黑了下来。除了三只渡鸦向峡谷深处飞去之外，再没有其他什么活物，无论是植物还是动物。我沿着一个鳍状砂岩的山脊走去，它远远地高过营地。从砂岩的这个位置看去，我能看到方圆大约5千米。在最后一抹蓝色的光线中，在满是石头的地平线上，更多的鳍状砂岩打破了砂岩庙宇般矗立在远方的轮廓线，给人以有限空间内承载的无限感。在渐暗的光影中，你可以在这里找到一切。我到这里来是为了漫步其中。背着绳索、器具和整瓶整瓶的淡水，我需要使出浑身的气力。那只红斑蟾蜍已经爬过了这段距离。它在一地枯叶和卵石中摸索着走过。凭着一张地形图以及某些地形如何在时间中形成的知识，我与蟾蜍找到了同一个目的地。

这便是我要过夜的地方。

太阳升起后的几个小时，我在岩洞里，睡在尽里面，肩膀紧挨着两面岩壁。我侧过身，感到头发里有东西在动。我摇摇脑袋，睁开眼睛，一只红斑蟾蜍掉到了沙地上。它背部着地，扭动着正过身来，然后跳着跑开了。个头很小，比我记得的要小。而且，1米开外，我又看到了另一只。

两只蟾蜍了。我肚子贴在地上，爬到它们后面。它们都呈浅灰褐色，并不鲜艳的红宝石般的斑点分散在背上。这里不止一只也在情理之中。否则，这片峡谷中蟾蜍的种群便会因形单影只或突然情况而结束。当我不再突然出现，它们便停下来，旋转着自己的身体，直到完全平摊到沙土中。

蟾蜍作为一种两栖动物，是第一种从约两亿五千万年前的原始海洋里游出来的动物，它蹒跚着来到陆地，从此结合起陆、海两种元素。"两栖"在希腊语中的意思是"双重生活"。对于红斑蟾蜍来说，这一物种离开了水，继续前行，将自己更湿漉的一半远远地抛在身后。

蟾蜍不会喝水，至少不是用嘴喝。把一只饥渴的蟾蜍扔进池塘，它会静止不动，这恰好是它取水的方式。蟾蜍皮肤上的沟壑、褶皱、皱纹被称为表皮刻纹，正是取水的地方。蟾蜍的表面像是团起来的碎布：很多碎布，而不是很多蟾蜍。它浸于水中皮肤的面积越大，"喝的水"就越多，水会从皮肤渗入，从蟾蜍的外层蜿蜒流过组织的波浪形脉络，最远可达到脊椎，然后进入整个身体。蟾蜍的供水系统既不通过肌肉运动也不通过化学分子重排，而是通过毛细管功能、分子内聚力、附着力和表面张力完成的。有个研究者拿手指在蟾蜍的背上涂了一圈油脂。他发现水在油脂圈停住了，无法进入蟾蜍体内，因为起作用的是水，而不是蟾蜍。

这里，峡谷底部，所储的水量恐怕连最敏感的仪器也很难发现。唯一能实际利用起水源迹象的动物便是红斑蟾蜍。它通过腹部和后腿之间一块平坦的"坐垫"找到水。"坐垫"将潮气带到皱缩的皮肤，然后身体便像海绵一样做出反应。在一个实验中，红斑蟾蜍被放置在浸满水的面巾纸上，一动不动，肚子压着吸水纸。再检查时，吸水纸已经完全干了。因此，红斑蟾蜍完全可以将自己固定在有潮气的沙土中，耐心地从砂岩里吸取水分。

有时，实验中的蟾蜍会跳起，用后腿挠挠"坐垫"，然后回到平面上。这个动作的作用是移掉那些被吸干的沙粒。蟾蜍再安顿下来时，它便可以趴在下一层地面上（有时是更深处的一颗沙粒上），那里还会有潮气。

另一群研究者在实验室将蟾蜍扔进了盛着盐水的碗中。盐水会加快脱水速度，对于生活在淡水中、用皮肤来喝水的两栖动物来说是危险的。研究者们发现，在盐分进入蟾蜍身体之前，蟾蜍重新作了激素上的调整，以迎接即将到来的盐性失衡。所以，蟾蜍的皮肤不仅仅是一种取水的工具，也是一种对化学成分相当敏感的接收器，会警告身体即将发生的情况。

研究者们还未曾在沙漠中将蟾蜍放在离水源几千米的地方，来研究它们的悟性。虽然红斑蟾蜍可以忍受失水后体重减少30%，也可以在蓄水时增加一半体重，我却还从未遇过谁，在大沙漠里，从一个背阴地到另一个背阴地的漫长跋涉中，碰见过蟾蜍的。盐水实验和油脂实验都还未曾解释这一两只红斑蟾蜍缘何会找到有鳞毛蕨的峡谷中来。

我跟随蟾蜍在枯木和碎石间走过。它们笨拙的步态让我不禁向峡谷上方望去，在那里，又看到另一只。然后是第四只。继而我记不住这些蟾蜍间具体的区别了，可能有五只，或者更多。

当这些蟾蜍从我的骚扰中安静下来后，我睡了一小觉。热气进入山谷，无法睡好。我把行李拉上来，走进沙漠中。正午的沙漠，决然是一块干净的热板。在一天结束之际，它像要熔化的黄铜。然后，至少你便知道太阳要落下了。清晨来临，你仍记着一个会呼吸、会思考的人是什么样的。但是到了正午，则是一场炽热的"受洗"。如果有个理由，我会好过点。如果我在这里是为了找到红斑蟾蜍，为了标出水洞，为了寻找高温导致的、令人发疯的、让人抓狂的、盐渍包裹的幻象，或是为了寻找神圣的阿纳萨齐岩画，但都不是。我是为了在这里而在这里，为了背着行李穿过这片沙漠腹地。很难让自己心甘情愿这么做。现在，姑且说我是因为蟾蜍而在这里吧。

夜晚，我紧紧地抓住混搅到峡谷谷底的微温空气，而后会思考起蟾蜍，或是努力去往蟾蜍方面思考。但是，当我走在峡谷之外，高温再次袭来时，我无法思考。我强迫自己去思考它们如何可以在这里存活下来，思考一种直接和水联系在一起的动物如何进化到这里。但是唯一的想法便是，这里是地狱，如果那些蟾蜍绝顶聪明，能用它们那肉墩墩的小腿爬上30千米，在这完美而地道的荒漠之中找到阴凉，那就让它们待着去吧。随后我倒在一块巨石后，在正午烫人的阴凉处，哗地垂下脑袋，仿佛脊柱早已被晒化。

我爬回自己的窝里，顺着绳子滑下，右手掌火辣辣地疼。一触到沙地，我便在几秒钟内睡着了。醒来时已是黄昏。

蟾蜍已经爬了出去，贴着岩壁，在岩屑中漫游。等待着雨水的蟾蜍。水意味着性，因为蟾蜍卵需要水，若没有水便不会发生性交。所以在下一次雨水到来之前，蟾蜍们现在对彼此都没有兴趣。所有呱呱乱叫、引人注意的激素都在潜伏着。当雨水真的来临，这些小蟾蜍声音大得会让人吃惊。它们叫着，摸索着，紧贴着彼此，有着无可比拟的热情。一个不解风情的研究者锯断了一只雄性蟾蜍缠在雌性身上的后腿，然而即使这样，那只蟾蜍也不想松开。

有两种蟾蜍一次只下一枚卵，而红斑蟾蜍是其中之一（两种蟾蜍拥有类似的生存环境，遗传基因上也很相似）。这些裹着黏稠保护套的单个卵子，增加了在最后一滴水——比如在砂岩窝或是一个动物脚印里剩下的一滴水——中成活的可能性。这滴水在暴洪过后或是在干燥的夏季保存了下来。一般的蟾蜍仅仅是在水体中产下一串卵，几乎不会考虑干旱的问题。如果红斑蟾蜍把自己所有的卵放在一个篮子里的话，结果很有可能是，那一篮卵在西南部变幻莫测、灾害频发的气候下全部皱缩。

这片沙漠出现的时间并不长。这里曾经下过雨，冬天雪下得很厚，夏天如同天堂一般。一万年前，上一次冰期从这些懒洋洋的动植物身下爬出。那种认为美国沙漠很新，像未干的油漆一样新的说法，抽象得令人心痛。我喜欢这番想象,躺在这里,等着体温降下来。蟾蜍在稠密的蕨类植物间一层堆着一层,小细腿挣扎着要从彼此的身子底下爬出来,就像水族箱里的龙虾。

实际上,这里一度接近北方的环境。矮松和杜松丛林在下方约300米的地势上生长旺盛,而且这里是一片广袤的黄松林的故乡。我越是推测,就越觉得有道理。现在西南部零星地有一些冰期遗留下来的动植物,它们就像是被遗弃的孤儿。我认识的一位蛇类专家将西南部称作爬虫的大龟群岛[1]。西南部有众多山脊、山地和峡谷,是各种孤立的气候纵横交错的地方。那位爬虫学家说,如果查尔斯·达尔文来过美国的沙漠而不是坐船周游那些岛屿的话,那他一定会同样相信进化论的有效性。达尔文不这么想的唯一一点原因,可能是一万年的时间太短了,不足以改变基因,让古老的物种焕然一新。

地球温度上升后,大陆分裂为生物学意义上的众多岛屿,这些岛屿在不利的气候中摇摇欲坠。植物和动物退到了离自己最近的山脊。有些动物,像乳蛇,为适应当地的环境,会改变成不同的肤色和体形。身体构造适宜凉爽地区的岩石响尾蛇被"搁浅"到了新墨西哥州和亚利桑那州沙漠的偏僻山区。花旗松聚集到科罗拉多高原一座沙漠悬崖背阴的北山麓,方圆300多千米内没有亲缘树种。在索诺兰沙漠更深层的峡谷中还存有棕榈树,而沙漠鳉鱼仍存活在最后一些全年有水的

---

1. 位于厄瓜多尔,以拥有巨龟等珍奇动植物而闻名,被称为"活的生物进化博物馆"和"海洋生物的大熔炉"。据称科学家达尔文曾在该岛为"进化论"找到论证依据。

洞里。西南部沙漠中有四十二条独立的山脉。从生态学的角度来看，它们是一片群岛。

一个隔成小间、光线幽暗的峡谷，同样也可以被视为一个岛屿。就像眼前这个，是大海中的一岬沙地。蟾蜍在自己的岛上不会很快地变化。它们的基因变化同它们的新陈代谢一样慢，所以，现今活着的蟾蜍与更新世的蟾蜍基本上没什么区别。这期间没有某种蟾蜍灭绝，也没有新成员加入。这些蟾蜍，如同水箱，是有限的狭小空间里存活下来的完美机制。如果这真的是一个消退的冰期所遗弃下来的红斑蟾蜍，则基因上的改变就太微小了，根本看不到。

答案在峡谷深处。那就是鳞毛蕨，遗弃在沙漠中的每一株鳞毛蕨背后都有着古老的故事。我愿意打赌，拿口袋里所有的零钱押注，这里的蕨类植物是在北美沙漠形成时留下来的。它们在大约一万五千年前在这里茂盛地生长，遍布潮湿的峡谷，延伸至周围的黄松树林，而现在这里只剩下沙子和黑毛槐。像是在炎热的天气脱去衣服，这些蕨类植物随着冰期返回高山地区而被留在了沿途。而且也许是整批处理——留下了蕨类植物加蟾蜍。

这是个不错的想法，至少算得上是个故事。毕竟，我除了这里无处可去，只能舔着皮肤上的盐渍，抱着肥美的鳞毛蕨和一群蟾蜍。只是去相信，所有事物都这样发展下来，用那些甜美的想象让燥热的自己凉下来，这很容易。我可以拽上一群爬虫学家和植物学家来这里，也许哪天我真会这么做，然后他们便可以就我所有的问题给出完美的答案。也许我会把那些蟾蜍套在杜松上，放到峡谷底部。我更有可能丢开那些蟾蜍,在自己疯狂或歇斯底里的时候再回来。

时间并不像我计划的那样有八天,也不知道究竟过了多少天了。我几乎再也走不动了。早上,我在沙漠中慢吞吞地走着。状态一点也不好。温度太高了,我只好把所有的行李放在一起拉着向外走。并不是沙漠在这样的时刻缺乏活力。缺乏活力的是我,这个步履蹒跚的要走出高温的人。沙漠是一个动量,而不是一段时期。它不仅是灼热的一天,同时也是雷雨吞没峡谷和 2 月暴雪的数日。这里活着的动植物,如果没有那些日子,便不会是现在的样子。极乐鸟不会在这里存活,切喉鳟不会在这里存活,土拨鼠不会在这里存活。然而,红斑蟾蜍可以,而且正是这样的日子所具有的活力允许它活了下来。任何有蟾蜍的地方都是富饶而充满活力的。一个每年只降下一捧雨水的地方,一个由光秃秃、几近垂直的峭壁组成的地方,有一只蟾蜍在脚下,就充满了奇迹。

— Bufo punctatus —

虹 鳟 鱼

我成长的年代，渔业并不景气。而在 20 世纪 60 年代末，最后一批方方正正、色彩模糊的照片上，多得无法想象的鱼串在一起，摆在一群身着黄褐色肥大工装的瘦削男孩子间。我永远也不会捕到那么多鱼了。再也不会有那么多鱼，以至于具体捉了多少条我都不愿去记。提起来总说是两条——"我捉到过两条鱼"。

后来长大了可以捕鱼了，鱼的数量却在时间的进程中慢慢减少。那个时候我听着关于捕鱼的所有故事，有些比我年长的人会从抽屉里快速翻出照片作为那些故事的证据。这些人总是指着那些拽串鱼绳的说是自己，可是所有的面孔都一个样子。我想可能就那一张照片，被所有人一遍又一遍地用来用去。

由于家族世代都是飞蝇钓[1]的高手,我也学着钓鱼。没有蠕动的鱼饵,没有鱼饵的臭味和排泄物,也没有银勺一样喷着大红跑车漆的人造金属诱饵。所用的是动物颈羽、小牛尾巴和马鹿毛做成的毛钩。

通过这样的方法,捕鱼成为一种纯粹的运动,我也明白了为什么爱好哲学的人对此这样尊重。这些毛钩中唯一工业化的材料就是钩上的钢铁,但是孔雀毛和马尾毛令其显得并不重要。飞蝇钓的动作不见得就是一种沉思,我宁愿将这个词留给用鱼钩和诱饵静静等着鲇鱼上钩的垂钓。飞蝇钓总在运动之中,钓线和毛钩落下的方式真实地暴露出你究竟是个怎样的人。每一个想法都会产生影响。也许它能获得见解深刻的名声,是因为很少有活动能让一个人如此长时间地注目在一个如飞蝇般微小而复杂的东西上。

这确实很有哲学意味,不过在我看来它就是钓鱼。

更准确地说,我学着如何钓鱼,并不是如何捉鱼。我捉到过鱼的那几次同钓鱼本身大相径庭,钓鱼仿佛完全是另外一种活动。我花时间提高技术,在滚圆、滑溜的溪石下研究那些活生生的鱼类,在溪岸上一丝不苟地解着一千克重的脑线上缠起的绳结。当然不是捉鱼了。

我在亚利桑那州的山区,在缓浅、不为人知的小溪中钓鱼,从很小的时候便如此。而且只用干毛钩,因为湿的会让我想到死虫子。我看不到它们在水中的样子,所以有什么用呢?我变得像濒临灭绝的物种一样紧贴着狭小的角落。当然,那个角落几乎没有什么鱼。那条小

---

[1] 用钓饵模拟飞行中落水的昆虫来诱鱼上钩的一种钓鱼方法。作钓饵的毛钩一般都用动物毛扎成。

溪流过莫戈隆边缘地带,那是我第一次飞蝇钓的溪流。它从古老绵延的群山中流下,流向盐河,途经阿帕奇和圣卡洛斯两个保护区。

在我六个月大的时候,母亲就跟着父亲和他的飞蝇线带我来过这些小溪。她对我说,她将我放在童车里,要渡过橡树溪齐腰的湍流。她举着童车好让它不被水卷走,要是掉了下来,那我便会在塞多纳[1]城某个地方的芦苇间被发现了。

几年前,野生动物保护部门不再在这条小溪的上游储养虹鳟。因而 20 世纪从欧洲引入的河鳟便吃掉了剩余的虹鳟鱼苗,之后它们或者因为在水中长得太大而死掉,或者由父亲钓上来让我们俩吃掉。

最终,小溪里只剩下一些没被捉到的巨大河鳟,还有很多易惊的虹鳟。溪流只有 3 米来宽,不过是河柳和黄松之间冲出的一条水道。在这里甩开毛钩并不容易。令人沮丧的是,每一次钓线都紧紧地挂在了大约 6 米高的橡树上。

和父亲一起钓鱼时,钓到河鳟是一个最高原则。我时不时地看看他钓到的鱼,只有发现河鳟后才兴致大增,虽然虹鳟的个头也很大。那些德国河鳟呈黯黑色,像是带着斑点的巧克力。它们可以在温度较高、氧气较少的水中存活。同时,当地的虹鳟便被挤到了河流上游,那里的河水冰冷而清澈。河鳟很难钓。它们避免被钓起的本领简直登峰造极。如果朝着河鳟拉起钓钩而没有钩住,那它便再也不会上钩了。河鳟的疑心很重。

---

1. 一座位于亚利桑那州中部的城市。

我很少钓到河鳟，于是把这样一个更高级别的任务留给父亲，自己转而和虹鳟培养起一种休戚与共的感情。虹鳟在这边是土生土长的。由于落基山脉和太平洋海岸的水系很特殊，溪流彼此间孤立，虹鳟生活在冰冷、氧气充足的上游地区，且分化、形成适宜各个水系的亚种。虹鳟有杂交的喜好。毒蜥、阿帕奇鱼和墨西哥金鳟就是因生活在这些水系中杂交而生的。

在这条溪流中我钓到的第一条鱼便是虹鳟。那时我年纪不大，被它的颜色弄得眼花缭乱，眼前全是钓线，父亲的钓竿扔到了一边，漂到了下游。我手里握着脑线，松垮地拽着虹鳟，这样它便可以在我脚边游着。我还不想迫使它来到这个充满空气和光线的陌生世界。我想在吃掉它之前仔细看看它。我趴在水里，膝盖跪在棕色的石头上。

任何微小的动作，经过它身体的长度的放大，都会产生极大的动势。它动起来像是固体能量即将爆发，但短时间内尚可停留在原处。仿佛流水凝结成具体的形状，点缀着深深浅浅的紫色和红色。要是我把它拉出来会发生什么？我曾见到过父亲满满的鱼篓，那些河鳟都堆在湿漉漉的水田芥叶中。但它们不是虹鳟鱼。它们的肚子被剖开，内脏被掏出来扔到了离河很远的地方。它们的眼睛呆滞无光，一动也不动。它们是那样僵硬。它们是即将上餐桌的鱼，已经准备好要同玉米面包糊、洋葱、土豆一起放在野营的铸铁煎锅上。在我听父亲讲星星和野外的故事时，它们正等着被我们享用。

我的钓线上，是一条活生生的虹鳟。是最美的一种生物。在我眼里，虹鳟不是鱼，它同其他鱼看起来都不一样。它是光滑的河中动物，融成液体的形状在湍急的流水中度过自己的一生。我的影子盖在它身上时，虹彩便消失不见了。这条鱼快速游到上游，在水道截断的地方，我看到了条纹。它拽住了线，还把线缠在了我的手上，让我几乎栽倒。那时我还很小。

我拽住脑线，脚跟向后蹬着地，发觉小溪中"无形"的另一端明显有一股力量。虹鳟比河鳟挣扎得更猛烈。它们会跃出水面，呈现出彩虹的颜色，我想象着，正因为那种在阳光和水中的腾跃让它们身上现出五光十色的绚烂。它们的名气来源于力量。在不列颠哥伦比亚这种地方，它们能长到20千克以上，但是在西南这样地势较高的溪流里，据我所知，只有2千克左右的虹鳟会强力地拖曳。

我拽住那条虹鳟，它则在整条溪流中来回摆动。我把它拉到跟前，这样便可以看到皇家武夫毛钩[1]钩在它的颚骨外面。我踏进水中，悄悄把手指探入它的周围，不敢把它从水里抓起来。我不想触碰到它，害怕这股野生的力量施及我身，害怕越过不该越过的界限。我害怕会弄得满手都是黏糊糊的东西，最后鱼钩还扎进了我的拇指。我们碰到了彼此，它顿时猛地蹿开。之后，我看到了脱下的毛钩，孤零零地漂着，流着。我向上游看去，再也没有看到那条虹鳟。

这一天，在这条生命所属的河流上，我什么也没捕到。虽然柳树上挂住了多得前所未有的毛钩，这是完美的一天。我抛线做得很好，虽然没有钓到鱼。我心满意足地坐下来，解开脑线上的疙瘩，或是看

---

1. 钓钩的一种。

着棕褐色的水蛇在河床上游弋,或是打个十几米远的水漂,让苍白的鹿毛蚕蛾毛钩[1]沉到石头旁边弥漫的泡沫中去。鱼没有反应。

  一天下来,鱼篓空空,一无所获,父亲从凤凰城开车过来陪我。我们带了一个不到60克的那种因疏于使用而丝毫无损的石墨钓竿,没受过正式训练。我们不过以渔人的身份一直在这里钓鱼,也许并不是为鱼,甚至也不是为渔。随着父亲年岁越来越大,他不再钓很多,形容鱼的语言也更富于感情。在他还是个孩子的时候,他放弃了打猎那种家庭大型游戏。后来他又不再猎杀鸟类和兔子了。现在鳟鱼也从他的饮食里逐渐减少,我常看到他在谈及鳟鱼的时候哭起来。他倾慕鳟鱼要比倾慕任何人更甚。鳟鱼没有任何缺点。它们不质疑,不伤害,也不背叛自己的天性。不久他就会不再吃鳟鱼,那时他的思想会屡次三番地让他意识到,鳟鱼满载着他的梦想,他要给它们自由。在那时到来之前,他会钓到足够的鳟鱼来弥补我,这样我们俩便可以在鳟鱼上钩后一起吃一顿。

  和父亲比起来,我并不觉得自己是个飞蝇钓者。他是那种人们在河边遇到,多年以后仍会谈起这个陌生人及其钓鱼技术的人。他抛线时看上去似乎并不朝向任何目标,是那样随意。他的动作很优雅。我看着他的钓线在柳树上方飘来飘去,钓线反弹后抛时我还把它当成了飘在阳光中的蜘蛛网。父亲把他在溪边碰到的任何人都称作"那笨蛋"。他粗暴地批评他们钓鱼的方式。"那笨蛋把线抛到了下游。"他这么

---

1. 钓钩的一种。

说着。

他从 1970 年就开始在这里钓鱼，离家族自古以来在新墨西哥州[1]捕鱼的水域不远，第一天就钓到了二十条。二十四年后，抛出我们最好的钓线，我们俩却什么也没钓着。对父亲来说，这是来自众神的一记耳光。对于我来说，这再平常不过。不过我知道，尽管如此，他仍会钓到他的鳟鱼。他能与它们交谈，它们能听到他的话。

对于什么是剖线，该用什么毛钩钓鳟鱼，我的确一点也不在行。我都没意识到，如果换成另一个毛钩，我的钓鱼水平也许会有提高。如果真是这样，换成什么毛钩也是随机的。也可能是需要把大的、毛多的换成不是那么大、毛不是那么多的。此时父亲在约 1600 米外的溪边，嗅着空气的味道，察看石头下面哪些水生动物该变形了，然后打开他的毛钩盒，选出这个时候适用的拟饵。我还很小的时候，父亲告诉我说皇家武夫在这条河上能吸引很多鱼类。弓背毛钩也不错，他说。所以，我就只在这两种拟饵都用烦了之后，才会用石蚕毛钩，或者在天要黑下来的时候，我需要用鲜艳的颈羽制成的毛钩来指示飞钓的地点。

我能够让钓线靠在我想让它落到的任何地方，让它从石头上弹回或是落在暗桩下 5 厘米，但是我的意识并不在鱼身上，我和鱼很少能有交流。我喜欢看着假蝇。它像是山巅、森林和河流汇集后的高潮，一切都汇集到一点，在那里，白色的羽毛翅膀在清澈的溪水上漂流。

我不像父亲。我不会将恰当的信息从指尖传到钓线，传到脑线，

---

1. 美国西南部的一个州。

传到毛钩,传到水中,传给鳟鱼。或者也许是我传出了信息而他没有。他自己就是那个孵化出来的石蚕,驾驭着溪流,我则是石蚕的观看者。

今天他给了我一个房屋地产毛钩[1]。传说德怀特·艾森豪威尔[2]发明了这种毛钩。父亲破解了这个传闻,说这种毛钩仅仅是艾森豪威尔最喜欢的一种。他告诉了我是谁发明这种毛钩。关于艾克的飞蝇钓,他破解过很多传闻。

太阳即将落下,雾气从水面鬼魅一样丝丝升起。我把房屋地产毛钩投在由一块岩石下涌出的平缓而暗黑的水中,在脑线还未被水流吞下之前,它在那儿漂浮着。我不喜欢大河。大河的水太多了,没有足够的杨木根和黄松从河岸的一边倒向另一边,没有足够的小洞和断落悬着的树枝。大河没有这些小溪里绚丽而细微的声响。亚利桑那的溪流流动起来各具特质。没有两条小溪有相似的水流。有些水道是由西班牙探险者在17世纪早期命名的,其他则被随性命了名:公羊皮、小清、峡谷、小黑、西比克。它们都从高山流淌而下,进入很深的峡谷,很快没入下面的索诺兰沙漠。

在这条溪间钓鱼,就像是走在儿时上学的路上,每一个弯道都那样熟悉。小溪的一些沟槽保持了多年,随后一次特殊的春季径流让它一下子成了一个干枯的河床。几年之后,它将在此流动起来,我将再次来到原来的河道上垂钓。我曾看着它填满这里的每一个沟槽。我越

---

1. 钓钩的一种。
2. Dwight David Eisenhower,1890—1969,美国第34任总统。

过从前那个带着刺钩的铁丝围栏,还是那个围栏,现在已经被洪水冲倒。我的毛钩每季都会挂住同一个生锈的刺钩。那块裸露的岩石,我曾多次在上面抛线,直到我从它后面把钓线抛了十分钟,才认出它来。

毛钩从缓慢的溪流中露了出来,我开始从水中将它拉起。有一瞬间我看到一个形状,继而收起钓线。一条虹鳟在溪水里闪动起来。我保持着拉力,固定住毛钩。虹鳟向小溪的上游挣扎而去,我能够感觉到鳟鱼肌肉的力量像冲击波一样从钓线另一端传过来。我能感觉到它飞快绕过岩石。

我把拉紧的钓线完全悬荡开,把钓线从脚踝上解开,从水流中绕在我身上的活结里迈出来。没用那出了神的意识,我只用脚探着水底,寻找着牢稳的东西。在把鳟鱼引到满是卵石的浅处后,我看到嵌在它颌上的毛钩并不是很紧。我把它拖出水面,让它落在溪水周围干燥的石头上。它刚一着地,毛钩便啪地松掉了。

我猛扑向它。将它抓在手中,但是在一抹虹彩中,它溜走了。鳟鱼总是知道水在什么方向。它跳到了浅水处。我扑到它身上。手脚摊开,身体完全倾倒。我再次用手抓住了它,死死抓在了手里,想要把它抛回到岸上。但是它借着滑腻的身体跑掉了。我再次跳入水中。石头砰砰地撞着我的膝盖和前胸。我的脸没入了水中。

这是另一种运动。鱼是钓鱼的一部分。对于我来说则更为疯狂,更为激烈。我知道今天的晚餐需要这条鳟鱼,我不会让它跑掉的。水中的杂屑被搅动起来,蜉蝣的幼虫爬到安全的地方,脱落下来的组织把水变得像浓汤一样混浊。鳟鱼扭动到开阔的水面。我用脚踢水,希望用晃动让它感到混乱，我又可以用手摸到它了。鱼的形状随水波散在了水中。

它直冲向一个深潭，自由而利落。我站着，吃力而缓慢地在它后面跟进。它浮游在水面，尾鳍轻拍着转弯。我策划着怎样把它围到角落里，扎入水中，抓起它的腮部。

你不能没有钓竿和毛钩就这么四肢浸在水里抓鱼，我这样对自己说着。我让自己停下来。溪水已到了腰部，我已经浑身湿透，秋日的黄昏非常冷。我的飞蝇钓竿早已径自漂向了下游。

鳟鱼徘徊着，恢复了感知。它在光线渐暗的清澈溪水中，游来又游去。它拍拍尾巴，继而消失了。翠鸟在绛紫的暮色中飞过，朝我喋喋不休地叫着，大笑着。我拧干衣服上的水，找回钓竿，走向上游，回到另外一种更为安静的钓鱼方式中。

我们通常会钓到天黑，直到大地与溪水的唯一区别只剩声响。秋天的傍晚，马鹿发情地叫着的森林听上去像满是鲸鸣咽的海洋。叫声从山谷传来，带着强烈的、幽灵一样的执着不断反复。一只雄马鹿来到我上方的溪流边。它的头上有六只茸角。升腾的雾气网一样将它覆盖在风景中。它转而看着西北方，那里另外一只雄鹿作为它的竞争对手也在叫着，这只马鹿那好似纪念碑的鹿角像战士的头饰一样跟随着它。它低下粗粗的棕色脖颈，抬起头，发出圆号般响彻山洞的叫声。它等待着，听到回应后，继续前行。

我卷起毛钩，离开了水面。我发现一棵倾倒的三叶杨，长了很多年了，银灰色的外表让它像个伏倒的大象。我坐在它背上，看着小溪。已经没有足够的光线来看清物体的运动。在这样完美的时刻，我不会再钓鱼了，因为我知道父亲已经把能钓的都钓到了。他现在例行着他的习惯，在暗处拿着锋利的刀，将河鳟变成餐桌上的鳟鱼。今晚我们会聊起星星和荒野，会吃到香甜的鱼肉。

_ Salmo gairdneri _

蚊 子

他像遭到枪击一样栽倒。盘子和食物撒了一地。我跑过去扶住他的肩膀。他很疼，脸部因为蚊子而变得模糊起来。那些蚊子都进到了他的面罩里。

"天哪。"我嘀咕着。

他气急败坏，湿润的眼睛充满了绝望。"我受不了了。"他说着，继而疯狂地在脸上乱抓，把那些蚊子压死在脸上。

几个星期前，冰雪刚融化不久我们就把独木舟推到了育空河上。那是在白马镇，属于加拿大的育空地区，当时我们对此次远征充满了期待。陶德·罗伯森和我准备向北行进，要到北极圈去，计划在四十六天内走完1600千米。320千米过后，我们在卡麦克斯镇停下来，准备补充些东西。昨天在那里刚得知一个坏消息，人们说蚊灾从来没这么糟过。他们在说洪水的事儿。今年暖和得早，5月也没有冷空气杀死第一拨蚊子。野外的情况，恐怕今年是最糟糕的。

不过，他们还说，有过那么一次蚊灾，是在20世纪50年代。之后便没有人再说什么，因为那时要么他们都还很小，记不得什么，要么他们记得，但不想说。

无知者无畏，这样的福气到了卡麦克斯镇便荡然无存。我们知道有人曾在这条河上漂流过，这让我们感到宽慰。几千年来人们都在沿育空河而下，都要对付蚊子的问题。我们都身强力壮的，一定能和其他人一样忍下来。我们裹紧面罩，戴上手套，开开对方的玩笑，尽可能调剂到最佳的生存状态。

现在全完了。我们明白了真相——我们有世界上所有发疯的理由。一场历史罕见的洪水吞没了森林，大片树林在河面下汹涌。长长的云杉树标枪一样插到河流底部，露出水面，指向天空。有时候洪水抹掉了所有的河岸线。我们把船划进树枝间，寻找着河岸，寻找着宿营的地方。我们在没入河水的树林里穿行，在最深处找到了扎营地。不幸的是，这里有一片厚厚的霉层，蚊子像后街的暴徒一样猖獗。我们把独木舟拴在树上，而后便对付起蚊子来。陶德几近失去理智，恨不得马上离开。我松开他的肩膀，退到后面，看着他抱着脑袋打滚。我们还剩1200多千米。

我们在对付的，是个感知天才，一种无论你藏到哪里都能噩梦般把你找到的昆虫。所有如此大小的生物中，蚊子拥有目前所知最为复杂的神经网。光触角区域就有约15000个感觉神经元，头部的感觉器官分布得像钟表的发条。电子显微镜下呈现出彼此相连的棒状、室状，以及打起皱褶的盘形、叉形和碟形，看上去像科幻小说中满是卫星天线和接收塔的场景。这些感官从机械和化学环境中接收信号，然后转换成一系列电脉冲传到蚊子那如同一张纸上针孔般大小的大脑。

如果蚊子在静止的空气中被释放出来，即便你站在30米远的地方，它也可以直接飞到你身边。通过空气，它能感知到你呼出的二氧化碳、皮肤上的乳酸、皮肤上的细菌释放出的弱酸，以及身体的湿度和热度。如果空气中有一点微风，蚊子差不多可以在一个足球场大小的地方确定你的位置。如果是强风，你的信号会断断续续散开，蚊子便很难从远处找到源头了。

河岸傍晚的风很大。这是一场强风，以每小时30多千米的速度吹向育空河地区，猛袭着我们的营地。我们两个在极昼下准备晚饭，把炉火挑旺。受天气影响，蚊子特别兴奋，飞快地涌来，刺透我们的皮肤，在几秒钟的时间里便借着我们的鲜血在体内怀满了卵。它们能够抵抗强风，聚集在我们身体的下风处，在那里它们驾驭着气流。几百只成群地聚集在触手可及的周围。我甩动着手臂，碰到了炉子。我把它们从身上赶走。它们竟利用我们防风，想起来便火冒三丈。还没等我拾起炉子的部件，那些蚊子便又成群地聚拢过来。我朝它们大叫着，脖子上的肌肉绷得紧紧的。

玛格丽特·缪里[1]于1927年顺河而下，来到育空平原，她在《两

---

[1]. Margaret Murie, 1902—2003, 美国博物学家、作家、冒险家和环保主义者。

个人的北方》中写道:"对于那里的蚊子,根本无法逃避。"我们就要进入育空平原了。在那里,育空河迅速蔓延到北极圈,河面拓宽至30多千米,其间布满成百上千的岛屿、湖泊和沼泽。这里是蚊子世界的中心。

一个渔民乘着装了发动机的小艇来到我们所在的岛上。他卸下一堆装备,并介绍了自己。他住在下游,但是他必须要到这儿来织一个捕鲑鱼用的密网。家里的蚊子让人根本就做不了活儿,他需要一块空地,能有可以呼吸的空气,好让他至少能集中起精力来。"我从1976年起就生活在这里,"他说,"从前根本就不用防蚊膏。"到这里前,我曾与道森[1]一个名叫迪克·诺斯的历史学家交谈过,他告诉我,这确实是1965年以来最糟糕的状况,不过他把真正糟糕的一天定在了20世纪50年代某个令人恐惧又难以定义的年份。我告诉他我听说过那个年份。

两个加拿大研究者以科学之名进入北极这片区域,发疯般地只穿着短裤。他们连跑带颠地回到住处,数着彼此身上鼓起的包。估计每分钟有九千次叮咬。假设每次叮咬取走5微升的血液,人体约有一半血液将在两小时内失尽。而在此之前你早就死了,不因失血休克而死,也会因发疯而死。

人类的血液质量并不是很高。异亮氨酸,蚊子产卵所需的一种氨基酸,在人类的血液中含量很少,所以要想最大限度地产卵,吸取驼

---

1. 加拿大西北部城市。

鹿的血要好得多。但是从蚊子的数量和北极圈动物的数量看，现在已经形成了吸血狂潮，不管谁的血都必须要吸。而北极正是世界上最大的蚊子集中营。

血完全是用来产卵的，所以吸血的习性也为雌蚊子所独有。雄蚊子因此避免了被拍死的厄运，以及袭击宿主所产生的一切危险。雄蚊子只能加入嗡嗡的队伍中，等着怀孕的雌蚊子把偷来的血给他们。

一个每分钟振动400到600下的音叉会让雄蚊子立即摆出交配的姿势。这同雌蚊子飞行时发出的音高相同，如果蚊子在你要睡觉时偷偷溜到你的耳边，这种音高便会在你耳旁产生回音。它大约相当于几厘米外85分贝的声音，几乎与工业推土机上的辅助警报声完全一样。这种嗡嗡声的频率会随着雌蚊子吸饱了血液、身体增重后盘旋飞升而增强。增大的频率让雄蚊子狂热失控，极度兴奋地蜂拥到一只吸过血的雌蚊子那里。这种声音不像蜜蜂或苍蝇的嗡嗡声那样内容丰富，但却要邪恶得多。

在这条河上我们的确有自己的最后一道防线。在角落处干燥的盒子里，用塑料包了它三层。如果我们需要，我们知道它放在什么地方。它便是N, N-二乙基间甲基苯甲酰胺纯液，是美国农业部在20世纪40年代配制出的一种毒性化学制剂，俗称"避蚊胺"。将它大量涂在皮肤上，便可以赶走蚊子。几个星期前，药瓶在独木舟顺着激流迅速而下时歪倒，避蚊胺从盖子下面渗出来。它溶化了所有的塑料层，在厚重耐用的硬塑料干燥箱上腐蚀出一个洞。从那以后，我们一直迟疑着没有用它。

避蚊胺确实起了作用。它能让皮肤含有剧毒，连蚊子都不愿意让自己在上面沾上毒。蚊子们发疯般地盘旋许久，却无法落到皮肤上。问题在于，这种能溶化干燥箱的东西会迅速由皮肤进入血液。关于避蚊胺损伤大脑的第一篇报道发表于 1961 年。六个年轻的女孩子连续用了几周避蚊胺后，出现中毒性脑病和痉挛，其中一个女孩死亡。绝大多数情况下，避蚊胺的作用都是神经性的：头痛、眩晕、言语不清、神经紊乱，或许还会出现大量呕吐或腹部疼痛的症状。在北极诸如这样的一个年份，避蚊胺和蚊子之间的权衡取舍相当于痛苦与痛苦的对决。

再有就是头罩和手套。在阿拉斯加的老鹰城，我见过一位育空河—查理河国家保护区的生物技术人员。他名叫艾拉·赛格，来自马里兰州。他早就不再一掌一掌地拍死上百只蚊子，而是采取了更合乎伦理道德的方法。他在蚊子飞过时将它们一个一个在手中捻死。那时他的记录是一连捻死一百五十一只，没有一次失误。他抱怨说，在野外蚊子侵犯了他手套和袖口之间的空间，留下一圈手镯般的疙瘩。他在自己前臂上缠了一圈防水胶带，而后发现，虽然蚊子可以穿透帆布和氯丁橡胶，但无法穿透胶带。就这样过了几个星期，他的皮肤对胶带起了过敏反应，长满了疖子。真是个两难的选择，他对我说，不过最后他还是选择停止使用防水胶带，而蚊子则开始在他的伤口上享受盛宴。

它们特别擅长找衣服上束紧的地方。走路时膝盖和肩膀会顶到衣服，而那便是它们的聚集之处。通常，它们会一起上，刺痛的灼热感让我不止一次挥动着胳膊，像个疯子一样大叫。

血液对于蚊子来说是一种美味，除此之外它们只能靠花蜜为食。

里维斯·尼尔森是个广泛地研究蚊子的科学家,他发现三十多种开花植物的花粉粒会贴在蚊子身上。像沼兰这样生长在冻土上的花,要靠蚊子来传粉。尼尔森认为,这些吸血的害虫对于野生花卉茁壮成长所起的重要作用,要比我们愿意承认的大得多。

即便是对花卉有用,我对蚊子却怎么也喜欢不起来。帐篷的内墙上全是一道道的血迹。要上床睡觉我必须一溜儿小跑。差不多要跑上90多米的距离,在最后关头,拉开拉链,然后嗖地拉上,就是这样也会有三十来只蚊子贴着我的身体和我一起进入帐篷。接下来要用一个小时来消灭它们,将它们拍死在尼龙墙上。

我喜欢在帐篷前的防蚊纱窗里待着。用手指在上面擦一擦,立即就会有一堆蚊子聚过去。它们把细长的吸管从纱网那边伸过来,我就一把抓住。毫无声响地一拽,我便取下了那些器官,然后咧嘴笑笑。当然,它们丢了头上起作用的末端,必死无疑。它们在纱网上附着一会儿,而后掉下去。我以前不曾有过这种野蛮的快乐。从来不曾希望任何生物有这样的结局。但是我这么做了,一遍又一遍,堆了几把吸管线,心满意足地喃喃自语。陶德从他的帐篷里向我大喊,我便忍住自己的笑声。

如果你注意到自己几乎要被蚊子生吞活剥,而旁边的人却一点事儿都没有,那这里面一定有原因。在坦桑尼亚有一个实验,三个志愿者睡在置有诱蚊器的敞开帐篷中。很快就发现,其中一个人吸引蚊子的数量不像另外两个那样多。研究者们得出结论,不同的气味导致了这种差异。汗液,尤其是腰部以下主要来自腹股沟的汗液,像皮肤细菌一样产生挥发性的物质，能够吸引蚊子。有些人的体味比其他人重，这种气味的轻重程度，细微得我们也许永远无法用鼻子闻到，对蚊子来说却区别非常明显。人体散发的味道，或者至少是刺激物，会向蚊子泄露血型，会格外引起蚊子的注意。

宿主的选择也牵扯到人的体积、身上的颜色、年龄、性别。蚊子更有可能选择男性而不是女性，选择成人而不是儿童，选择穿黑色衣服的人而不是白色的，选择块头儿大的。杰伊·凯斯通在为多伦多大学的热带疾病研究部撰文时总结道："一个带有不可抗拒的体味的人，尤其是一个穿着深色短裤在蚊子感染区慢跑时气喘吁吁的男性，很有可能受邀入宴——不幸的是，他将是餐桌上的主菜。"

天气温暖时，体温与周围环境温度的差异不是那么大，这时如果我缓慢地呼吸，将动作保持在最小幅度，那将是与蚊子相处以来最庆幸的时刻。可是，一旦它们成群地飞来，则需要大力神赫拉克勒斯那样的意志才能缓慢呼吸、将动作保持在最小幅度，而我却没有。来的蚊子越多，我的动作越快，呼吸越困难。这样又吸引了更多的蚊子，我便会又是拍打，又是蹦跳，快速地呼吸。更多的蚊子飞了过来，包围圈更密集了。

一旦蚊子的一系列传感器发现了你，那就只有两种情况能让它停下来：死亡或是吸饱。伸张肌环绕在它的内脏周围，除非被血液的推力拉到极限，否则那些寻找宿主的接收器就无法失灵。也就是说，除非蚊子吸了你的血，否则它就无法不缠在你身边，即使它不想这么做。它的强迫性是最糟糕的。在伸张肌被手术切除的情况下，蚊子会一直吸血直到身体撑破。将一只吸了半饱的蚊子从你胳膊上弹开，这并不能完全摆脱它。把它从你的耳边扫开也不管用。打死它的同伴，希冀着它对你产生恐惧，也无济于事。一旦你印在了它的脑海中，它便无法停止，直到那些肌肉像相扑手的腰带一样束得紧紧的。

当它吸过你的血液，躲开了你的拍击后，便笨重地携着它的重担来到一片可以降落的空间，而后处理起它的物品来。蚊卵在偷来的血液中浸没几天。水、氮和血红蛋白都分离并去除。剩下的蛋白质团由消化酶分解成氨基酸，最后剩下的便是蚊卵成长所需的纯能量。一只蚊子体内含有多达一百三十个卵。如果没有血液，仅靠花蜜，一只蚊子也许仅能产两三个卵。

我有个理论。如果你消灭超过一百三十来只偷走你血液的蚊子，那么这个物种再将你作为宿主便不可行了。拍死十或十五只是不够的，你必须把它们全部消灭。在自己的余生一直这么做，永远不放松警惕。带动你的孩子、朋友、邻居也这么做。一直传下去，十万年后，大约三万代人以后，进化适应性便该发挥作用，蚊子也该停止叮咬人类了。这个任务着实艰巨——你不得不时刻保持警惕。

我们到达海狸村的时候已经很晚了。也许是凌晨一两点钟，我们把独木舟拽上土坡。在那儿，红色的鲑鱼干挂在木质的晾晒架上。被锁链拴着的雪橇犬汪汪叫着，我们走近，摸摸它们粗糙的绒毛，便被它们舔起来。海狸村是蚊子的大都会，北极所有十二个蚊种在这里全都看得见。

土坡上有个老人。他的眼睛湿润且凹陷。他是阿萨巴斯卡印第安人，虽然我一度相信当地居民已经找到了对付蚊子的办法，但后来发现他们在这方面和我们没什么区别。老人胳膊下夹着一瓶雷达喷雾剂。这种喷雾剂不驱蚊，却是成熟的杀虫剂。蟑螂和蚂蚁都杀。他摇了摇瓶罐，朝自己脸上喷去。随后，看到我正受着蚊子的折磨，他把喷雾剂递给了我。我礼貌地拒绝了，摇了摇自己累蔫的脑袋。

他向我和陶德指出穿过村子的路：在上面嵌着巨大驼鹿角的柱子附近。我们和老人一起谈笑着，说起北极圈附近的生活，三个人不停地拍着蚊子，摇着手臂。他的手指向了一个房子，一个木质小屋。

"你们想在这儿过夜吗？"他问，"请自便吧。"

我们都看着那个木屋。一群黑压压的蚊子绕在上面，它们从墙洞里成群飞出。我都能听到它们的声音。陶德和我看了看彼此。

"我们要赶着去下游，"陶德对他说，"不过，谢谢您的好意。"

"下游是哪里？"老人一边问，一边再次摇晃瓶罐喷向脖子后面。

"不知道，"我耸耸肩，"就是找个地方远离这些该死的蚊子。"

老人对我的妄想笑了笑，走开了。

— Aedes —

乌 贼

　　墨西哥索诺兰海岸沿线上，巨浪侵入沙漠之中，形成三角湾。温暖的海水灌入布满仙人掌的沙化岛屿周围。在其中一个河湾里，我蹚过齐膝的河沟，肩上扛着自制的鱼叉，准备叉向第一个移动的东西。我非常饿，需要吃东西，而这儿又有很多鱼。对于一个沙漠旅行者来说，早已习惯了阳光普照的荒凉，而这里，生命却丰富得让人惊诧：牡蛎紧紧抓着红树树根，章鱼躲在废弃的蛤壳中，上面游着闪闪发光的鱼群。在刚刚过去的半个小时里，我已经叉到了两条鱼——长长的银色动物，也不知道具体叫什么。我把它们串在了铁丝和红树树枝做成的串鱼绳上。我还需要几条来凑成一顿饭，我的动作很慢，在清澈的绿松石色的海水中朝自己的影子叉过去，格外小心。

　　我抬着胳膊，走进一个满是鱼的水道。它们在我的腿间快速地穿行着。我在潮汐荡起的水中目测着距离，等待着最佳时刻。阳光反射进我的眼睛，几乎看不到东西。正要投鱼叉，我注意到一个像差，有一片很小的彩虹出现在水面下。它有节奏地跳动着，有一种无法言说的灿烂，除了光线之外，没有明显的形状。我呆住了，放下鱼叉，慢慢走过去。

我一只膝盖跪在河中，海水几乎到了肩膀，并一点点靠得更近，但我仍无法分辨那究竟是什么。看上去像一个不足10厘米长的棱镜在水面上漂着。我一点点地把鱼叉叉到沙质的河底，伸出两手在水下掬成碗状。手掌托起这个闪亮而光滑的物体后，才开始看到一个轮廓。这是一只半透明的乌贼，细腕和触角完全伸展开来。仿佛是海中的静物一样漂着，在我的手中很安全。

光线通过这只乌贼的身体，散射，放大，碎成各种颜色。这种现象的出现——几乎所有乌贼都有——是因为皮肤表面密密麻麻地覆盖着色素细胞形成的斑点。这些细胞能够让乌贼快速甚至顷刻变化颜色或花纹。每个色素细胞都是一个有弹性的小囊，里面附有颜色，由一圈细线般的肌肉控制开合，这样，皮肤时而绚烂多彩，时而无色透明。手中的乌贼轻轻地跳动着。它的色素细胞张开又合拢，像是呼吸在体内起起伏伏，仿佛它在倦怠地做着梦。

我只见过盛在盘子里的炸乌贼，我从未见过真正的乌贼。在野外遇到一种"常吃"的动物，在上面没有面包屑、手中没有刀叉的情况下看到它纯粹的机体，着实富于启发意义。我低下头，看着它的一只银色的小眼睛，这样的眼睛能够比人类观察到更多细节。这只乌贼似乎一点也不担心或是惊恐。它就在我手掌的范围内浮动着，一双轻薄的翅膀在身体两侧起伏波动。它的身体内有幽灵形状、细长而透明的器官从头部伸向尾巴。乌贼是无脊椎动物，没有骨骼，没有脊柱，实际上，它全身除了一个锋利的喙状嘴，其他部位都很柔软，嘴处在细腕和触角的汇聚点，用来咬碎猎物。不像哺乳动物或是鸟类那样尝试了无数进化分支和环境，才来到它们现在所处的地方，乌贼仍生活在几亿年前就开始生活的地方，从没有离开过海洋。它仍然是最原始的形态，这是一种来自古代世界的生物。

　　对于乌贼，我们不了解的一点便是，它们是否具有智能。听起来这也许是个荒谬的想法，就像是在问乌贼如何同傻乎乎的蛤蚌、蜗牛成了表兄弟，但这是一个合乎科学的质疑。研究者们早就把头足类动物——乌贼和章鱼——放入迷宫，给它们彩球和食物激励，在它们大脑上装上电线，以弄清楚它们在想什么。其中一个问题是，很难确定乌贼大脑的起点和终点。在那可以被叫作脑袋的地方是有一个大脑——"头足类"的意思便是"头和脚"，像是要有意点出这种动物头脚之间缺乏明显的区分。这个大脑对于一个无脊椎动物来说相当发达，它容量超大，高度分化，装着一对视神经叶，构造有点像更高一级动物的大脑。乌贼的大脑连着一束轴突，轴突贯通整个身体的长度，同大脑一样做着神经方面的判断。它们的体内有动物世界中最大、最协调的神经细胞，能够察觉极微小的变化，并以独一无二的速度做出反应。从本质上来讲，整个乌贼都是一个大脑，是一根活生生的"电线"，可以比其他任何已知的物种进行更快的"思考"，或者说至少可以更迅速地反应。

着色同这种复杂的神经结构有着很大的关系。色素细胞的张开和闭合是一种任意的行为，这意味着乌贼必须理智地决定如何在身体内实时分配色彩。有位科学家曾在夏威夷海岸记录了一只章鱼——其色素细胞与乌贼类似——穿过变化的光线，遇到自己的同类以及非同类，七个小时内变换色彩和样式接近一千次，甚至还模拟了自己身体下波纹的样式。这一水平的校准需要极为复杂的处理系统。乌贼可以在不到一秒的时间内从一种色彩变化出老虎斑纹，改变自己的外观，既是为了伪装，也是为了与其他乌贼交流。比如银磷乌贼，据观察，就曾在身体的正反面发出了不同的信息。对一个潜在的配偶，它呈现出纯灰色，同时又在另一面对一个雄性对手闪现出强烈的斑马条纹。

已故的马丁·莫伊尼汉是一位研究银磷乌贼的行为进化生物学专家，他相信这些变化的样式和颜色呈现出了一种视觉语言。通过观察它们有趣的、交流性的群体行为，莫伊尼汉识别出乌贼交换使用的某些如同快速对话般的信号。他发现信号数量很大，而且富于变化，应该是用来警告有捕猎者、表达性交意愿，或是指出有猎物存在的。学术圈一般不承认乌贼拥有语言的理论，认为信号的灵活结合不能证明就是语言。当然，这些人中，没有一个见证过莫伊尼汉和活乌贼在一起的时日。实地直觉很值得讨论。

莫伊尼汉是首批认真思考乌贼是否具有智能的人之一，当然这种智能需是我们可以认知的。继他之后，斯坦福大学的研究者威廉姆·吉利一直密切关注着乌贼的大脑和行为。从实验中，吉利发现乌贼确实可以从试探和错误中吸取经验。他发现乌贼年幼时有点像人类的婴儿，无法控制自己的肌肉，久而久之动作才慢慢娴熟起来。由此看出，年幼的乌贼抓住猎物很困难。当它第一次攻击多刺的甲壳类动物时，它会被吓到，然后四根轴突就会介入，令乌贼迅速后退，抓不到猎物。然而时间一长，乌贼便表现得似乎已经学会如何控制自己高度敏感的神经了。吉利好奇于这一点继续发展会得出什么，于是他将捕获的乌贼分成可控性小组，一组喂养运动速度快、带刺的桡足类动物，另一组喂养运动速度慢的咸水小虾。两组乌贼发展出了自己的捕猎策略，这实际改变了它们大脑的发展方式。吉利将电线连在乌贼的轴突上，继而发现喂养小虾的一组几乎无法控制大的轴突，在一开始出错后便倾向于后退，而那些能更快、更巧妙地抓取猎物的乌贼则发展出老练地控制肌肉的行为。一组比另一组变得更优雅，技术更高，而这一差别改变了乌贼的神经模式。换句话说，乌贼早期从环境中持续学习，这一特点同样出现在更高一级的哺乳动物身上，尤其是人类。

我掬着这个闪着光亮的小动物，看着它的眼睛，一点也不怀疑它是否具有智能。我们不是一类生物。我从一系列脊椎动物进化而来，这些动物只有一根神经，神经的一端膨胀，发育成大脑。乌贼很久以前就选择了另外一条路，进化出轴突和梯状的没有骨骼的神经节，用以将自己固定在只有海洋压力的地方。我视之智能的那点光谱折射却与一只乌贼会不会思考没有多少关系。我不可能变着颜色与这只乌贼说话，我的皮肤不可能像出疹子一样生出条纹和斑点。我只是不紧不慢地将它放下，放回到开阔的水域中。在我慢慢弯腰时，一定是吓到了这只乌贼，因为它突然跑开了，箭一样直冲水中。我靠着鱼叉站起来，望着这水晶般的穹隆，只希望能将这个奇怪的小东西托得再久些。

* * *

我背着帐篷，向南走去，穿过索诺兰沙漠白色的海岸。现在我已经远离三角湾，在这样一个干燥的海岸边，打猎的结果颇为惨淡。我在漂流木、破船壳堆起的篝火上煮东西，吃了些蛤和银币大小的螃蟹。一天中走过的海岸线上什么也没有，只有死掉的、被冲上来的生物。绝大多数都是贝壳、蛤、滨螺、海螺，被大浪从未知的海水深处卷上来，堆砌到这里。一切都被太阳晒得发白：鲸的骨头和鸟类的骨架，螺壳和贝壳。海洋如此富有，总是不断地将它的财富铲到岸上。

杳无人迹的沙漠在我的左边展开。右边是一片海，在晴朗、干燥的天空下亮得耀眼。我已经拖沓着走了数千米，步伐毫无分寸，脚底下是贝壳碎裂的节奏。在这片沙漠海岸上，仅能看到死亡或腐烂之中的动物。我停在一只起疱的鼠海豚前，它的表皮正在脱落，长满牙的下颌露了出来，像是新石器时代的棒槌。之后的几千米，我遇到了一只溺水的鸬鹚，它的翅膀在粗糙的沙砾中张开，如同天使一般。又是几千米。白昼的高温推挤到沙滩上。我开始闻到空气中的臭味，是肉体腐烂的味道，随着微风变着方向。越往前走，那股味道越重，我闭上了嘴巴，只用鼻子呼吸。我想，一定是只搁浅的鲸，有好几个星期了。

我看到有个什么东西卧在远处，被潮汐推上来，又被潮汐遗弃。

它的外形和大小都无从辨认，像是被海浪打乱的一团黑色织物。气味相当重。我走到面前，发现那是一只散在沙滩上的巨大乌贼，身体因为自身重量和分解作用，绝大部分已经塌陷下去。太阳早已熔化了它松软的外形，将它的皮肤变成了灼烧的红色。这应该是只洪堡乌贼，Dosidicus gigas[1]，这一地区唯一一种有这样体积的物种。20多千克重，近2米长，当地因其具有的攻击性和变色能力而称之为"红魔鬼"。这种乌贼会在黄昏时从约600米的深处浮到水面来进食。这一只应该是因年龄或疾病在一次上浮时死亡，由海浪冲到了岸上。

这不是用手可以捧得下的小动物，而是一个庞然巨怪。我蹲在它旁边，渡鸦已经在它身上啄出了很多渗着盐水的孔洞。恶臭让人不由得想往后退，我向前挪动了一点点，胳膊肘盖住鼻子来呼吸。我伸出三根手指摸了摸它。它的皮肤摸上去像硬橡胶，黏糊糊的，和葡萄干差不多。我在周围捡起一根鹈鹕翅膀上的骨头，用它戳了戳乌贼的腹鳍，它有两片腹鳍，盘子那么大，用来在水中滑动。实际上，整个乌贼的个头和我差不多大。如果我们在水中相遇，看上去体积相当，只是形状完全不同罢了。它的一只眼睛，在阳光下鼓了出来，眼睛表面已经烤黑了。这个眼睛比我的拳头还要大，是我所见过的最大眼球。

它看上去简直像一个死去的人面马身怪物，一种神话里的野兽，一个未知世界的证据。世界上最大的无脊椎动物是一种乌贼，一种潜伏在深海沟里像橡胶一样的食肉动物。有些长达18米，这仅是通过它

---

[1]. 该种乌贼的拉丁文学名。

们罕见的胶状残骸推断的。有一种乌贼，眼球几乎是我脑袋的两倍大，能盛下人的一只脚。

乌贼的目，管鱿目，在我们的想象中占据着举足轻重的分量，然而它却是我们在地球上了解最少的生物之一。遇到巨型乌贼（又称大王乌贼）的机会极少，因为它们只在海洋最深处捕猎。日本有一队研究者曾在2004年第一次抓拍过巨型活乌贼。他们用900多米长的电缆连着一部摄像机，放到抹香鲸出没的海域，以寻找乌贼的存在。在大海黑暗的深处，一只巨大的乌贼浮现出来，想要吃掉挂在摄像机下面的一袋碎鱼饵。图像完全是单一的蓝色，是那样深的海水里唯一能发现的颜色。在图像上，一只怪诞可怕的8米长生物从黑暗中进入视野，它用人类大腿一样粗的触角绕住诱饵。其中一些图像里，白色吸盘清楚地散布在每条腕上，每个肉乎乎的吸盘里都有骨质的钩子，像猫爪一样锋利。我第一次看到这个镜头时极为警醒，仿佛看到了噩梦的活证据。与这样的生物共处一个星球，着实让人不安。

这个中等大小的大王乌贼，他们拍了四个小时。它的一条腕缠在了电缆装置里，极力想要挣脱开。最后，这只乌贼扯断了一条腕，飞奔而去，其余的肢腕向外展开，留下了光芒四射的一幕，成串的吸盘像圣诞树上的灯泡一样。随后它便消失在海洋的褶层中。

在一个研究者阵营中，大王乌贼被认为是深海中温顺的巡游者，和水母差不多，没有多少恶意。而另一阵营的头足类动物科学家则反驳说，巨型乌贼是一种恐怖的野兽，是地球上最可怕的生物。在2003年，第一只所谓的巨型乌贼，Mesonychoteuthis hamiltoni[1]，被南极洲海岸的渔民打捞上来，运到了新西兰的奥克兰理工大学。一位研究者望着乌贼那肥厚、高至其肘部的腐烂肉体惊呼道："长着这种爪子和尖嘴的这个动物，体积巨大，是个惊人的食肉动物，你绝对不想在海里遇到它。"

乌贼会自相残杀，这一点大家都知道，而有些站在和平角度的研究者很快便为乌贼辩解说，这不过是在身份识别上所犯的错误。他们说，乌贼并不会意识到吃掉的是自己的同类，仿佛这样的行为是一种社会禁忌。当一只巨型乌贼的肢体在另一只的胃中被找到后，一阵推测狂潮顿时掀起。巨大的头足类动物在漆黑的深海中扭打至死，这种儒勒·凡尔纳式的想象层出不穷。新西兰的研究者史蒂夫·欧希解释说，这可能是交配期间偶然发生的同类相食现象。

我们对乌贼为数不多的了解成了科学，而剩下的则全部是想象了。随着我们把摄像机往海里送得越来越深、越来越久，我们发现深海的黑暗中聚集着各种乌贼，其形状和大小都是我们以往所不知的。它们像科幻小说里的奇妙装置一样穿行在大海中，有些小得如一根手指，有些则大得像一辆公交车。

这些大脑袋食肉类软体动物当中的一员躺在我的面前，它的尸体散开在沙漠海岸上，不会再有其他人看到。我转过头，看看自己右边的大海。我已经在那晃眼的蓝色明镜边上走了多日。现在它看上去显得更加无边无际。我继续深入地想象着，乌贼像潜水艇一般游动着，

---

1. 该种乌贼的拉丁文学名。

都朝一个方向前进，等待夜晚降临到大海之上的世界，那时它们便可以升上来捕食了。这只乌贼和我相遇在这海滩坟场，是一种奇怪动物的会合。我们俩都浑身长着肉，点缀着柔软的附肢，都是这里的稀有生物。我对这具尸体太着迷了，一直蹲在那里，直到最后实在无法忍受它的恶臭。最终，我站起身，继续向前走，回到自己的节奏，嘎吱嘎吱地踩着贝壳，回到蓝天和骄阳下，回到周围灼烧着的熟悉世界。

_ Teuthida _

黄 蜂

十八天的时间里,我一直在观察一只孤独的黄蜂在石檐下建造着独一无二的灰色蜂巢。这是一项完美无瑕的工作。一个小型蜂巢,如同带有几何图案的水晶吊灯一般,由这只黑黄相间、武装残暴的生物照料着。这里前景一片光明。附近有个旧蜂巢,去年被遗弃了,那里也许正是这只黄蜂逃出来的地方。它重返旧地也许是希望有更多的同类能来。我看着黄蜂一天天筑起自己的巢穴,不知道这只形单影只的昆虫会怀有怎样的希望,是不是期待着什么化学迹象。

没有其他黄蜂来。蜂巢建到第八天,这只孤独的黄蜂停下了工作,也许它觉察到了另外的化学气味:徒劳。这很可能是只雌性黄蜂,不过它的巢室内还没有卵。建巢的工作停下了,但黄蜂并没有放弃这块地方,它收起翅膀,头朝下紧贴着自己建好的完美建筑,眼神异常坚定。到了晚上，我会拿上手电筒去它那儿，看它是否还在。蜘蛛的网络逐渐将它包围，仿佛黄蜂只是地理空间上的一部分，而不再是横扫当空的敏捷生物。

对于黄蜂，我有自己的看法。它们是战争贩子。黄蜂无异于生物进化过程中产生的"魔鬼"，是世界上数量最多的生物之一，从小到黑点般大小蜇人的，至大到玩具直升机一样嗡嗡盘旋的，几乎所有的种类，都是从毛毛虫或活蜘蛛的内脏或皮肤表面迸发出来的寄生虫。它们将扭动、抽搐的昆虫拖进蜂巢的孔洞，用一个不祥的蜂卵封住洞口。一只狼蛛摔了个倒仰，瘫在孔洞里，脚都缩在一起，要被迫亲眼看着自己柔软的身体被饥饿的幼虫毁灭。黄蜂幼虫就是这样依靠巢穴来进食和生长的。

这种行径是黄蜂典型的特点。有人认为其无法独立繁殖的习性由来已久，是随着时间进化而来的（相对于总需要宿主才能繁殖的细菌而言）。黄蜂同蚂蚁、蜜蜂一样，由共同的祖先进化而来，它们搭建蜂巢，组成以蜂王为首的社会。的确，它们都被视为社会性昆虫。而黄蜂自己发生了独一无二的改变，它们变为寄生虫，开始利用宿主，如将橡树叶、动物毛皮或蟑螂作为繁殖地——实际上是把自己周围毫无觉察的生物作为它社会的一部分。从最基础的层面来讲，寄生是一种共生的形式。各方都能受益的共生关系被称作"互利共生"。如果只有一方受益而另一方无利益得失，则是"共栖"。如果一方的受益以另一方的损失为代价，则为"寄生"。黄蜂主宰着自己拟寄生的王国，无论对于什么宿主，每种黄蜂都能把自己磨炼成最佳拍档，甚至有些宿主根本没有意识到这种侵犯，直到它们感到自己的器官正由内而外被蚕食。

扁头泥蜂通过控制蟑螂的意识来将其作为宿主。第一下刺蜇正好在蟑螂胸腔的一个神经节上,导致其前肢瘫痪,这样雌黄蜂便有时间在头部定位,并实施更精确的刺蜇。黄蜂的螯刺穿透蟑螂的甲壳,设法进入其大脑,尤其是控制蟑螂逃跑反应的那片区域。它在那里注入另一种只在神经系统起作用的毒液。体积比黄蜂大出许多的蟑螂,陷入假死状态,它的新陈代谢因第三次刺蜇而慢了下来,大脑恢复功能,但缺少自主能力。现在,它开始听任雌黄蜂的摆布。雌黄蜂将其引到洞穴,在那里它把自己的卵粘在蟑螂腹部,再把那个健健康康但没有知觉的活蟑螂埋起来。幼卵很快便开始孵化,顺着蟑螂的身体,吃掉其所有柔软的部分,然后在宿主的甲壳里做茧。四个星期之后,成年黄蜂冲破活蟑螂的躯壳飞出体外。

黄蜂是地球带给我们的难以拭去的噩梦,它们像尖刀一样锋利,将军一样冷酷,在杀戮与轰击中,下手干净利落,超出了残忍所能描述的范围。我曾因一次意外的刺蜇浑身痉挛,身体突然扭曲,疯子一般猛拍着想要摆脱伤害,虽然不知道自己做了什么越轨行为,但我知道是黄蜂蜇的。

我看着眼前的这只爬到巢穴的后面——没有其他黄蜂来完成剩余的部分——在石檐下建起一个黄蜂群。形单影只的它陷入健忘的状态,不再去寻找水源以继续建造更多六角形的巢室了。生命的最后一季就这样废掉了。我看不下去它那样孤独,于是用指尖碰了它一下,欣喜地看到它猛地飞起,身体翘起来,必要的话又准备开始杀戮整个世界。

_ Vespidae _

大 青 鲨

夏洛特皇后群岛[1]的北角从不列颠哥伦比亚省指向阿拉斯加。它紧临太平洋的一侧向内倾斜着，余下的空间足以孕育出一片雨林，装饰它的背脊。雨林和海洋接壤处是一条松沙线。这是一片狭长的陆地，是大陆在这种气候里留下的残余。海浪侵蚀着这里，将一片岛屿变作两个、三个、四个，变作半岛和河口湾，虽然这些海浪只是静静地滑过沙滩，宛如蕾丝面纱一般。

在沙滩上能看到营地的地方，我抱来了一堆餐具。营地中的每个人在沿海徒步旅行的途中都会轮流干活。今天我刷锅洗碗。我追着来来去去的海水，把沙子和海水舀进脏兮兮的旅行烧锅，然后撤到岸上。

---

1. 位于加拿大西部海岸外。

海水拍打着靴子后部。我蹲在那里,擦着铁皮上烧过的痕迹。一团海藻迎着浪峰翻滚,打着卷,仿佛一具死尸。我一边上前去看,一边用力擦着烧锅,搓着边角上凝固的小块儿痕迹。离海藻更近后,我看到里面有什么东西,一定是海藻缠在了一块圆木上。每次随着海浪涌来,它似乎还打弯。我倒掉沙子,又俯身舀了些水,同时一直注意着那个物体。

当一个大浪头打过来,将要浸透我的靴子时,我目不转睛地向水中望去。随着一股突然的巨浪,水面打开来。一只鲨鱼充满威吓力的鼻子露了出来,它砰地砸在岸上。

我扔下烧锅向后打了个趔趄,几乎栽倒。一条 1.5 米长的鲨鱼嗖嗖地挥动着尾巴,将自己的整个身体抛出海浪,抛到沙滩上。它滑到水边,像一袋湿面粉。借着下一股浪潮,它向前推得更远了,我不得不手脚并用,赶紧爬开。随即它旋转开来。它的身体弯曲收缩,头和尾都向上翘,几乎能碰到一起,像一弯蓝色的月牙。烧锅被鲨鱼扫到一边,而后冲到了海里。

几分钟的时间里,我一直跪在沙滩上。这根本不可能发生,然而却在眼前。

鲨鱼拍打着沙滩,仿佛在回击着什么,比如一个看不见的敌人。它的身体动起来像一团柔韧的绳索。起初我以为它是为我而来的,否则为什么它在离我一臂之遥的位置冲出海面?它也许是受当地虎鲸的引导——虎鲸会冲到岸上来,钳制住晒太阳的海豹,但这不是鲨鱼的做法。我慢慢站起身来,我想它看不到我。这里一定发生了另外一些什么事。

我走近后，它猛扑起来。我向后跳开。而后再次向前靠近，带着一个人要控制眼镜蛇的那种机警。它弯身向着天空，大张着嘴，能够看到洞穴一样的鱼鳃通向肚子上方一个好似畸形肚脐眼的封闭点。感觉自己的眼睛仿佛对着猎枪的枪管。从这个位置能够看到半个鲨鱼的内部。它的牙齿一排排像带上了倒刺，不按秩序和大小，奇形怪状地排列着，显得很原始。那些牙齿从颌骨内部延展出来，经常轮流替换，每隔八天便换一次。后面的牙几乎是平的，指向里面的深渊，什么也透露不了。海浪给鲨鱼披上一层轻薄的睡衣，而后滑落。

这是一只大青鲨。它的头部有棱角，其他鱼类都没有这样明显的线条。这同任何动物都不一样。那是一种建筑，用丁字尺和黏土搭成。它的眼睛很笨。那双眼睛属于另一个世界，它所看到的东西是我所看不到的。它的尾巴是一种工具，而不是附肢。它拍打着地面，沙子颤动着流到我脚边。这东西身体上唯有一块伸缩的肌肉，啪啪地打着沙滩。它在沙中越挖越深，栖身在了岛上。

这只鲨鱼在这里一定什么也看不见。在水中，它对周围的世界有一种空间上具体的视觉，从距它约 1600 米的半径开始，越向中心，细节也越丰富，直到最后周围环境不再是三维的，而是四维的甚至五维的。它能够听到你在 1600 米以外水中的低语。声音不但会进入鲨鱼的耳朵，在通过充满液体的能辨别声压的感觉通道时，还会在身体里增强。它的整个身体会随着每一个信息震动。在更近的范围，几百米的距离内，它可以发现电流。头上那约 1500 个感觉毛孔，可以从肌肉收缩所释放的电流中收集信息，从磁场、波动、振幅方面来感知周围环境，而不是靠光线、声音或实际接触。那些毛孔能感知到方位的变化，包括小到仅能产生五十亿万分之一伏电压的1厘米位移。相当于手抽搐了一下，头半转了一下。那是恐惧所产生的电流。

鲨鱼能够在一百万份海水中闻到一份血液的味道。它也有色觉，可以在低于人眼感知强度十分之一的黑暗中看到物体。它用于捕猎的生物电系统能对地球磁场线做出反应，为它提供了判断南北的参考。鲨鱼意识里的世界远不止1600米以外的低语。它们知道自己在地球的什么位置。

我脚下的世界一定纯粹是白噪声，是鲨鱼头上的一场电暴：沙滩上我的靴子发出的震耳欲聋的声音，我这样靠近时的心跳声。我一点点挪到鲨鱼体侧，来到它身体的中间区域附近。在它扭动得不那么猛烈的一刻，我伸出手，把摊开的手指放在了它的背上。它的皮肤像砂纸一样，我几乎无法把手放在上面滑动。如果你在海中碰到鲨鱼，它很有可能擦伤你的皮肤。鲨鱼的皮肤由牙齿状的鳞片构成，那鳞片小得很难用肉眼看到，却锋利得可以切割。我摸到了厚厚的背鳍，不是很柔韧。

我清楚得很，不该靠得这么近。要是它的上下颌突然一转，我可能会丢掉一只手，一只胳膊，或是左边一半身躯，那海水便会浸满鲜血，它会随即暴怒。每年有记录的鲨鱼攻击事件就接近百起。那少数几起致命事故里，一个人死亡往往是由于失血过多。如果它们咬人，通常是为了在吐出我们之前尝尝味道，不过，间或也有人被从里吃到外。

我靠近它的尾巴，虽然鲨鱼拍击的速度快得让你来不及反应。我曾听很多人对我说，他们有时希望接触到动物的灵魂。让我来告诉你动物的灵魂：它能迅速把你撕成两半，也能以同样的速度突然整个呈现在你面前。它并不是价值或判断的载体，它是纯洁的载体，不会去争论死亡或是狂喜。

我曾与一个从背后遭到过大白鲨袭击的人交谈过。那条鲨鱼5米多长，他全然没有看到它游过来。就像是被长着利齿的公交车撞到一样。这个人名叫唐·周斯林，他为我翻出了五张照片。照的是他的右腿，是在骨肉接上、皮肤缝合之前照的。给我看这些彩打照片时，他七十九岁。他仔细地看着我的反应。

"可怕的照片。"他说。

"嗯。"我说着站起身，轻轻摸了摸喉咙。

记录被鲨鱼伤害的照片总是这样，在像香肠研磨机碾出来的一团血肉模糊外，是一圈外科手术般的切口。它们不像记录被熊或是美洲狮伤害的照片，不是那种任意的一道道伤口和大块大块扭曲的组织，仿佛受害者遇到了车祸，而是带有医疗手术般精确的切口。唐的伤口在右腿，一道近50厘米长的咬痕从膝盖延伸到脚踝。一根长骨头骨折，数根肌腱被切断。照片清晰得让人痛心且毛骨悚然。血肉通红一片，组织肌理都暴露出来，但却绝对利落而笔直，仿佛手术刀切开的一般。我一张张看着。唐说，除了鲨鱼在身后的重量外，他几乎没有什么感觉。直到后来他才意识到受伤的程度。这是一场高超手术的特征：感觉不到什么。

鲨鱼品尝他的右腿时,唐五十三岁。他去加利福尼亚的托马利海湾打捞鲍鱼,正潜水上来,那个海湾离他后来居住的地方将近50千米。海湾是大白鲨繁育的主要基地,某些地区被一遍又一遍地考察研究,因为世界上再没有其他地方会让鲨鱼如此频繁地光顾了。在他摆脱开一大片褐藻向水面前进时,大白鲨从底部游上来,咬断了他的腿,将他完全抛出水面。他仰面摔下,腿断掉了,伤口噗噗地涌着血。

"你一直没有意识到它在那儿?"我问,他点点头,仔细端详着照片。

"一点也没意识到。"

待他整理好潜水面罩向下看时,鲨鱼已经在他旁边了,正迅速升上来,准备第二次攻击。唐的一只手里握着一个类似于卸胎棒的鲍鱼棒,他朝鲨鱼猛戳过去,打歪了它的鼻子。鲨鱼扭转方向,从他旁边的水中突然冒出。他使出浑身的气力右勾拳猛击鲨鱼。他只能这么做了。他朝那东西的脸上狠狠一击。

鲨鱼粗糙的皮肤划破了唐的手套,蹭掉了他指关节上的肉。肩膀几乎因为那一拳而脱臼。然而,那足以让鲨鱼停下。鲨鱼潜入水底,消失在海藻间。唐游到船上,被他的几个伙伴拉上来,鲜血流满了甲板,仿佛他在刀刃上滚了一圈。

他对我说:"事情发生时我应该感到害怕才对,但是我没有。发生得那么快,哪来得及害怕呢?就那么突然发生了,我只是做了自己能想到的。"

"很难想象。"我一直这么说着,看着那些照片,简略地读着一本描述鲨鱼攻击的书,还有一摞1969年的发黄报纸。"我想我就无法朝一只 5 米多长的大白鲨脸上打过去。"

"我想应该不到 5 米，"他纠正说，"他们报道的时候就直接写了个'5 米多'。"

不到 5 米，5 米多，一辆大型卡车大小。我无论如何也不希望那样大的东西从下面潜上来，也不想朝它一拳打去。唐在潜水生涯里只看到过两只大白鲨，第二只攻击了他。第一只比第二只早五年出现，在离托马利海湾南部不远的法拉隆群岛攻击了他的同伴勒罗伊·弗兰奇。虽然他把弗兰奇拉了上来，看过他的肩膀、腿、臀部和胳膊都被咬得鲜血直流，虽然他自己的腿也差点断在了托马利海湾，但是唐一直相信谚语里讲的：闪电不会在一个地方打两次。腿上石膏一拆，他便又回到了水中。从此再没有鲨鱼找过他的麻烦。

鲨鱼用力的一咬能在每平方厘米产生 3000 多千克的压力，大约相当于每颗牙直接施力 60 千克。这是一个可观的数字，却很抽象。那换成咬手吧。把手放在臼齿上，咬下去。直到你咬开皮肉，咬裂骨头。这是可以做到的。我们还没有退化到非动物的地步。如果你咬得到位，牙齿咬穿了手的皮肤和肌肉，这时你每平方厘米施力 2100 千克，其中臼齿施力 90 千克，门牙施力 32 千克。有些人的咬合力甚至超过了鲨鱼最大的咬合力。值得骄傲。

只是，我们有那样的牙齿就好了。

眼前的这只大青鲨为下一阵扭动积蓄着力量，一定是什么地方出了问题。也许这只鲨鱼的方向感暂时失灵，也许这是一次自杀。鲨鱼也许有很多将自己抛上岸的理由。我把两只手都放在它的体侧，向海洋的方向推去。全身的重量都倾注到它身上,就像是要用手推着一辆美国产的旧车到加油站,而这东西却几乎纹丝不动。推得够久了,我把鲨鱼弄出了凹槽,将它滑到靴子周围涨起的浪中。我向远处走时抓住了烧锅,抛到岸上。鲨鱼和我现在都在水中了。我小心地退回来。它在这儿可以完全游开,它开始摆动起来。海水从它的背部流下,我所能看到的便只有背鳍、水沫和水面之下一只鲨鱼的形状了。它向我转过来,然后转向海岸,再次把自己抛上了沙滩。

它在那儿给自己挖了个洞,下面淡红、柔软的皮肤已有多处磨掉了皮,流着血。我再次把它推到海里,它又一次左右摇晃着回到岸上。营地的五个人看到了我和鲨鱼,他们朝我们跑来。

我曾在深海中见过鲨鱼,它那时身上的速度和控制力现在都牺牲在了这片沙滩上。那是在中美洲东岸的群岛和珊瑚礁中,当时我系着划艇的绳子,游到水下拾海螺。过一会儿就可以打开这些螺壳,用刀把里面的螺肉击碎打软,准备入汤。我在水下待的时间够长了,都忘记了其他事情,憋了足够长的气,在珊瑚间漫游得也足够久了。我拽起划艇的绳子,游到光线更暗的珊瑚缝里,侧过肩膀,以免擦碰到珊瑚。

当时我在用通气管潜泳,有东西突然从背后冒出,非常快,一下子就冒了出来。我忘记了自己不是鱼,忘记了自己只能看到面罩以内的角度。我转过身,一条2米长的虎鲨从珊瑚礁间溜到我背后。它完全就是一块玻璃条,背部点缀着一节节的阳光。它的口鼻钝钝的,鼻孔很大。没有任何提示便转换了路线,仿佛是在用折射的光线捉弄我,向它喜欢的任何方向展示自己的形象。不过,从鲨鱼身上我看不出任何想法和意图。我只看到一只鲨鱼，一串打磨完美的软骨和鳍。鲨鱼和我之间的距离，两秒钟内便可完全消失。

那时我记起了自己是个人，记起了自己还可以通过绳索的走向在海里移动。我握紧绳索，向着划艇拉上去。鲨鱼再次转弯，划出一道弧线，游到了蘑菇状珊瑚丘的后面。一群小鱼从另一个方向闪现出来，它们的身体呈暗紫色，布满带荧光的黄色斑点，像个夜空采样器。那时我看不到鲨鱼，不得不守在那里观察，直到再次看到它。

我想不要有突然的动作，不要表现出绝望或受伤的样子，要平稳地移动。我的双脚摆动起来，缺氧的状态驱使我赶紧向上去，保持冷静的想法却让我往下沉。我在海水中传递着恐慌的电脉冲，是一个挣扎的动物才具有的举动。我捕捉到鲨鱼在珊瑚丘之间扫过的踪影，以为它游到了一边，它却出现在另一个地方，游到了另一边。据研究者讲，在虎鲨的胃里曾找到过船垫、易拉罐、乌龟、鳄鱼头、漂流木、海豹、羊后腿、海螺壳、印第安手鼓、马蹄蟹、未打开的鲑鱼罐头、钱包、一千克重的一卷铜丝、小鲨鱼和其他鱼类，以及坚果和插销、龙虾、多块煤炭，比起这些物件，我显然更美味。

我升到水面，强有力地深吸了一大口空气。上划艇的时候，我的身体就像个沙包，两条腿竭力挣扎着坚决不能留在海里。海水随着我的踢摆而翻腾。而后我坐在那里，看着水中湍流的形象和色彩。

眼前在不列颠哥伦比亚省的沙滩上，和在中美洲时相比，我和鲨鱼的位置正好调了个。它灵敏的技能成了重力的牺牲品。越是动，处境越艰难。现在已经有一小群人围在鲨鱼周围，我们看着它死去。它几乎喘不过气来，嘴伸到空中。谁也不知道该说点什么，也不知道是否该做点什么。潮水正慢慢从它身后退去。鲨鱼是在涨潮的时候冲到岸上来的，在沙滩上最远的地方栖身下来。此时它已被大海抛弃。我想它现在很虚弱，已经奄奄一息了，与其作为一只受伤的动物在海里面对残酷的死亡，不如到陆地做一个快速的了断。

大青鲨靠近海岸都很少见，更不要说置身岸上了。我问过研究鲨鱼的专家，他们也没听说过这样的情况。一个北加利福尼亚的科学家一直在研究电磁对鲨鱼决定性行为的影响，希望通过改变周围的电讯号让鲨鱼选择不同的路径。这位科学家的看法是，那只大青鲨可能是迷失了方向。他说在公海中有序的强弱电磁信号在海岸线上变更路线后成了死胡同，聚成一堆读不出意义的电流。海岸很可能扰乱了鲨鱼的航行，尤其在鲨鱼身体状态不佳的情况下。

我无法告诉你这究竟是怎么回事，为什么这只鲨鱼会来到这里。也许它病了。虽然鲨鱼身体很多部分都具有治病的功能，肝脏治痤疮，软骨治癌症，背鳍几乎什么都治，但这种动物很容易得病。曾有一只被俘的鲨鱼留在博物馆中，它被证明患有绦虫病、蛔虫病、肝病、脑膜炎，还有两个地方很可能是肿瘤。如果它在海洋中已经得病，那就不会活很长时间。鲨鱼没有硬骨鱼那样的浮力。如果它们病得太厉害，游不动了，便会沉到海底。受伤的鲨鱼很快便成为周围鲨鱼的食物。有时，上钩的鲨鱼被拖上来时，除了鱼头，所剩无几，在钓上来的途中，鱼身已经被其他鲨鱼咬光。有些鲨鱼在母体中刚过胚胎期便相互噬食。躲避同类的捕食，也许是它来到岸上死亡的动力。不过这只是我的推测。

鲨鱼躺在我的脚边，在空气中挣扎着。

从数据上来说，鲨鱼很容易遭到诽谤。它的思维一根筋，让人觉得很怪异。它对暴力血腥的嗜好也带有传奇色彩。它定期大量进食肉类，简直和人类相似。不过，因为是冷血动物，它不需要消耗人类每日所需的热量补充，不像人类那样要给自身热炉子一样的躯体添柴加火。

人确实会遭到吞噬，尤其是穿着黑色潜水衣很像海豹的人。但是鲨鱼吞人并不常见。人类某些身体部位间或出现在鲨鱼的胃里。但是若说鲨鱼像我们一样看待死亡则属于误导。每出现一次人类遭受鲨鱼攻击的事件，便会有四百万只鲨鱼被杀。夏威夷周围的水域，在有人受鲨鱼攻击后，便会先由政府，再由驾着渔船的民间治安人员定期清理。当然，鲨鱼在进化中从来没有为这样的屠杀做过准备。即便是这些古老而无瑕的物种，面对我们带着憎恨与鱼钩的射击，也几近到了灭绝的边缘。令人惊讶的是，更多的人并非死于那些对吃肉特别在行的动物之口。尤其令人惊讶的是，鲨鱼攻击人类的记录，历史上总共只有一两千起。我们像是歌剧的首席女主角，在一个满是掠夺和捕食的世界娇生惯养、备受保护，仿佛我们是神唯一的孩子。

人类的外形上，一定有什么抑制了攻击模式。我们不像一般的猎物。但是对鲨鱼来说，普通的攻击有时也包括从船的后部丢下一个工具箱。和佩斯利涡旋纹花呢坐垫或是一箱子煤球比起来，我们如何才能显得不那么好吃？即使鲨鱼在最后一秒钟发现那个穿着黑色潜水衣的人确实不是海豹，它又为什么要决定不吃呢？

我们一次又一次地看到鲨鱼在潜水者之间游过，有时只有1米之隔，却从来没有改变自己的路线。很多人在甲板上看过虎鲨穿行在借通气管潜泳的人之间，而潜水者根本看不到鲨鱼。这些是我所喜欢的故事。这些故事更为普通，讲述的也最少。鲨鱼经过，没有戏弄，没有挑逗，也没有咬伤潜水者。鲨鱼继续着自己的生活，远离我们血腥的传说，它印证，在我们愿意相信的事情之外还有更多的东西，那些生存本身平淡无奇的故事。

鲨鱼是四亿五千五百万年的造物，拥有完美的捕食习性，长久以来几乎从未改变过。它比恐龙出现得还要早，实际上，它比第一批两栖类动物在陆地上开始蹒跚而行的时间还要早。古代的鲨鱼，会让现今存活的最大的大白鲨都小得像个侏儒。握着古代鲨鱼的一颗牙齿化石，你会发现它比手掌还大出许多，边缘上锯齿般分布着更小的牙齿。靠近牙床的那颗，重得有如一块钢铁。这种鲨鱼有几吨重，12米长，是个难以想象的食肉工具。

从那个时代起，鲨鱼就开始像我们打磨工具那样打磨自己的感觉器官，用这些器官在持续不断的进化和灭绝运动中建立起牢固的地位。此刻它固定在沙滩上，脱离了海洋，很难让人厌恶它。它是一只优雅的动物，简约的外形显得精致不俗。

突然间我觉得站在这里看着一只鲨鱼死去是一种侵扰。我觉得惭愧，不得不离开。朋友们和我在这里瞪眼看着一只赤裸的鲨鱼，判定着它知道什么、不知道什么，它的鳍怎么起作用，以及它牙齿的角度。我对着它拍照。母亲也在我们徒步的行列，她用手捂住嘴巴，几乎要哭出来。我们都不理解。人们开始一个接着一个往回走。有些人回头望着，想知道又发生了什么。鲨鱼大张着嘴,摆动越来越少。

两只长着宽黑翅膀的渡鸦扫过沙滩。在众多不愿成为第一个落在一具尸体上的鸟类中,它们出奇地胆大。信号已经发了出去。沙滩上接下来将会有一场盛宴。我扔去一块石头,它们带着响亮而急迫的叫声散开。几分钟内它们又飞回来,跳跃着靠近鲨鱼。鲨鱼弯起身体,告诉它们还不是时候。渡鸦纵身飞起,拍着巨大的翅膀飞到空中。它们的耐心只能维持这么久,鲨鱼也只能应付这么久。

我抓起另一块石头。鲨鱼身子像蛇一样弯曲着,渡鸦在鲨鱼触及不到的近处踱来踱去。我丢下石头,慢慢地走开,不时地回头看了几次,之后便不再回头。

— *Prionace glauca* —

人

我曾行走于亚利桑那州南部的轰炸训练区。晚上，我会独自坐在帐篷前，看着殷红的火光随着降落伞落下，照亮沙漠深处的演习部队。我所在的地方足够远，因此可以好好观赏演出，听着远处炸弹的巨响，有时还能看到战斗机在星星间彼此追逐。白天的时候，一阵阵的音爆[1]撕裂开空气，爆裂的水蒸气便骤然出现在空中。

除了战争游戏里落下来没有爆炸的导弹和四散的黄铜弹壳以及战斗机偶尔坠毁后形成的土坑，轰炸训练区有一种原始荒野的氛围，这里没有道路，没有全地形车，没有脚印。人类只是大地上一层薄薄的、

---

1. 当飞机以超声速飞行时，所发出声音的密度波无法跑在飞机前方，所以就全部叠在机身后方，形成圆锥形状的音锥。当这种爆震波传到耳边时，人会听到所有累积起来的声音，在听觉上是一声轰然巨响的音爆。

怪异的镶面板。我怀着令人着迷的孤独感行走着，干枯的溪谷和宽阔的沙堆蜿蜒着伸向地平线的尽头。

背上背的主要是水，够喝几天的。剩下的则要在干燥而高低不平的山脉间寻找，从前的雨水会存留在阴凉处的水坑里。我从一个山脉走到另一个山脉，寻找着这样的水源，其间几千米穿过了干旱的盆地。

其中一个盆地与索尔顿海[1]一样宽阔，在那里我遇到了轰炸目标的残骸：一个扭曲变形的金属塑像，锈迹和风蚀已让它碎成几块。除此之外，再没有人类存在的踪影。我的思绪融化于碎石路上脚步的节奏里。我呼吸着正午时分炎热而静止的空气，从眼角的余光里，我注意到有什么东西，几乎超出了意识的范围。我停下来向南看去，有个小黑点正从地面浮起，阳光中像玻璃一样闪着光。我以为是个飞行的甲虫，后来意识到它的距离要远得多，而且变得越来越大。我眯起眼睛：应该是架飞机。但我完全听不到声音。

随后我看出来那是一架在沙漠中贴地飞行的战斗机。它从远处飞过来，高度和我的视线齐平，以声速直冲我飞来。

我的耳膜很有可能爆裂。即便是千米之外，一架喷气式飞机冲过音障的爆震波可以击碎窗玻璃，把人击倒，让人失去意识。12247千克的推力，每小时2400千米的速度，距地面大约9米高，我从没想过会遇到这种情况。即便知道自己是在轰炸训练区也无济于事。当它袭击过来时，我会惊慌失措，会尿裤子，无法控制地大叫，谁知道呢。我

---

1. 加州最大的内陆咸水湖。

尽可能迅速地合计着各种可能性，凝神屏气，绷紧肌肉，收毕七窍。

远方的斑点立即膨胀成了一架 F-16 战斗机，遮住了我上方的整个天空。空气爆炸开。一阵震耳欲聋的摇荡袭击过来，穿透我的骨头直击地面。我的身体想跑，却一时间四面八方都想去。一记电流从我的脑干直落，击穿脊柱。我成了动物。不是山顶洞人，不是能人[1]。是更为古老的一种生物，哺乳类的长毛野兽。飞机的影子像鞭子一样"穿膛而过"。

我发誓我甚至能看到下侧机身里的机组人员。飞机每小时飞行几千千米，在 1/4 秒的眨眼瞬间，我也不知道自己怎么能看得见。然而，他们从我眼前掠过，一切都清清楚楚。

随即飞机消失了，如此迅速。

我似乎完好无损。心脏仍在跳动，跳得很快。耳膜没有破裂，不过耳鸣得厉害。

我转过身，面朝北方。飞机已成为地平线上的一个小点。我看着它逐渐消失在随后的几千米，在沙漠中沿弧线飞行，而后完全没了踪影。

我又回到了自己的世界，衣服又裹住了皮肤，脚上又有了闷热的皮鞋。静谧在飞机飞过后重新注入进来，像清水注入了地洞。带着这份新的从容，我再次起程，迈出一只脚，再迈出另一只。我又一次迈着缓慢的亚声速步伐，穿越沙漠，成为人类。

_ Homo sapiens _

---

1. 早期猿人的化石代表，生活在距今三百万到一百五十万年前。发现于非洲的东部和南部。

|动物界|

动 物

我终于明白自己该干什么了。很多别的事情需要打理,处理扣子、拧铁丝、挖洞和上螺丝,但是,我空出手来,走到树林中。这里,熟悉的声音总是汇集在一起——啄木鸟呼唤着彼此,透过枯树敲着暗号;马鹿站在赤裸的白杨树干间,而白杨则成群地跨过群山,在起风的时候,像流水一样高亢歌唱。

我来到其中一片白杨林,双脚蹒跚着,在矮树丛和山花间寻找着路。我跪下来,在满是棕色石头的清凉溪涧边洗把脸。从多刺的灌木上摘些8月的覆盆子吃,抓些切喉鳟,在火上烤着吃。

多日下来,这里慢慢形成了一条小路。最终,我背离了这条路。一些老路现了形,某个勤快人用斧头在树干上砍出了记号,不过这些记号也已经模糊。我走过最后一个打猎的营地,圆木摆在外面供人们坐着休息，一个生了锈的木柴炉由马匹运到这里，一棵树上刻着年份：1968。除此之外再没有其他数字来标记年月了。时光遗失了它们的名字。蜘蛛织补着我的头撞破的丝网。我的地图就是熊的踪迹，它们笨重地踏入唐棣丛和穗边小花里，或俯身在高山百合的硬秆旁，给我留出走路的地方。

路变得陡起来。汗水滴到了地上，像是硕大的雨点。山坡上是一连串白杨树，我手脚并用，手指抓住爬满虫子的泥土向上爬。一只骡鹿突然逃开。我停下脚步，心脏怦怦地跳着，抬起头，在这个植被稠密的位置向那只动物望去。远处，那只骡鹿暂时停下，从树缝间转过头来窥探着我。这不是那只在院子里啃食雏菊的骡鹿，没有标着属种的小标签。它是一只长着茸角的公鹿，生活在有千万扇门的房子里。它通过鼻孔呼吸，大大的耳朵像是隔热手套。过了一会儿，骡鹿跳着跑开了。我目送它离开，直到它变作树枝、树叶、树影、光线。

我朝着还有近千米高的道路爬去。手上因为抓过梯子蹬一样的树干而满是白色粉末。欧洲蕨在我的腰际舒展开来。在骡鹿经过后许久，我再次停下来，不是因为我听到了什么，而是因为有只动物在我旁边。有一种气味。它像是性、毛皮、汗液的味道。向周围察看了一圈，也没有看到那只动物。也许是只熊？美洲狮？是一只食肉动物，这一点我确定。

一阵冷战蹿过我的脊梁。我处在其他动物的监视之中。我不相信什么心灵感应或是超自然现象。这是一种技巧，相信我们都会用，就是看树影如何排成行。知道周围有些地方会有窥视者伺机埋伏，于是便警惕起来。我不慎踏入一只食肉动物的隐蔽处。它知道我在这里。它看着我如何在沉重的行李下蹑手蹑脚地前行，如何抓牢树枝，膝盖重击着地面。我对它完全没有威胁。那么何不在附近再逗留一会儿，看看我还由其他什么部件组成？

有可能是灰熊，我这么想着，更添了一层寒意。落基山南部还没有灰熊的记载，但是有些人相信，甚至希望，少数灰熊仍旧存在于与世隔绝的山林中，尽管没有人见过它们。这里是科罗拉多的西马鹿山脉，是那些较次要的山脉之一，很少有造访者。它有可能是一个倾向于隐居的灰熊。这便是我现在所想到的。我绷紧神经，但是没感知到什么新信息。我挺起身，鼓足勇气，继续向前爬。

身后什么东西动了一下。我迅速转身，看到蕨类植物间那一条弯曲的路。但是没看到任何动物的影子。更多条路显露出来，更多的蕨类植物弯下腰，风声进入树林里。什么也没有，风而已。我转回身来继续走。

现在我听着所有的动静。我跟随着松鼠和鸟雀叽喳的警告。它们在谈论我独自一人吗？

我来到一片空地上，这里的泥土新近被翻动过，石头从地里被扒出。我走到空地中央，这里大约有3米宽。究竟发生了什么？树枝被折断，树根被拔起，散落的树叶还未枯萎。我用手指摸了摸土地，这不是在有意挖土，不是为了挖蛴螬或是捉松鼠。这里有过一场战争、一次杀戮，但是却没有血，没有尸体。

在旁边，我发现一条带状的马鹿皮，打着卷开始变干。鹿皮上仍有黄褐色的毛，我把它展开，大约有20厘米长。还不如指甲盖宽，不足一只爪子的宽度。我能够感觉到撕抓的疼痛，一只爪子划过马鹿的背部，撕下一条肉。然而，是谁的爪子呢？很有可能是狮子或是熊的。战斗很激烈，把地上所有的东西都掀翻了，爪子和蹄子激烈地扭打着，300到500千克重的两只动物为生存而战斗着。正如现场表现出的——非常猛烈。

那条鹿皮是我唯一能找到的东西，其他的都消失了，没有猎杀成功的证据。也许一只死马鹿被拖走了，也许马鹿活了下来，而那只未知的动物仍然饥饿，现在正对更小的、腿踢得不那么厉害的某个动物很感兴趣。

不知道我究竟是处于监视之下还是我的感官提到了不合逻辑的程度。我喜欢这种感觉。我们戍卫着自己的身体，直到它们变老，变得没有味道，那时我们本可以把自己送到爪子和皮毛下，在一只太阳下睡觉的狮子的细胞里转世，在捣烂腐木寻找蚁卵的棕熊的肌肉中再生。为什么不可以一次再一次地回转，每次都闪烁着，熠熠生辉？

我把那条鹿皮装进口袋，然后离开了空地。我还不打算被吃掉。我快速离开，肩膀强壮有力。

光线在森林中暗了下来。我需要搭起一个帐篷，但不是在这里。我继续走着，以更大的力气努力前行，挥洒着汗水，直到林木线的边缘。傍晚的暴风云席卷而来，光秃秃的山顶忽隐忽现。这块高地完全展露在外，树木全都扭曲着弯向大地；岩石、花朵，还有发生干雪崩的不安压迫着我。兔子一样的小鼠兔窥视着我，土拨鼠们啾啾叫着，滚动着跑开。头顶正上方露出的一块岩石上冒出公鹿的鹿角，它正注视着在下方穿行的我。

日落时刻，我终于到达山口，把装备卸下，放在两座山之间一个石头遍地的鞍状山口。我看看身后，白杨树一路向下伸入孤僻的山谷，森林如同绿色的海洋。我猜测着白天早些时候是什么动物注视着我爬过它的领地。现在它认识我了，熟悉了我的气味，看到了我是怎样移动的。这个时候，如同出生以来一直保持的那样，它很警觉，透过白杨林间的薄雾窥视着，也许在柔软的数层蕨类植物中还铺好窝，用胡须感测着空气。

山口的西面是开阔的土地，随着暮色渐浓，小城的灯光开始一个个亮起来——牧场的哨所，果园的看护点……世界忙碌着，制造出越来越多的生命，总想找个地方全部盛下。我的小城在那里。我的房子，有玻璃窗、门把手、陶瓷水池。

我记起自己曾许多次坐在餐桌前吃饭，却从没有想过大地上游走的生物，布满地盘网的森林和鸟鸣。我记起自己完全沉浸在文字和数字的世界里，有那么多需要做的工作。在这里向下看，想象着自己全部的生活，应该很简单。然而，我转向另一边，看着森林和山峦慢慢变黑，想象着赋有生命的一切。

_ Animalia _

郊 狼

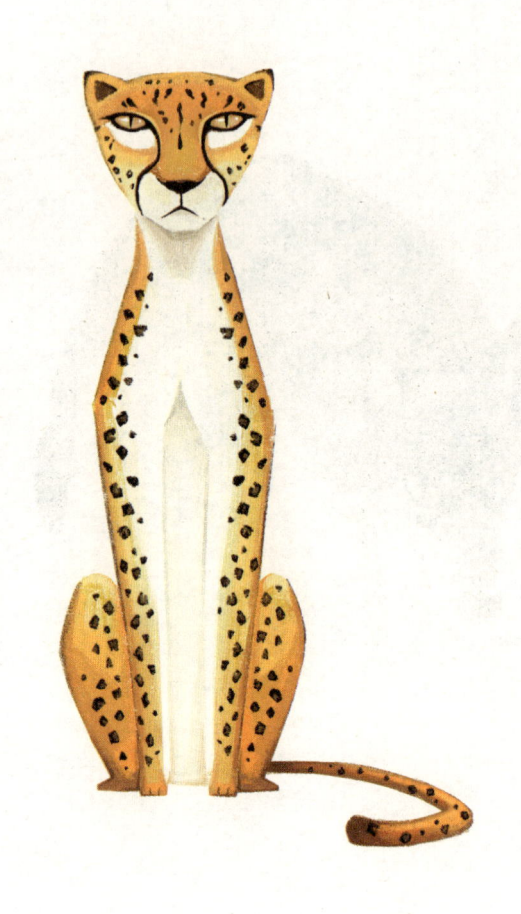

美洲豹

宽尾煌蜂鸟

马鹿

响尾蛇

大青鲨

图书在版编目（CIP）数据

遇见动物的时刻 /（美）克雷格·查尔兹（Craig Childs）著；韩玲译. -- 杭州：浙江教育出版社，2022.5
ISBN 978-7-5722-1566-7

Ⅰ. ①遇… Ⅱ. ①克… ②韩… Ⅲ. ①散文集－美国－现代 Ⅳ. ① I712.65

中国版本图书馆 CIP 数据核字（2021）第 057878 号

THE ANIMAL DIALOGUES: Uncommon Encounters in the Wild by Craig Childs
Copyright © 1997, 2007 by Craig Childs
This edition published by arrangement with Little, Brown and Company, New York, New York, USA.
through Bardon-Chinese Media Agency
Simplified Chinese translation copyright © 2022
by Beijing Xiron Culture Group Co., Ltd.
All Rights Reserved.

版权合同登记号　浙图字 11-2022-061

遇见动物的时刻
YUJIAN DONGWU DE SHIKE
［美］克雷格·查尔兹　著　韩玲　译

责任编辑：赵露丹
美术编辑：韩　波
责任校对：马立改
责任印务：时小娟
出版发行：浙江教育出版社
（杭州市天目山路 40 号 电话：0571-85170300-80928）
印　　刷：嘉业印刷（天津）有限公司
开　　本：840mm × 1194mm 1/32
成品尺寸：140mm × 200mm
印　　张：11.625
字　　数：377 000
版　　次：2022 年 5 月第 1 版
印　　次：2022 年 5 月第 1 次印刷
标准书号：ISBN 978-7-5722-1566-7
定　　价：58.00 元

如发现印装质量问题，影响阅读，请与本社市场营销部联系调换。
电话：010-82069336